考試分數大躍進
累積實力
百萬考生見證
應考秘訣

據日本國際交流基金考試相關概要

絶對合格
日檢必背單字+文法

全圖解

N5

新制對應！

吉松由美、田中陽子
西村惠子、千田晴夫
大山和佳子、林太郎
山田社日檢題庫小組
◎合著

はじめに
PREFACE

「單字」是語言的重要基礎
「句型」將單字串聯成話語

本書用句型將單字點線面串聯，推出二合一高效學習法，
強化活用！深植記憶！急速擴充大量詞彙！
還有精彩圖說和詳盡辭意，學完即測驗，擊破學習盲點！

您是否曾想過，文法和單字一起學，
僅用一半時間，獲得兩倍成效？
本書用聰明的方法讓您在應用中學習，
再忙碌也能活用零碎時間，事半功倍，輕鬆達標。

本書精華

- N5 必考單字、文法全收錄，一本抵兩本
- 以文法應用方式劃分單元，清楚好用
- 從文法中學單字，串聯記憶，強化應用能力
- 單字用詳盡辭意＋超好懂圖說，趣味學習 100% 吸收
- 打鐵趁熱，讀完即練習填寫單字，啟動回想複習
- 配合日檢題型，驗收文法＋單字，學習零死角

初學日語由此著手，讓您在歡樂學習中，飛躍式進步。用對方法，學日語就是這麼簡單！

▲一本就夠，網羅日檢必考文法詞彙

本書依據「日本語能力測驗」，多年精心編寫而成。內容包含 N5 範圍約 700 個單字，140 項文法。以文法分為 10 單元，詳細歸類為助詞、副詞、疑問詞、指示代名詞及接尾語的應用方式，形容詞、形容動詞、動詞、及名詞的活用，還有 N5 必考文型。分類最清晰，內容最齊全。

▲ 文法同步學習，應用更全面

想徹底瞭解一個人，其不二法門就是先從他所處的環境著手。相同地，想要徹底記住一個單字，也要從單字所處的環境背景著眼。什麼是單字的環境背景呢？也就是單字在什麼句子裡？又處於什麼樣的文法變化中？跟句子之間有什麼密切關係？徹底瞭解了以後，絕對記憶深刻。

本書每項文法項目下面帶領 4 到 5 個單字，學習文法時，一面擴充詞彙量，一面深入串聯記憶，建立文法詞彙資料庫。讓您開口說日語時能同時啟動雙向記憶，講出完整語句。

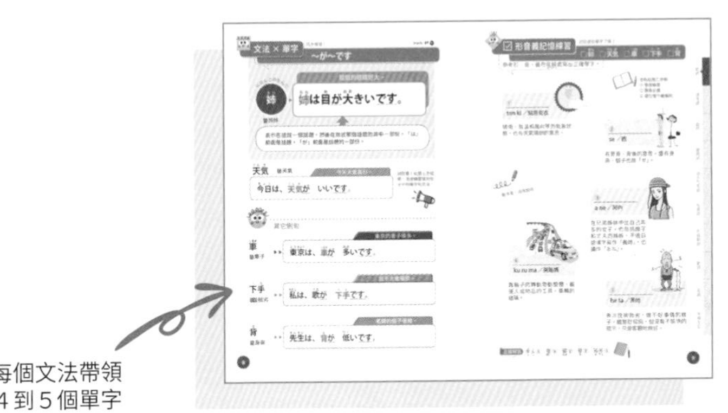

每個文法帶領
4 到 5 個單字

▲單字究極學習，絕對深入

什麼是「究極式」的單字學習法，那就是利用每個單字的字音、圖形、字義，在字的形音義上，追根究底的學習法。細項如下：

a. 為了讓單字就像照片一樣，在腦中永久記憶，每個單字都配有圖片，**圖片配合文法變化，讓單字跟文法同步學習**。

b. 為了充分發揮，發音上的聯想效果，單字不僅標示**羅馬拼音**，還有背誦用的**中文拼音**。

c. 為了紮實單字記憶根底，每個字除了字的翻譯以外，還有更詳盡、徹底的說明。背過就真的很難忘記！

d. 從左頁學單字後，詳讀右頁的單字形音義並動手複習，填入相對應的寫法和讀音假名，加深學習成效！

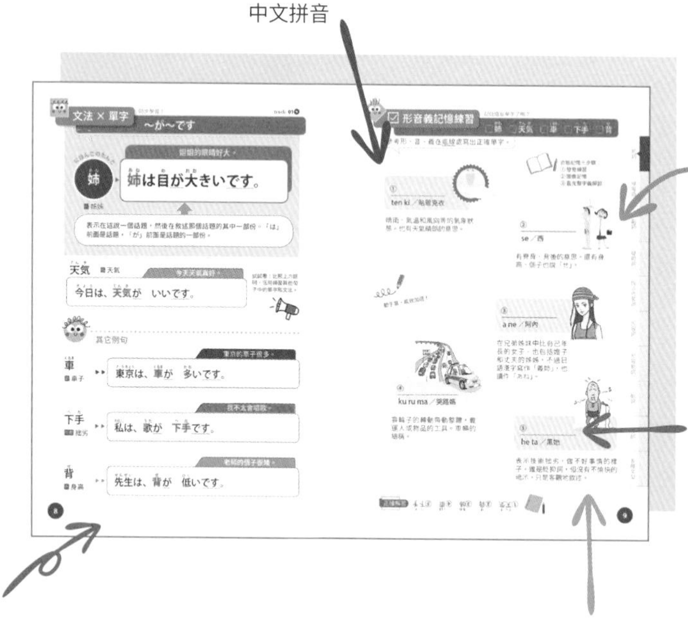

羅馬拼音＋
中文拼音

圖解配合
文法變化

單字填空
馬上練習

單字文法
同步學習

詳盡說明

▲ 讀完即練習，啟動回想完成複習

學完文法後，打鐵趁熱即刻練習，不僅能復習剛學過的內容，同時也能抓出學習弱點一一釐清。題型包含文法及單字，文法針對日檢 N5 的文法第 1 、 2 大題設計，磨練您辨別相近文法的能力，使您能夠清楚、正確的掌握文法的用法及意義；單字則針對日檢 N5 單字第 4 大題設計，幫助您釐清字義和句意。另有句子重組練習，訓練您掌握句子結構，為口說和寫作打下良好基礎。

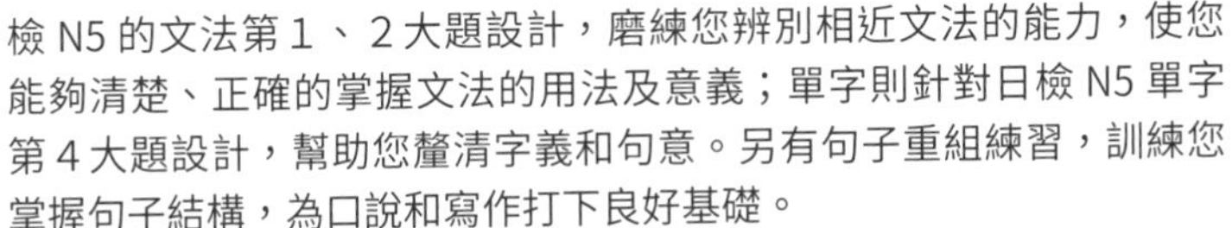

從單字學習理論上而言，「單字究極學習」及「文法同步學習」這兩種超高效學習法，由於是從多方位的角度，來記憶一個單字的字義及用法，也就是總合性地，徹頭徹尾地去學習一個單字。再加上針對日檢設計的練習題，讓您學習更深入、踏實，這就是我們標榜的「最短最速」單字、文法學習法。

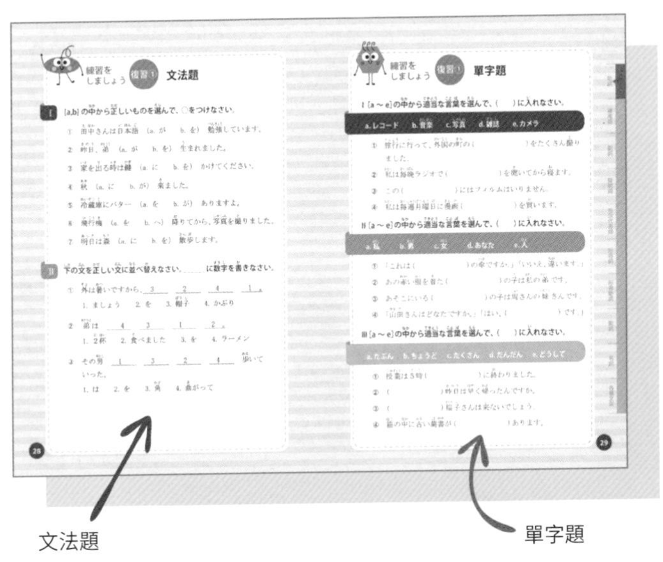

練習をしましょう 復習① 文法題

I [a,b] の中から正しいものを選んで、○をつけなさい。

1 田中さんは日本語（a. が　b. を）勉強しています。
2 昨日、弟（a. が　b. を）生まれました。
3 家を出る時は鍵（a. に　b. を）かけてください。
4 秋（a. に　b. が）来ました。
5 冷蔵庫にバター（a. を　b. が）ありますよ。
6 飛行機（a. を　b. へ）降りてから、写真を撮りました。
7 明日は森（a. に　b. を）散歩します。

II 下の文を正しい文に並べ替えなさい。＿＿に数字を書きなさい。

① 外は暑いですから、＿3＿ ＿2＿ ＿4＿ ＿1＿。
1. ましょう　2. を　3. 帽子　4. かぶり

② 弟は ＿4＿ ＿3＿ ＿1＿ ＿2＿。
1. 2杯　2. 食べました　3. を　4. ラーメン

③ その男 ＿1＿ ＿3＿ ＿2＿ ＿4＿ 歩いていった。
1. は　2. を　3. 角　4. 曲がって

28

練習をしましょう 復習① 單字題

I [a～e]の中から適当な言葉を選んで、（　）に入れなさい。

a. レコード　b. 音楽　c. 写真　d. 雑誌　e. カメラ

① 旅行に行って、外国の町の（　）をたくさん撮りました。
② 私は毎晩ラジオで（　）を聞いてから寝ます。
③ この（　）にはフィルムはいりません。
④ 私は毎週月曜日に漫画（　）を買います。

II [a～e]の中から適当な言葉を選んで、（　）に入れなさい。

a. 私　b. 男　c. 女　d. あなた　e. 人

① 「これは（　）の傘ですか。」「いいえ、違います。」
② あの赤い服を着た（　）の子は私の弟です。
③ あそこにいる（　）の子は陳さんの妹さんです。
④ 「山田さんはどなたですか。」「はい、（　）です。」

III [a～e]の中から適当な言葉を選んで、（　）に入れなさい。

a. たぶん　b. ちょうど　c. たくさん　d. だんだん　e. どうして

① 授業は5時（　）に終わりました。
② （　）昨日は早く帰ったんですか。
③ （　）桜子さんは来ないでしょう。
④ 箱の中に古い辞書が（　）あります。

29

もくじ

CONTENTS

Lesson 1
助詞

文法 × 單字

同步學習！

～が～です

姉（あね）▶ 姉（あね）は目（め）が大（おお）きいです。

姐姐的眼睛好大。

名 姊姊

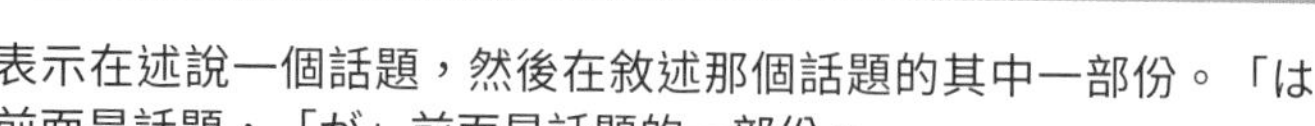

表示在述說一個話題，然後在敘述那個話題的其中一部份。「は」前面是話題，「が」前面是話題的一部份。

天気（てんき） 名 天氣

今日（きょう）は、天気（てんき）が　いいです。

今天天氣真好。

試試看！比照上方說明，活用練習其他句子中的單字和文法。

其它例句

車（くるま） 名 車子 ▶▶ 東京（とうきょう）は、車（くるま）が　多（おお）いです。

東京的車子很多。

下手（へた） 形動 拙劣 ▶▶ 私（わたし）は、歌（うた）が　下手（へた）です。

我不太會唱歌。

背（せ） 名 身高 ▶▶ 先生（せんせい）は、背（せ）が　低（ひく）いです。

老師的個子很矮。

☑ 形音義記憶練習

記住這些單字了嗎？

□姉（あね） □天気（てんき） □車（くるま） □下手（へた） □背（せ）

參考形、音、義在底線處寫出正確單字。

合格記憶三步驟：
① 發音練習
② 圖像記憶
③ 最完整字義解說

① ________

ten ki／貼恩克衣

晴雨、氣溫和風向等的氣象狀態。也有天氣晴朗的意思。

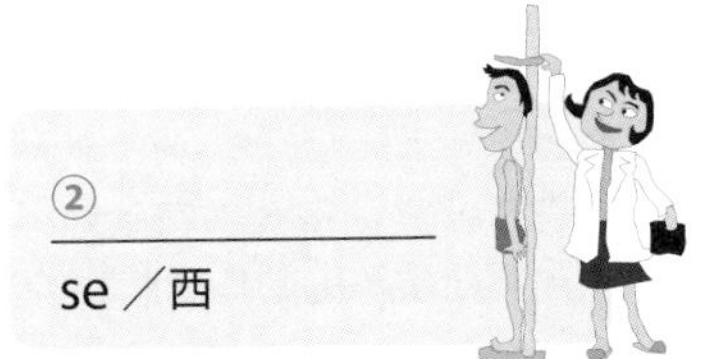

② ________

se／西

有脊背、背後的意思。還有身高、個子也說「せ」。

動手寫，成效加倍！

③ ________

a ne／阿內

在兄弟姊妹中比自己年長的女子。也包括嫂子和丈夫的姊姊，不過日語漢字寫作「義姉」，也讀作「あね」。

④ ________

ku ru ma／哭路媽

靠輪子的轉動帶動整體，載運人或物品的工具。車輛的總稱。

⑤ ________

he ta／黑她

表示技術拙劣，做不好事情的樣子。雖是貶抑詞，但沒有不愉快的暗示，只是客觀地敘述。

正確解答 ①天気（てんき） ②背（せ） ③姉（あね） ④車（くるま） ⑤下手（へた）

文法 × 單字

同步學習！

～が～（し）ます

にほんごのたんご

友達（ともだち）

名 朋友，友人

明天朋友會來。

明日（あした）、友達（ともだち）が　来（き）ます。

表示就某一現象進行敘述。「が」前面是主語。這個主語是後面的動詞所表示的動作或狀態的主體。

吹く（ふ）

自五（風）刮，吹；（緊縮嘴唇）吹氣

風吹拂著。

風（かぜ）が　吹（ふ）きます。

試試看！比照上方說明，活用練習其他句子中的單字和文法。

其它例句

沢山（たくさん）

副・形動 很多，大量；足夠，不再需要

下了很多雪。

雪（ゆき）が　たくさん　降（ふ）ります。

ゆっくりと

副 慢慢，不著急；舒適，安靜

門慢慢地關了起來。

ドアが　ゆっくりと　閉（し）まる。

曇る（くも）

自五 陰天；模糊不清

天是陰的。

空（そら）が　曇（くも）ります。

☑ 形音義記憶練習

記住這些單字了嗎？

□友達（ともだち） □吹く（ふ） □沢山（たくさん） □ゆっくりと □曇る（くも）

參考形、音、義在底線處寫出正確單字。

合格記憶三步驟：
① 發音練習
② 圖像記憶
③ 最完整字義解說

① ________

ta ku san／她哭沙恩

當「副詞」時，表數量很多。當「形容動詞」時，表已經足夠，再也不需要。反義詞是「すこし」。

② ________

ku mo ru／哭某路

天空被雲彩遮蔽，天氣不明朗，快要變天的狀態。

動手寫，成效加倍！

③ ________

to mo da chi／投某答七

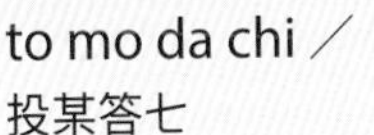

站在對等立場，親密相處的人。類似的說法有「友人（ゆうじん）、仲間（なかま）」。

④ ________

yu kku ri to／尤哭力投

表示時間上很充足，心情上很充裕，不著急、慢慢地。

⑤ ________

hu ku／呼哭

空氣流動。也指撮著嘴或嘴對著細管等，用力吹氣的意思。

正確解答 ①沢山（たくさん） ②曇る（くも） ③友達（ともだち） ④ゆっくりと ⑤吹く（ふ）

文法 × 單字

同步學習！

～が～好(す)きです

にほんごのたんご

名 雞肉；鳥肉

我先生喜歡吃雞肉。

主人(しゅじん)は、鳥肉(とりにく)が　好(す)きです。

表示喜歡。「が」前面是喜歡的對象。可譯作「喜歡…」。

音楽(おんがく) 名 音樂

我喜歡音樂。

私(わたし)は、音楽(おんがく)が　好(す)きです。

試試看！比照上方說明，活用練習其他句子中的單字和文法。

其它例句

皆(みんな)

代・副 大家，全部，全體

男孩子大都喜歡電車。

男(おとこ)の　子(こ)は、皆(みんな)　電車(でんしゃ)が　好(す)きです。

妹(いもうと)

名 妹妹

妹妹喜歡看書。

妹(いもうと)は、本(ほん)が　好(す)きです。

兄(あに)

名 哥哥，家兄；大伯子，大舅子，姐夫

哥哥喜歡看電影。

兄(あに)は、映画(えいが)が　好(す)きです。

☑ 形音義記憶練習

記住這些單字了嗎？

☐ 鳥肉（とりにく） ☐ 音楽（おんがく） ☐ 皆（みんな） ☐ 妹（いもうと） ☐ 兄（あに）

參考形、音、義在底線處寫出正確單字。

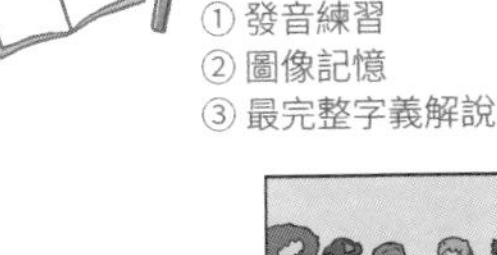

合格記憶三步驟：
① 發音練習
② 圖像記憶
③ 最完整字義解說

① ________

i mo o to ／衣某～投

兄弟姊妹中年紀比自己小的女子。也包括弟妹和丈夫的妹妹。

② ________

mi n na ／米恩那

當「副詞」時，表示在那裡所有的全部。當「代名詞」的時候，是向多數人打招呼。大家。

動手寫，成效加倍！

③ ________

to ri ni ku ／投力你哭

漢字寫的是「鳥肉」，但意思不僅指「鳥肉」也特別是指「雞肉」喔！

④ ________

o n ga ku ／歐恩嘎哭

用音的強弱、高低和音色等的組合表現人類的情感的藝術。

⑤ ________

a ni ／阿你

兄弟姊妹中年紀比自己年長的男子。也包括姊夫和丈夫的哥哥。不過日語漢字寫作「義兄（あに）」。

正確解答 ①妹（いもうと） ②皆（みんな） ③鳥肉（とりにく） ④音楽（おんがく） ⑤兄（あに）

文法 × 單字

同步學習！

～が～きらいです

名 媽媽，母親

媽媽不喜歡蔬菜。

母（はは）は、野菜（やさい）が　きらいです。

表示討厭。「が」前面是討厭的對象。可譯作「討厭…」。

病院（びょういん） 名 醫院

小孩不喜歡醫院。

子供（こども）は、病院（びょういん）が　きらいです。

試試看！比照上方說明，活用練習其他句子中的單字和文法。

其它例句

お酒（さけ）

名 酒（"酒"的鄭重說法）

奶奶不喜歡酒。

お祖母（ばあ）さんは、お酒（さけ）が　きらいです。

私（わたし）

代 我

我不喜歡冬天。

私（わたし）は、冬（ふゆ）が　きらいです。

☑ 形音義記憶練習

記住這些單字了嗎？

□ 母（はは） □ 病院（びょういん） □ お酒（さけ） □ 私（わたし）

參考形、音、義在底線處寫出正確單字。

合格記憶三步驟：
① 發音練習
② 圖像記憶
③ 最完整字義解說

① ______

byo o in ／比呦烏～衣恩

給門診或住院的病人或受傷者治療的地方。也指該建築物。

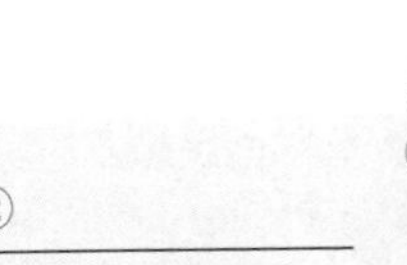

② ______

ha ha ／哈哈

雙親中的女性。「母」是把母親作為第３者敘述時使用的詞。

動手寫，成效加倍！

③ ______

wa ta shi ／瓦她西

標準的第一人稱代稱。指自己的說法。更謙遜的說法是「わたくし」。

④ ______

o sa ke ／歐沙 K

含酒精成分的飲料的總稱。也專指日本酒。

文法 × 單字

同步學習！

～が ほしいです

カレンダー (calendar)

名 日曆；全年記事表

我想要日曆。

カレンダーが　ほしいです。

表示想要。「が」前面是想要的對象。可譯作「想要…」。

自転車（じてんしゃ） 名 腳踏車

我想要新腳踏車。

新（あたら）しい　自転車（じてんしゃ）が　ほしいです。

試試看！比照上方說明，活用練習其他句子中的單字和文法。

其它例句

お金（かね）
名 錢，貨幣

我想要有很多錢。

お金（かね）が　たくさん　ほしいです。

弟（おとうと）
名 弟弟

我想要個弟弟。

私（わたし）は、弟（おとうと）が　ほしいです。

帽子（ぼうし）
名 帽子

我想要一頂漂亮的帽子。

きれいな　帽子（ぼうし）が　ほしいです。

☑ 形音義記憶練習

記住這些單字了嗎？

□カレンダー (calendar)　□自転車(じてんしゃ)　□お金(かね)　□弟(おとうと)　□帽子(ぼうし)

參考形、音、義在底線處寫出正確單字。

合格記憶三步驟：
① 發音練習
② 圖像記憶
③ 最完整字義解說

① ＿＿＿＿＿＿＿＿

ka re n da a／卡雷恩答～

一月
sun. mon. tue. wed. thu. fri. sat.

記載一年的日曆，從一月一頁到一年一頁的都有。

② ＿＿＿＿＿＿＿＿

o to o to／歐投～投

年齡比自己小的弟弟。也包括妹夫、丈夫或妻子的弟弟等。但要寫作「義弟（おとうと）」。

動手寫，成效加倍！

③ ＿＿＿＿＿＿＿＿

o ka ne／歐卡內

金錢。一般最常只說成「金（かね）」，但是也常說成「お金（おかね）」。

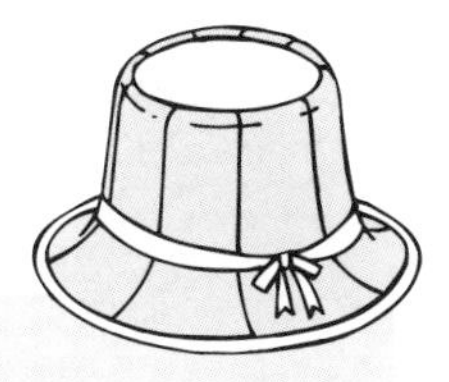

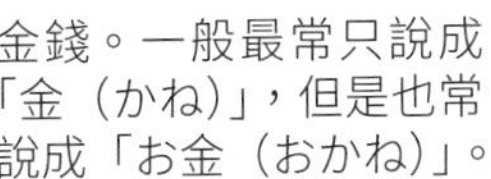

④ ＿＿＿＿＿＿＿＿

bo o shi／伯～西

為了禦寒暑或裝飾，戴在頭上的東西。

⑤ ＿＿＿＿＿＿＿＿

ji te n sha／雞貼恩蝦

人用兩腳蹬踏板，使車輪轉動的兩輪車。

正確解答　①カレンダー　②弟(おとうと)　③お金(かね)　④帽子(ぼうし)　⑤自転車(じてんしゃ)

文法 × 單字

同步學習！

～が できます

名 菜餚，飯菜；做菜，烹調

哥哥會作菜。

兄（あに）は、料理（りょうり）が できます。

表示能、會、辦得到。「が」前面是能、會、辦得到的對象。可譯作「會…」。

英語（えいご） 名 英語，英文

老師懂英語。

先生（せんせい）は、英語（えいご）が できます。

試試看！比照上方說明，活用練習其他句子中的單字和文法。

其它例句

練習・する（れんしゅう）

名・他サ 練習，反覆學習

這裡可以練習唱歌。

ここで 歌（うた）の 練習（れんしゅう）が できます。

夏休み（なつやすみ）

名 暑假

暑假時可以去旅行。

夏休み（なつやすみ）に、旅行（りょこう）が できます。

☑ 形音義記憶練習

記住這些單字了嗎？

□料理（りょうり） □英語（えいご） □練習（れんしゅう）・する □夏休み（なつやすみ）

參考形、音、義在底線處寫出正確單字。

合格記憶三步驟：
① 發音練習
② 圖像記憶
③ 最完整字義解說

____

re n shu u su ru ／
雷恩咻～烏蘇路

為使學問或技術等提高，
反覆做同樣的事。

____

na tsu ya su mi ／
那朱押蘇米

指夏季炎熱時期，學校
等在一定期間停止上課。
也指那一期間。

動手寫，成效加倍！

③

____

e e go ／ㄟ～勾

在以英國為首，美國、加
拿大、澳洲、紐西蘭等廣
大地區使用的語言。

④

____

ryo o ri ／溜～力

指切原料或加熱等，做成飯
菜。也指做好的飯菜。

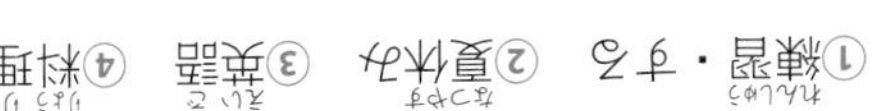

文法 × 單字

同步學習！

～が わかります

名 哥哥

鈴木先生的哥哥懂英語。

鈴木(すずき)さんの　お兄(にい)さんは、英語(えいご)が　わかります。

表示懂得、明白、清楚。「が」前面是懂得、明白、清楚的對象。可譯作「懂得…」。

漢字(かんじ)

名 漢字

約翰先生懂漢字。

ジョンさんは、漢字(かんじ)が　わかります。

試試看！比照上方說明，活用練習其他句子中的單字和文法。

其它例句

意味(いみ)

名（詞句等）意思，含意；意圖，動機

我了解意思。

意味(いみ)が　わかります。

質問(しつもん)・する

名・自サ 提問，問題，疑問

我了解老師的問題了。

先生(せんせい)の　質問(しつもん)が　わかりました。

☑ 形音義記憶練習

記住這些單字了嗎？

□お兄(にい)さん　□漢字(かんじ)　□意味(いみ)　□質問(しつもん)・する

參考形、音、義在底線處寫出正確單字。

合格記憶三步驟：
① 發音練習
② 圖像記憶
③ 最完整字義解說

①＿＿＿＿＿＿＿＿

ka n ji／卡恩雞

古代由中國傳到日本，現在仍使用的文字。另外，平安時代初期由漢字創造了平假名和片假名。

②＿＿＿＿＿＿＿＿

o ni i sa n／歐你～沙恩

「兄（あに）」的尊敬說法。對他人的兄長的敬稱。

③＿＿＿＿＿＿＿＿

shi tsu mo n／西朱某恩

指把不懂的事，想知道的事、心裡懷疑的事等拿來問對方，請他說明。

④＿＿＿＿＿＿＿＿

i mi／衣米

某語言所表達的內容。也指某種表現或行為所表示的意圖或原因。

文法 × 單字

同步學習！

track- 03

目的語＋を

名 早餐

吃過早餐了。

朝ご飯を　食べました。

「を」用在他動詞前，表示動作的目的或對象。「を」前面的名詞，是動作所涉及的對象。

砂糖　名 砂糖

在咖啡裡加砂糖。

コーヒーに　砂糖を　入れます。

試試看！比照上方說明，活用練習其他句子中的單字和文法。

其它例句

テレビ (television)
名 電視

晚上看電視。

夜は、テレビを　見ます。

お預かりします
寒暄 收進；保管（暫時代人）

幫您保管鑰匙。

鍵を　お預かりします。

☑ 形音義記憶練習

記住這些單字了嗎？

□朝ご飯（あさはん） □砂糖（さとう） □テレビ (television) □お預かりします（あず）

參考形、音、義在底線處寫出正確單字。

合格記憶三步驟：
① 發音練習
② 圖像記憶
③ 最完整字義解說

① ______________

o a zu ka ri shi ma su ／歐阿租卡力西媽蘇

表示收存、暫時保管。也用在店員從顧客手中接到錢的時候說的話。意思是「收您…」。

② ______________

a sa go ha n ／阿沙勾哈恩

早餐。比較有禮貌的說法。

動手寫，成效加倍！

③ ______________

te re bi ／貼雷逼

用無線電波傳送影像，在映像管裡顯示的裝置。

④ ______________

sa to o ／沙投～

白糖。由甘蔗或甜菜製成的甜味調味料。按精製方法分為白糖、紅糖、冰糖、砂糖。

正確解答 ①お預かりします ②朝ご飯 ③テレビ ④砂糖

文法 × 單字

同步學習！

名詞＋を＋自動詞

自五 走路，步行；到處…

步行在路上。

道（みち）を　歩（ある）きます。

「を」後接自動詞，表示經過的地點或動作的起點。

出（で）る 自下一 出來，出去，離開

7點離開家。

7時（しちじ）に　家（いえ）を　出（で）ます。

試試看！比照上方說明，活用練習其他句子中的單字和文法。

其它例句

走（はし）る

自五（人、動物）跑步，奔跑；（車、船等）行駛

車子在街上奔馳。

車（くるま）が　町（まち）を　走（はし）ります。

飛（と）ぶ

自五 飛，飛行，飛翔

飛機在天上飛。

飛行機（ひこうき）が　空（そら）を　飛（と）びます。

散歩（さんぽ）・する

名・自サ 散步，隨便走走

在公園裡散步。

公園（こうえん）を　散歩（さんぽ）します。

☑ 形音義記憶練習

記住這些單字了嗎？

□歩く（ある） □出る（で） □走る（はし） □飛ぶ（と） □散歩・する（さんぽ）

參考形、音、義在底線處寫出正確單字。

合格記憶三步驟：
① 發音練習
② 圖像記憶
③ 最完整字義解說

① ________
a ru ku ／阿路哭

用腳走路。表示具體的動作。

② ________
sa n po su ru ／沙恩波蘇路

指在家裡附近，為了散心或健康，漫步而行。

動手寫，成效加倍！

③ ________
de ru ／爹路

從裡面向外面移動。相反詞是「はいる」。還指了到別處去，從那裡離開。

④ ________
ha shi ru ／哈西路

人或動物以比步行快的速度移動腳步前進。還有，人和動物以外的物體以高速移動之意。

⑤ ________
to bu ／投不

浮在空中移動，或縱身向空中躍起。也指從某物上面越過。

正確解答 ①歩く（ある） ②散歩・する（さんぽ） ③出る（で） ④走る（はし） ⑤飛ぶ（と）

文法 × 單字

同步學習！

～を おります

自上一（從高處）下來，降落；（從車，船等）下來

從巴士上下來。

バスを　降(お)ります。

表示從車、船、馬、飛機等交通工具上下來。「を」前面是動作離開的場所。

ここ　代 這裡

在這裡下車。

ここで　車(くるま)を　降(お)ります。

試試看！比照上方說明，活用練習其他句子中的單字和文法。

其它例句

さあ

感（表示勸誘，催促）來

來，在這裡下電車吧。

さあ、ここで　電車(でんしゃ)を　降(お)りましょう。

近(ちか)く

名 附近，近旁；（時間上）近期，靠近

在家附近下腳踏車。

家(いえ)の　近(ちか)くで、自転車(じてんしゃ)を　降(お)りる。

☑ 形音義記憶練習

記住這些單字了嗎？

□降（お）りる　□ここ　□さあ　□近（ちか）く

參考形、音、義在底線處寫出正確單字。

合格記憶三步驟：
① 發音練習
② 圖像記憶
③ 最完整字義解說

①＿＿＿＿＿＿
o ri ru ／歐力路

從車、船等交通工具下來。也指從高處下來。

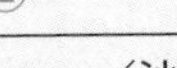

②＿＿＿＿＿＿
sa a ／沙～

邀請、勸誘對方，或令對方做什麼時使用的呼喚聲。

③＿＿＿＿＿＿
ko ko ／叩叩

指示代名詞的近稱。指說話人目前所在的地方，也指靠近說話人的地方。

④＿＿＿＿＿＿
chi ka ku ／七卡哭

其附近一帶。離某一為基準的地方不遠之處。也指時間上的靠近。

①降（お）りる　②さあ　③ここ　④近（ちか）く

文法題

I　[a,b] の中から正しいものを選んで、○をつけなさい。

① 田中さんは日本語（a. が　b. を）勉強しています。

② 昨日、弟（a. が　b. を）生まれました。

③ 家を出る時は鍵（a. に　b. を）かけてください。

④ 秋（a. に　b. が）来ました。

⑤ 冷蔵庫にバター（a. を　b. が）ありますよ。

⑥ 飛行機（a. を　b. へ）降りてから、写真を撮りました。

⑦ 明日は森（a. に　b. を）散歩します。

II　下の文を正しい文に並べ替えなさい。＿＿＿に数字を書きなさい。

① 外は暑いですから、＿＿＿ ＿＿＿ ＿＿＿ ＿＿＿。

1. ましょう　2. を　3. 帽子　4. かぶり

② 弟は ＿＿＿ ＿＿＿ ＿＿＿ ＿＿＿。

1. 2杯　2. 食べました　3. を　4. ラーメン

③ その男 ＿＿＿ ＿＿＿ ＿＿＿ ＿＿＿ 歩いていった。

1. は　2. を　3. 角　4. 曲がって

練習をしましょう 

單字題

I [a ～ e]の中から適当な言葉を選んで、(　　)に入れなさい。

a. レコード　b. 音楽　c. 写真　d. 雑誌　e. カメラ

① 旅行に行って、外国の町の(　　　　　)をたくさん撮りました。

② 私は毎晩ラジオで(　　　　　)を聞いてから寝ます。

③ この(　　　　　)にはフィルムはいりません。

④ 私は毎週月曜日に漫画(　　　　　)を買います。

II [a ～ e]の中から適当な言葉を選んで、(　　)に入れなさい。

a. 私　b. 男　c. 女　d. あなた　e. 人

① 「これは(　　　　　)の傘ですか。」「いいえ、違います。」

② あの赤い服を着た(　　　　　)の子は私の弟です。

③ あそこにいる(　　　　　)の子は周さんの妹さんです。

④ 「山田さんはどなたですか。」「はい、(　　　　　)です。」

III [a ～ e]の中から適当な言葉を選んで、(　　)に入れなさい。

a. たぶん　b. ちょうど　c. たくさん　d. だんだん　e. どうして

① 授業は５時(　　　　　)に終わりました。

② (　　　　　)昨日は早く帰ったんですか。

③ (　　　　　)桜子さんは来ないでしょう。

④ 箱の中に古い葉書が(　　　　　)あります。

文法 × 單字

同步學習！

場所、到達点＋に

自五 到，到達，抵達；寄到

抵達車站了。

駅(えき)に 着(つ)きました。

表示動作、作用的歸著點。

家(いえ) 名 房子，屋;(自己的)家，家庭；家世，門第

我要回家。

家(いえ)に 帰(かえ)ります。

試試看！比照上方說明，活用練習其他句子中的單字和文法。

其它例句

デパート (department store)

名 百貨公司

去百貨公司。

デパートに 行(い)きます。

入(い)れる

他下一 放入，裝進；送進，收容；包含

把書放進包包裡。

本(ほん)を かばんに 入(い)れます。

上(うえ)

名 (位置) 上面，上部；表面

桌上有書。

机(つくえ)の 上(うえ)に 本(ほん)が あります。

木(き)

名 樹，樹木；木材，木料；木柴

樹上有鳥。

木(き)の 上(うえ)に 鳥(とり)が います。

形音義記憶練習

記住這些單字了嗎？

□着(つ)く　□家(いえ)　□デパート (department store)　□入(い)れる　□上(うえ)　□木(き)

參考形、音、義在底線處寫出正確單字。

合格記憶三步驟：
① 發音練習
② 圖像記憶
③ 最完整字義解說

① ________

u e／烏ㄟ

位置高的地方。相反詞是「下(した)」。

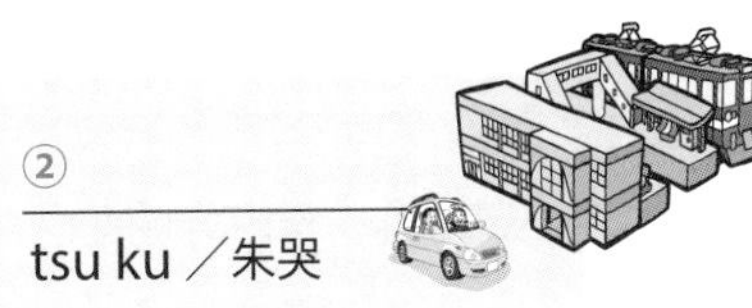

② ________

tsu ku／朱哭

移動位置，到達某一場所、地點。

動手寫，成效加倍！

③ ________

i e／衣耶

供人居住的建築物。也指自己的家。「うち」和「いえ」相比，前者強調「我所在的地方」。

④ ________

de pa a to／爹趴～投

成列各式各樣的商品，大規模地聚集許多商店，進行販賣的地方。

⑤ ________

ki／克衣

在地面上有終年不枯萎的木質堅硬的樹幹的植物。也指木材。

⑥ ________

i re ru／衣雷路

把某東西，從外向裡放。

正確解答 ①上(うえ)　②着(つ)く　③家(いえ)　④デパート　⑤木(き)　⑥入(い)れる

文法 × 單字

同步學習！

track-04

時間＋に

~時（じ）

接尾 …點，…時

1時（いちじ）に　帰（かえ）りました。

一點回去的。

表示動作、作用的時間。

~月（がつ）　接尾 …月

3月（さんがつ）に　会（あ）いました。

3月時有見過面。

試試看！比照上方說明，活用練習其他句子中的單字和文法。

其它例句

~日（にち）

名 號，日，天

12月31日（じゅうにがつさんじゅういちにち）に、日本（にほん）に　帰（かえ）ります。

12月31日回日本。

日曜日（にちようび）

名 星期日

日曜日（にちようび）に、掃除（そうじ）を　します。

星期日掃除。

午後（ごご）

名 下午，午後，後半天

午後（ごご）に　仕事（しごと）を　します。

下午工作。

☑ 形音義記憶練習

記住這些單字了嗎？

□～時（じ） □～月（がつ） □～日（にち） □日曜日（にちようび） □午後（ごご）

參考形、音、義在底線處寫出正確單字。

合格記憶三步驟：
① 發音練習
② 圖像記憶
③ 最完整字義解說

① ______________

～ga tsu ／～嘎朱

接在數字後面，表示月份「…月」。

② ______________

～ni chi ／～你七

接在數字後面，表示幾號「…號」。也指計算日數「…天」。

動手寫，成效加倍！

③ ______________

～ji ／～雞

接在時間詞的後面，表示「…點」、「…時」。

④ ______________

go go ／勾勾

從正午到日落之間。也指從正午到夜裡 12 點這段時間。

⑤ ______________

ni chi yo o bi ／你七呦烏～逼

一週的第一天。星期日。也說「日曜（にちよう）」和「日（にち）」。

正確解答 ①～月（がつ） ②～日（にち） ③～時（じ） ④午後（ごご） ⑤日曜日（にちようび）

文法 × 單字

同步學習！

目的＋に

名・自サ 旅行，旅遊，遊歷

明天要去旅行。

明日(あした)、旅行(りょこう)に　行(い)きます。

表示動作、作用的目的、目標、對象。可譯作「去、到」。

ギター (guitar) **名** 吉他

去練吉他。

ギターの　練習(れんしゅう)に　行(い)きます。

試試看！比照上方說明，活用練習其他句子中的單字和文法。

其它例句

買(か)い物(もの)

名 購物，買東西；要買的東西；買到的東西

到百貨公司購物。

デパートに　買(か)い物(もの)に　行(い)く。

習(なら)う

他五 學習，練習

去學英語。

英語(えいご)を　習(なら)いに　行(い)く。

来(く)る

自サ（空間、時間上的）來，到來

我前來學日語。

日本語(にほんご)を　勉強(べんきょう)しに　来(き)ました。

☑ 形音義記憶練習

記住這些單字了嗎？

□旅行（りょこう）・する　□ギター（guitar）　□買（か）い物（もの）　□習（なら）う　□来（く）る

參考形、音、義在底線處寫出正確單字。

合格記憶三步驟：
① 發音練習
② 圖像記憶
③ 最完整字義解說

①＿＿＿＿＿＿＿＿

gi ta a／吉他～

弦樂器的一種。
一般有 6 根弦。

②＿＿＿＿＿＿＿＿

na ra u／那拉烏

向別人學習學問、技藝等的做法。有接受指導之意。

動手寫，成效加倍！

③＿＿＿＿＿＿＿＿

ka i mo no／卡衣某挪

指買東西。也指購買的東西。

④＿＿＿＿＿＿＿＿

ku ru／哭路

某事物在空間或時間上，朝自己所在的方向接近。

⑤＿＿＿＿＿＿＿＿

ryo ko o su ru／溜叩～蘇路

指出門到外地去進行參觀。

正確解答　①ギター　②習（なら）う　③買（か）い物（もの）　④来（く）る　⑤旅行（りょこう）・する

文法 × 單字

同步學習！

期間＋に＋次数

名・接尾 ～回，次數

一個星期游一次泳。

一週間（いっしゅうかん）に　一回（いっかい）、泳（およ）ぎます。

表示某一範圍內的數量或次數。

～ヶ月（かげつ）　接尾 ～個月

兩個月去玩一次。

2ヶ月（にかげつ）に　一回（いっかい）、遊（あそ）びに　行（い）きます。

試試看！比照上方說明，活用練習其他句子中的單字和文法。

其它例句

～度（ど）

名・接尾 ～次；～度

一年旅行一次。

一年（いちねん）に　一度（いちど）、旅行（りょこう）を　します。

10日（とおか）

名 10天；10號，10日

每10天打一通電話給媽媽。

10日（とおか）に　一回（いっかい）、母（はは）に　電話（でんわ）を　かけます。

ご飯（はん）

名 米飯；飯食，餐

一天吃3頓飯。

一日（いちにち）に　3回（さんかい）、ご飯（はん）を　食（た）べる。

記住這些單字了嗎？

☑ 形音義記憶練習

□～回(かい)　□～ヶ月(かげつ)　□～度(ど)　□10日(とおか)　□ご飯(はん)

參考形、音、義在底線處寫出正確單字。

合格記憶三步驟：
① 發音練習
② 圖像記憶
③ 最完整字義解說

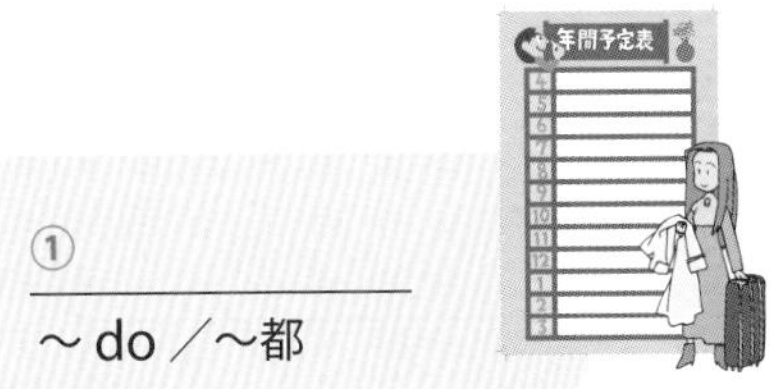

① ______________

～do／～都

上接數字，表示次數。也指溫度、眼鏡等的度數。

② ______________

～ka ge tsu／～卡給朱

「ヶ月」漢字是「個月」。上接數字表示「…個月」。

動手寫，成效加倍！

③ ______________

～ka i／～卡衣

用作助數詞。上接數字表示「…次」、「…回」。

④ ______________

to o ka／投歐～卡

計算日數的「10天」。也指月日的「10號」。

⑤ ______________

go ha n／勾哈恩

「めし」的鄭重說法。「めし」是用大米、麥子等燒的飯。「食事(しょくじ)」是指每日的早、午、晚3餐。

正確解答　①～度(ど)　②～ヶ月(かげつ)　③～回(かい)　④10日(とおか)　⑤ご飯(はん)

文法 × 單字 同步學習！

～へ行(い)きます

名 姨媽，嬸嬸，姑媽，伯母，舅媽

到姨媽家去。

叔母(おば)の　家(うち)へ　行(い)きます。

前接跟地方有關的名詞，表示動作所往的目的地。可譯作「到…去」。

会社(かいしゃ)　名 公司；商社

9點去公司。

9時(くじ)に　会社(かいしゃ)へ　行(い)きます。

試試看！比照上方說明，活用練習其他句子中的單字和文法。

其它例句

教室(きょうしつ)
名 教室

一起去教室。

いっしょに　教室(きょうしつ)へ　行(い)きました。

大使館(たいしかん)
名 大使館

下週到大使館去。

来週(らいしゅう)　大使館(たいしかん)へ　行(い)きます。

☑ 形音義記憶練習

記住這些單字了嗎？

□伯母（おば）／叔母（おば） □会社（かいしゃ） □教室（きょうしつ） □大使館（たいしかん）

參考形、音、義在底線處寫出正確單字。

合格記憶三步驟：
① 發音練習
② 圖像記憶
③ 最完整字義解說

① ＿＿＿＿＿＿＿＿

kyo o shi tsu／卡呦烏～西朱

學校上課的房間。

② ＿＿＿＿＿＿＿＿

ka i sha／卡衣蝦

以營利為目的，依照公司法，組織而成的法人。

動手寫，成效加倍！

③ ＿＿＿＿＿＿＿＿

ta i shi ka n／她衣西卡恩

做為國家的代表，在建交國做自己國家與建交國之間橋樑的機構。

④ ＿＿＿＿＿＿＿＿

o ba／歐拔

父母的姊、妹。也指父母的兄或弟的妻。父母的姊姊寫作「伯母」，父母的妹妹寫作「叔母」。

正確解答 ①教室（きょうしつ） ②会社（かいしゃ） ③大使館（たいしかん） ④伯母（おば）／叔母（おば）

文法題

I [a,b] の中から正しいものを選んで、○をつけなさい。

① 電車が駅 (a. に　b. が) 着きました。

② 夏は北海道へ遊び (a. に　b. へ) 行きます。

③ アメリカへ絵の勉強 (a. で　b. に) 行きます。

④ 彼女に１週間 (a. が　b. に) ３回電話をかけます。

⑤ 日曜日 (a. に　b. で) 映画を見ました。

⑥ この本は友達 (a. を　b. に) 借りました。

⑦ タクシーで映画館 (a. へ　b. を) 行きました。

II 下の文を正しい文に並べ替えなさい。＿＿＿に数字を書きなさい。

① 壁 ＿＿＿ ＿＿＿ ＿＿＿ ＿＿＿ を掛けます。

1. 動物　2. に　3. の　4. 写真

② 私の ＿＿＿ ＿＿＿ ＿＿＿ ＿＿＿ います。

1. は　2. に　3. アメリカ　4. 兄

③ お薬を出します。＿＿＿ ＿＿＿ ＿＿＿ ＿＿＿ ください。

1. に　2. １か月後　3. また　4. 来て

練習をしましょう　復習②　單字題

I [a ～ e]の中から適当な言葉を選んで、(　　)に入れなさい。

a. パーティー　b. 絵　c. ギター　d. 映画　e. 買い物

① この(　　　　　　)を描いた人は鈴木さんです。

② ローラさんの誕生日(　　　　　　)はホテルで開きます。

③ 日曜日に母と一緒にデパートに(　　　　　　)に行きました。

④ 弟が(　　　　　　)をひいています。

II [a ～ e]の中から適当な言葉を選んで、(　　)に入れなさい。

a. 家　b. ドア　c. プール　d. トイレ　e. ところ

① (　　　　　　)に入る前に体操をしましょう。

② バイクで日本のいろいろな(　　　　　　)を旅行したいです。

③ 私の(　　　　　　)の隣にレストランがあります。

④ 目の前で電車の(　　　　　　)が閉まりました。

III [a ～ e]の中から適当な言葉を選んで、(　　)に入れなさい。

a. 入り口　b. アパート　c. 箱　d. 池　e. 庭

① デパートの(　　　　　　)で待っています。

② (　　　　　　)に小さい花が咲いていました。

③ (　　　　　　)に魚がいます。

④ 駅から近い(　　　　　　)に住みたいです。

場所＋で

名 蔬果店，菜舖

到蔬菜店買了水果。

八百屋（やおや）で、果物（くだもの）を　買（か）いました。

表示動作進行的場所。可譯作「在」。

郵便局（ゆうびんきょく） 名 郵局

到郵局寄了信。

郵便局（ゆうびんきょく）で、手紙（てがみ）を　出（だ）しました。

試試看！比照上方說明，活用練習其他句子中的單字和文法。

其它例句

川（かわ）
名 河川，河流

在河裡游泳。

川（かわ）で　泳（およ）ぎました。

台所（だいどころ）
名 廚房

在廚房做料理。

台所（だいどころ）で　料理（りょうり）を　作（つく）ります。

☑ 形音義記憶練習

記住這些單字了嗎？

□八百屋（やおや） □郵便局（ゆうびんきょく） □川（かわ） □台所（だいどころ）

參考形、音、義在底線處寫出正確單字。

合格記憶三步驟：
① 發音練習
② 圖像記憶
③ 最完整字義解說

①＿＿＿＿＿＿＿＿

ka wa ／卡瓦

從山裡流出，沿著地面的低窪處又繼續流，直到注入海裡的水流。

②＿＿＿＿＿＿＿＿

yu u bi n kyo ku ／尤～逼恩卡喲烏哭

把書信、明信片、郵包等收集起來，郵寄到收件地址的機關。也進行存儲、保險業務。

③＿＿＿＿＿＿＿＿

ya o ya ／押歐押

賣蔬菜、水果的零售商店。也指以此為職業的人。

④＿＿＿＿＿＿＿＿

da i do ko ro ／答衣都叩落

在家裡做食物的地方。類似的詞有「キッチン」、「勝手（かって）」。

正確解答 ①川（かわ） ②郵便局（ゆうびんきょく） ③八百屋（やおや） ④台所（だいどころ）

文法 × 單字

同步學習！

方法、道具、材料等＋で

自動車（じどうしゃ）

名 車，汽車

坐車子前往。

自動車（じどうしゃ）で　行（い）きます。

表示用的交通工具，可譯作「乘坐」；動作的方法、手段，可譯作「用」；使用的材料，可譯作「用」。

鉛筆（えんぴつ）　名 鉛筆

用鉛筆寫字。

鉛筆（えんぴつ）で　書（か）きます。

試試看！比照上方說明，活用練習其他句子中的單字和文法。

其它例句

コップ (kop 荷)

名 杯子，玻璃杯，茶杯

用杯子喝水。

コップで、水（みず）を　飲（の）む。

洗（あら）う

他五 沖洗，清洗；(徹底) 調查，查（清）

用香皂洗過了。

石鹸（せっけん）で　洗（あら）いました。

箸（はし）

名 筷子，箸

用木頭做成筷子。

木（き）で　箸（はし）を　作（つく）りました。

☑ 形音義記憶練習

記住這些單字了嗎？

□ 自動車（じどうしゃ） □ 鉛筆（えんぴつ） □ コップ（kop 荷） □ 洗う（あらう） □ 箸（はし）

參考形、音、義在底線處寫出正確單字。

合格記憶三步驟：
① 發音練習
② 圖像記憶
③ 最完整字義解說

① ＿＿＿＿＿＿
ko ppu／叩＾撲

用玻璃、壓克力、金屬等製作的圓筒形，用來喝水、酒等的器具。另外，「カップ」是有把手的茶杯。

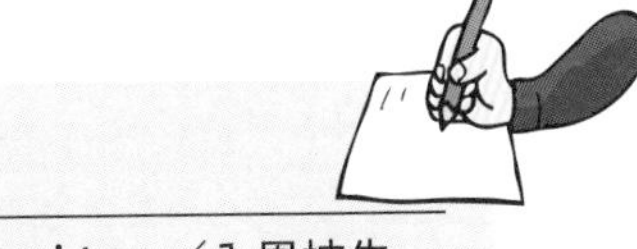

② ＿＿＿＿＿＿
e n pi tsu／ㄟ恩披朱

木桿中間有筆芯的書寫用具。

動手寫，成效加倍！

③ ＿＿＿＿＿＿
ji do o sha／雞都～蝦

靠發動機的動力使車輪轉動，在道路上自由奔馳的車輛。

④ ＿＿＿＿＿＿
a ra u／阿拉烏

用水和洗滌劑等敲打、搓、揉去污的動作。

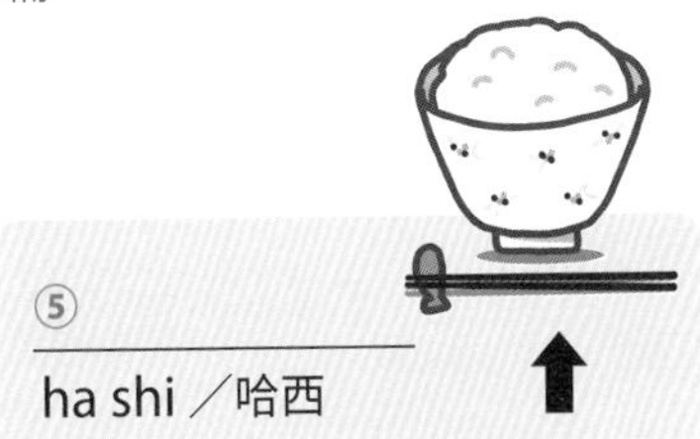

⑤ ＿＿＿＿＿＿
ha shi／哈西

夾取食物的成對的兩根細棍子。

正確解答 ①コップ ②鉛筆（えんぴつ） ③自動車（じどうしゃ） ④洗う（あらう） ⑤箸（はし）

文法 × 單字

同步學習！

理由＋で

名 生病，疾病；毛病，缺點

因為生病，所以向公司請假。

病気（びょうき）<u>で</u>　会社（かいしゃ）を　休（やす）みました。

表示原因、理由，可譯作「因為」。

学校（がっこう）　名 學校；（有時指）上課

因為感冒，所以沒去學校。

風邪（かぜ）<u>で</u>　学校（がっこう）に　行（い）きませんでした。

試試看！比照上方說明，活用練習其他句子中的單字和文法。

其它例句

忙（いそが）しい
形 忙，忙碌

為工作而忙。

仕事（しごと）<u>で</u>　忙（いそが）しかったです。

疲（つか）れる
自下一 疲倦，疲勞

因為練習而感到疲勞。

練習（れんしゅう）<u>で</u>　疲（つか）れました。

雪（ゆき）
名 雪

電車因為下雪而停駛了。

雪（ゆき）<u>で</u>、電車（でんしゃ）が　止（と）まりました。

☑ 形音義記憶練習

記住這些單字了嗎？

□病気（びょうき）　□学校（がっこう）　□忙しい（いそがしい）　□疲れる（つかれる）　□雪（ゆき）

參考形、音、義在底線處寫出正確單字。

合格記憶三步驟：
① 發音練習
② 圖像記憶
③ 最完整字義解說

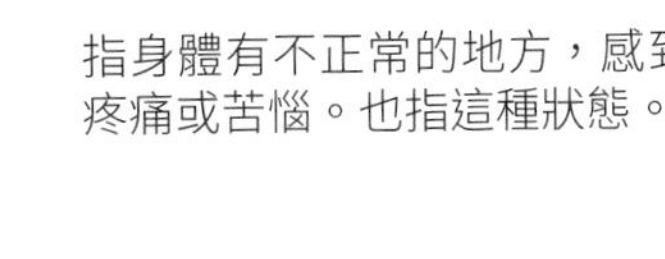

① ________

byo o ki ／比呦烏～克衣

指身體有不正常的地方，感到疼痛或苦惱。也指這種狀態。

② ________

ga kkoo ／嘎＾叩～

把人們集中在一起，進行教育的地方。有小學、中學、高中、大學、職業學校等。

動手寫，成效加倍！

③ ________

yu ki ／尤克衣

冬天從空中降落的白色冰冷結晶。大氣層中的水蒸氣，突然變冷形成冰晶顆粒，集中降落。

④ ________

tsu ka re ru ／朱卡雷路

由於耗費了體力和精神，精力變得不足。用在肉體跟精神兩方面。

⑤ ________

i so ga shi i ／衣搜嘎西～

要做的事情一個接著一個，沒有一時間暇，忙得不可開交的樣子。

正確解答　①病気（びょうき）　②学校（がっこう）　③雪（ゆき）　④疲れる（つかれる）　⑤忙しい（いそがしい）

文法 × 單字

同步學習！

数量＋で＋数量

三つ（みっつ）

名 3；3個；3歲

3個共100日圓。

三つ（みっつ）で　100円（ひゃくえん）です。

表示數量。

五つ（いつつ）　名 5個；5歲；第5（個）

5個一組。

五つ（いつつ）で　一（ワン）セットです。

試試看！比照上方說明，活用練習其他句子中的單字和文法。

其它例句

7（しち）／7（なな）
名 7

7個500圓。

7（なな）個（こ）で500円（ごひゃくえん）です。

千（せん）
名（一）千

5個共1000日圓。

五つ（いつつ）で　千円（せんえん）です。

グラム
(gramme 法)
名 公克

3個共200公克。

三つ（みっつ）で　200（にひゃく）グラムです。

☑ 形音義記憶練習

記住這些單字了嗎？

□三つ（みっつ） □五つ（いつつ） □7／7（しち／なな） □千（せん） □グラム (gramme 法)

參考形、音、義在底線處寫出正確單字。

合格記憶三步驟：
① 發音練習
② 圖像記憶
③ 最完整字義解說

① ______

se n ／水恩

數目名稱。表示 4 位數，位於 3 位數「百」之後，5 位數「万」之前。

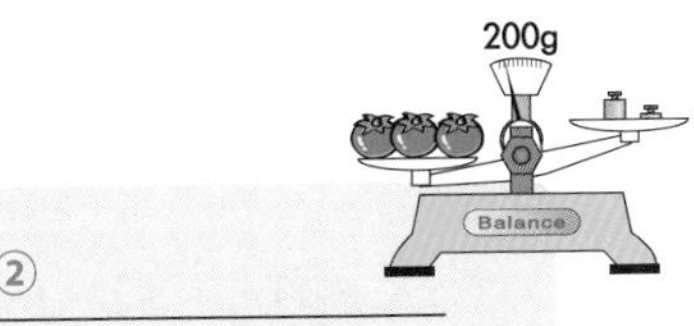

② ______

gu ra mu ／估拉木

國際公制的重量單位。符號 g。一公斤的千分之一。克。

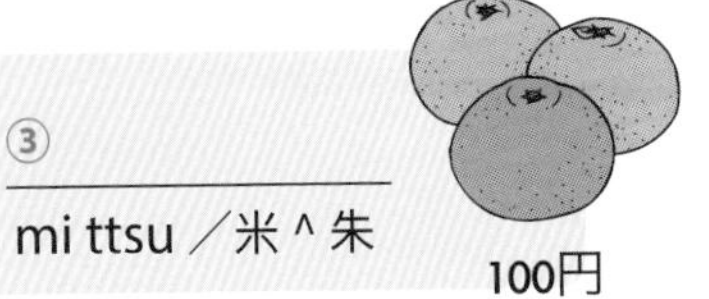

③ ______

mi ttsu ／米 ^ 朱

計算東西或年齡的第 3 個數字。

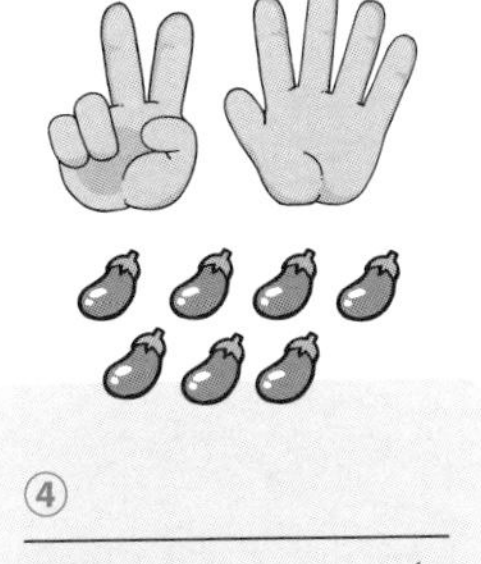

④ ______

shi chi ・ na na ／西七・那那

數目中的 7。6 的下一個數字。也念作「しち」。

⑤ ______

i tsu tsu ／衣朱朱

計算東西或年齡的第 5 個數字。

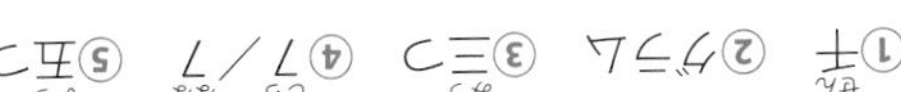

練習をしましょう 復習③ 文法題

I [a,b] の中から正しいものを選んで、○をつけなさい。

① 今はホテル （a. で　　b. に） 働いています。

② ことばの意味を辞書 （a. で　　b. に） 調べます。

③ この部屋に靴 （a. で　　b. を） 入らないでください。

④ みかん （a. に　　b. で） お菓子を作ります。

⑤ 歩いても行けますが、バスに乗れば 10 分 （a. で　　b. は） 着きます。

⑥ 机の下 （a. で　　b. に） 犬がいます。

⑦ テーブル （a. で　　b. に） 料理を並べました。

II 下の文を正しい文に並べ替えなさい。＿＿＿に数字を書きなさい。

① 車 ＿＿＿ ＿＿＿ ＿＿＿ ＿＿＿ 2匹遊んでいます。

1. 犬　　2. で　　3. の上　　4. が

② ＿＿＿ ＿＿＿ ＿＿＿ ＿＿＿ 上がってください。

1. に　　2. で　　3. エレベーター　　4. 5階

③ 卵 ＿＿＿ ＿＿＿ ＿＿＿ ＿＿＿ を作りました。

1. パン　　2. と　　3. サンドイッチ　　4. で

練習をしましょう 復習③ 單字題

I [a ～ e]の中から適当な言葉を選んで、(　　)に入れなさい。

a. 十　　b. 四つ　　c. 二十歳　　d. 五つ　　e. 一つ

① １・２・３・４から一番良い答えを(　　　　　)選びなさい。

② (　　　　　)の季節の中で、春が好きです。

③ 私は(　　　　　)で、来年の１月に成人式を迎えます。

④ 小学生の息子はもうすぐ(　　　　　)になります。

II [a ～ e]の中から適当な言葉を選んで、(　　)に入れなさい。

a. いくつ　　b. 五つ　　c. 九つ　　d. 三つ　　e. 番号

① おじいさんはお(　　　　　)ですか。

② このメロンは一つ ３５０ 円で、(　　　　　)で 1050 円です。

③ 電話(　　　　　)をノートに書きます。

④ パンは七つありますが、卵は(　　　　　)だけです。二つ足りません。

III [a ～ e]の中から適当な言葉を選んで、(　　)に入れなさい。

a. デパート　　b. 公園　　c. 郵便局　　d. 映画館　　e. レストラン

① 今夜は(　　　　　)でステーキを食べましょう。

② 今朝は山下さんと(　　　　　)を散歩しました。

③ (　　　　　)へプレゼントを買いに行きます。

④ 新しい(　　　　　)ができました。映画を見にいきましょう。

文法 × 單字　同步學習！

track-06

名詞＋と＋名詞

名 麵包

吃了麵包和蛋。

パンと　卵（たまご）を　食（た）べました。

表示幾個事務的並列，可譯作「和、與」。

映画館（えいがかん）　名 電影院

有電影院和銀行。

映画館（えいがかん）と　銀行（ぎんこう）が　あります。

試試看！比照上方說明，活用練習其他句子中的單字和文法。

其它例句

お父（とう）さん

名（"父" 的敬稱）爸爸，父親；您父親，令尊

父母親都好嗎？

お父（とう）さんと　お母（かあ）さんは、お元気（げんき）ですか。

金曜日（きんようび）

名 星期五

星期五和星期六都很忙。

金曜日（きんようび）と　土曜日（どようび）は　忙（いそが）しいです。

生徒（せいと）

名 學生

教室裡有老師和學生。

教室（きょうしつ）に、先生（せんせい）と　生徒（せいと）が　います。

☑ 形音義記憶練習

記住這些單字了嗎？

□パン　□映画館（えいがかん）　□お父（とう）さん　□金曜日（きんようび）　□生徒（せいと）

參考形、音、義在底線處寫出正確單字。

合格記憶三步驟：
① 發音練習
② 圖像記憶
③ 最完整字義解說

① ____________
o to o sa n／
歐投～沙恩

敬稱他人父親的詞。也指孩子們充滿親暱的感情，稱呼父親的詞。

② ____________
se e to／水～投

在學校學習的人，特別是指在中小學學習的人。

動手寫，成效加倍！

③ ____________
pa n／胖恩

在小麥裡加上酵母和食鹽等，用水和好發酵後，烤製的食品。

④ ____________
ki n yo o bi／
克衣恩呦烏～逼

一週的第6天。星期五。也說「金曜（きんよう）」和「金（きん）」。

⑤ ____________
e e ga ka n／ㄟ～嘎卡恩

播放電影的地方。

正確解答　①お父（とう）さん　②生徒（せいと）　③パン　④金曜日（きんようび）　⑤映画館（えいがかん）

文法 × 單字

同步學習！

～と（いっしょに）

名 伯伯，叔叔，舅舅，姨丈，姑丈

和伯伯一起吃了飯。

伯父（おじ）と　一緒（いっしょ）に　ご飯（はん）を食（た）べました。

表示跟某對象一起去做某事。「と」前面是一起動作的對象。可譯作「與…一起」。

子（こ）ども　名 自己的兒女；小孩，孩子，兒童

跟小朋友一起唱歌。

子（こ）どもと　一緒（いっしょ）に　歌（うた）を　歌（うた）う。

試試看！比照上方說明，活用練習其他句子中的單字和文法。

其它例句

飲（の）む

他五 喝，吞，嚥，吃（藥）

和朋友一起喝了酒。

友達（ともだち）と　一緒（いっしょ）に、お酒（さけ）を　飲（の）んだ。

お母（かあ）さん

名（“母”的敬稱）媽媽，母親；您母親，令堂

和媽媽一起去買了東西。

お母（かあ）さんと　一緒（いっしょ）に、買（か）い物（もの）をしました。

カメラ (camera)

名 照相機；攝影機

相機和底片都一起買了。

カメラと　一緒（いっしょ）に、フィルムも　買（か）いました。

☑ 形音義記憶練習

記住這些單字了嗎？

□伯父(おじ) □子(こ)ども □飲(の)む □お母(かあ)さん □カメラ (camera)

參考形、音、義在底線處寫出正確單字。

① ______________

o ka a sa n／歐卡～沙恩

孩子們充滿親昵的感情，稱呼母親的詞。也指敬稱他人母親的詞。

② ______________

ko do mo／叩都某

某一對男女之間所生的人。也指年記小，還不能認定是長大成人的人。

③ ______________

o ji／歐雞

父母的兄弟。也指父母的姊妹的丈夫。父母的哥哥寫作「伯父」，父母的弟弟寫作「叔父」。

④ ______________

no mu／挪木

液體、粉粒等，咽入體內的動作。

⑤ ______________

ka me ra／卡妹拉

指照相機。也指電影或電視的攝影機。底片叫「フィルム」。

正確解答 ①お母(かあ)さん ②子(こ)ども ③伯父(おじ) ④飲(の)む ⑤カメラ

文法 × 單字

同步學習！

～と会(あ)います

在咖啡廳碰到了田中先生。

名 咖啡店

喫茶店(きっさてん)で、田中(たなか)さんと会(あ)いました。

表示跟某對象見面。「と」前面是見面的對象。可譯作「跟…見面」。

午前(ごぜん) 名 上午，午前

上午 10 點和老師碰面。

午前(ごぜん) 10時(じゅうじ)に、先生(せんせい)と 会(あ)います。

試試看！比照上方說明，活用練習其他句子中的單字和文法。

其它例句

お祖母(ばあ)さん

名 祖母；外祖母；奶奶，姥姥

什麼時候跟奶奶見面？

お祖母(ばあ)さんと いつ 会(あ)いますか。

町(まち)

名 城鎮；街道；町

在街上跟朋友見面。

町(まち)で、友達(ともだち)と 会(あ)います。

一昨日(おととい)

名 前天

前天跟誰見了面？

一昨日(おととい)、誰(だれ)かと 会(あ)いましたか。

☑ 形音義記憶練習

記住這些單字了嗎？

□ 喫茶店（きっさてん） □ 午前（ごぜん） □ お祖母（ばあ）さん □ 町（まち） □ 一昨日（おととい）

參考形、音、義在底線處寫出正確單字。

合格記憶三步驟：
① 發音練習
② 圖像記憶
③ 最完整字義解說

① ________

ki ssa te n／克衣＾沙貼恩

供應咖啡、茶及點心等的飲食店。

② ________

go ze n／勾瑞恩

從天亮到正午之間。又指自夜裡 12 點到正午之間。

動手寫，成效加倍！

③ ________

o to to i／歐投投衣

昨天的前一天。念法比較特別喔！

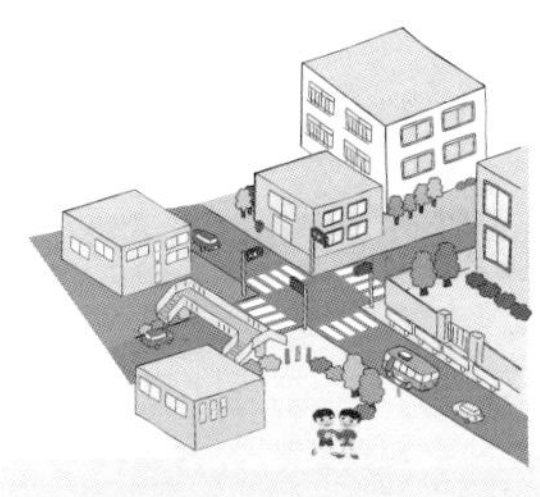

④ ________

ma chi／媽七

眾多人聚集生活的地方。城鎮，城市；又指城市中商店林立的繁華街道。街道。

⑤ ________

o ba a sa n／歐拔～沙恩

父親或母親的媽媽。對祖母的敬稱；對一般老年婦女的稱呼。

正確解答 ①喫茶店（きっさてん） ②午前（ごぜん） ③一昨日（おととい） ④町（まち） ⑤お祖母（ばあ）さん

文法 × 單字

同步學習！

～と けんかします

昨日（きのう）

名 昨天

昨天跟朋友吵了架。

昨日（きのう）、友達（ともだち）と　けんかしました。

表示跟某對象吵架。「と」前面是吵架的對象。可譯作「跟…吵架」。

何時（いつ）も　副 經常，隨時，無論何時；日常，往常

經常跟哥哥吵架。

いつも　兄（あに）と　けんかします。

試試看！比照上方說明，活用練習其他句子中的單字和文法。

其它例句

奥（おく）さん

名 太太，尊夫人

你會跟太太吵架嗎？

奥（おく）さんと　けんかしますか？

どうして

副 為什麼，何故；如何

為了什麼原因跟哥哥吵架？

どうして　お兄（にい）さんと　けんかしますか？

女（おんな）

名 女人，女性，婦女；女人的容貌，姿色

我不跟女人吵架。

私（わたし）は、女（おんな）とは　けんかしません。

☑ 形音義記憶練習

記住這些單字了嗎？

□昨日（きのう）　□何時も（いつ）　□奥さん（おく）　□どうして　□女（おんな）

參考形、音、義在底線處寫出正確單字。

合格記憶三步驟：
① 發音練習
② 圖像記憶
③ 最完整字義解說

① ＿＿＿＿＿＿＿＿

do o shi te／都～西貼

表示對理由的質疑。有時候有不以為然的心理。又可以說成「なぜ」。

② ＿＿＿＿＿＿＿＿

i tsu mo／衣朱某

表示不受時間、場合的限制，無論何時。經常。時常。

③ ＿＿＿＿＿＿＿＿

ki no o／克衣挪～

今天的前一天。

④ ＿＿＿＿＿＿＿＿

o ku sa n／歐哭沙恩

對別人妻子的稱呼。說法比「奥様（おくさま）」稍隨便些。

⑤ ＿＿＿＿＿＿＿＿

o n na／歐恩那

人類的性別。女性。女人。又指發育成長為成年人的女子。

正確解答　①どうして　②何時（いつ）も　③昨日（きのう）　④奥（おく）さん　⑤女（おんな）

I [a,b]の中(なか)から正(ただ)しいものを選(えら)んで、○をつけなさい。

① 四(よっ)つの季節(きせつ)では、春(はる)（a. と　b. も）秋(あき)が好(す)きです。

② 友達(ともだち)（a. に　b. と）図書館(としょかん)で勉強(べんきょう)します。

③ 日曜日(にちようび)は陳(ちん)さん（a. を　b. と）会(あ)いました。

④ 私(わたし)は昨日(きのう)、友達(ともだち)（a. と　b. が）喧嘩(けんか)しました。

⑤ 公園(こうえん)に猫(ねこ)（a. で　b. と）犬(いぬ)がいます。

⑥ 彼女(かのじょ)（a. は　b. と）いっしょに温泉(おんせん)へ行(い)きます。

⑦ 私(わたし)（a. と　b. へ）結婚(けっこん)してください。

II 下(した)の文(ぶん)を正(ただ)しい文(ぶん)に並(なら)べ替(か)えなさい。＿＿に数字(すうじ)を書(か)きなさい。

① 毎朝(まいあさ)、＿＿　＿＿　＿＿　＿＿　を散歩(さんぽ)します。

1. 犬(いぬ)　2. 公園(こうえん)　3. 一緒(いっしょ)に　4. と

② デパートで靴(くつ)　＿＿　＿＿　＿＿　＿＿　ました。

1. と　2. を　3. かばん　4. 買(か)い

③ 今日(きょう)の　＿＿　＿＿　＿＿　＿＿　紅茶(こうちゃ)でした。

1. は　2. と　3. パン　4. 朝(あさ)ご飯(はん)

練習をしましょう  單字題

I [a～e]の中から適当な言葉を選んで、(　　)に入れなさい。

a. 母　b. 叔母さん　c. 弟　d. 兄弟　e. お祖母さん

① 私は３人(　　　　　　　　)の真ん中です。

② 父と(　　　　　　　　)は結婚して３０年になりました。

③ お父さんのお母さんは私の(　　　　　　　　)です。

④ 上の兄とは二つ、下の(　　　　　　　　)とは四つ違います。

II [a～e]の中から適当な言葉を選んで、(　　)に入れなさい。

a. 家族　b. お祖父さん　c. 妹　d. お姉さん　e. 伯父さん

① 私の下に(　　　　　　　　)が二人と弟が一人います。

② 三つ年上の(　　　　　　　　)と私は仲がいいです。

③ 私の家は私と両親と兄二人がいて、５人(　　　　　　　　)です。

④ (　　　　　　　　)はお母さんのお兄さんです。

III [a～e]の中から適当な言葉を選んで、(　　)に入れなさい。

a. 喫茶店　b. ホテル　c. 病院　d. 大使館　e. 八百屋

① 疲れたので、(　　　　　　　　)に入って、コーヒーを飲みました。

② 父は(　　　　　　　　)で働いていますが、医者ではありません。

③ (　　　　　　　　)で果物や野菜を買いました。

④ この(　　　　　　　　)は１泊で１万円です。

文法 × 單字 同步學習！

場所＋から・場所＋まで

あそこ

代 那邊

從這邊到那邊大約要幾分鐘？

ここから　あそこまで、何分（なんぷん）ぐらいですか。

表示空間的起點和終點。可譯作「從…到」。

駅（えき）　名（鐵路的）車站

從車站走到家。

駅（えき）から　家（いえ）まで　歩（ある）きました。

試試看！比照上方說明，活用練習其他句子中的單字和文法。

其它例句

キロメートル (kilometre 法)
名 一千公尺，一公里

從這裡到鄰鎮，約是 200 公里。

ここから　隣（となり）の　町（まち）まで　200（にひゃく）キロメートル　ぐらいです。

～時間（じかん）
接尾 ～小時

從東京到京都要花上 2 小時。

東京（とうきょう）から　京都（きょうと）まで　2時間（にじかん）　かかります。

電車（でんしゃ）
名 電車

從新宿搭電車到上野。

新宿（しんじゅく）から　上野（うえの）まで、電車（でんしゃ）に　乗（の）りました。

☑ 形音義記憶練習

記住這些單字了嗎？

□あそこ　□駅（えき）　□キロメートル (kilometre 法)　□～時間（じかん）　□電車（でんしゃ）

參考形、音、義在底線處寫出正確單字。

合格記憶三步驟：
① 發音練習
② 圖像記憶
③ 最完整字義解說

①＿＿＿＿＿＿＿＿

de n sha／爹恩蝦

依靠電力在軌道上行駛，運載乘客和貨物的車輛。

②＿＿＿＿＿＿＿＿

a so ko／阿搜叩

指離說話者和聽話者都遠，但雙方都能看得到的地方的詞。場所指示代名詞。

動手寫，成效加倍！

③＿＿＿＿＿＿＿＿

ki ro me e to ru／克衣落妹～投路

國際公制的長度單位。一公里等於 1000 公尺，也簡稱為「キロ」。符號是「km」。

④＿＿＿＿＿＿＿＿

～ji ka n／～雞卡恩

計算小時的單位。

⑤＿＿＿＿＿＿＿＿

e ki／ㄟ克衣

電車或火車發車和到達的地方，讓乘客上下車的地方。也是貨物上下貨的地方。

正確解答　①電車（でんしゃ）　②あそこ　③キロメートル　④～時間（じかん）　⑤駅（えき）

文法 × 單字

同步學習！

時間＋から・時間＋まで

暇(ひま)

名・形動 時間，功夫；空閒時間，暇餘

1點到2點有空。

1時(いちじ)から　2時(にじ)まで　暇(ひま)です。

表示空間的起點和終點。可譯作「從...到」。

来年(らいねん)　名 明年

從明年到後年要到美國留學。

来年(らいねん)から　再来年(さらいねん)まで、アメリカに　留学(りゅうがく)します。

試試看！比照上方說明，活用練習其他句子中的單字和文法。

其它例句

火曜日(かようび)　名 星期二

星期五到星期二這段期間不在家。

金曜日(きんようび)から　火曜日(かようび)まで、うちに　いません。

去年(きょねん)　名 去年

從 2020 年起到去年為止，都在大學念書。

2020年(にせんにじゅうねん)から　去年(きょねん)まで、大学(だいがく)で　勉強(べんきょう)しました。

一日(ついたち)　名 初一，（每月）一日

初一到初３要去旅行。

一日(ついたち)から　3日(みっか)まで、旅行(りょこう)に　行(い)きます。

☑ 形音義記憶練習

記住這些單字了嗎？

□暇（ひま）　□来年（らいねん）　□火曜日（かようび）　□去年（きょねん）　□一日（ついたち）

參考形、音、義在底線處寫出正確單字。

合格記憶三步驟：
① 發音練習
② 圖像記憶
③ 最完整字義解說

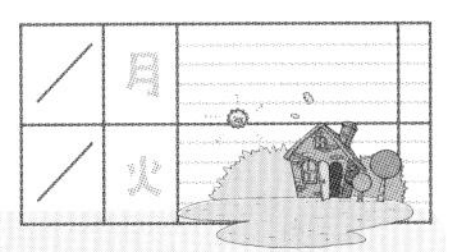

① ____________________

ka yo o bi ／卡呦烏～逼

一週的第３天。星期二。也說「火曜（かよう）」和「火（か）」。

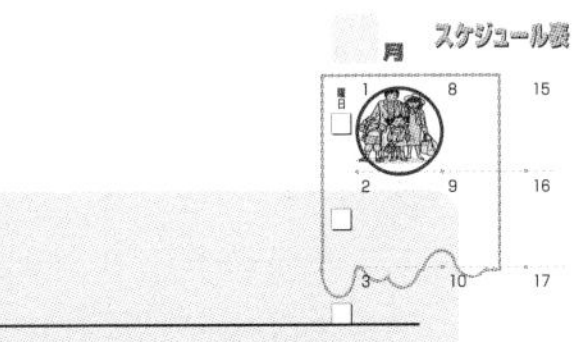

② ____________________

tsu i ta chi ／朱衣她七

月份的第一天。

動手寫，成效加倍！

③ ____________________

kyo ne n ／卡呦烏內恩

今年的前一年。這裡的「去」就想成是「前一個」的意思囉！

④ ____________________

hi ma ／喝衣媽

當名詞時，沒有工作或義務的麻煩，自己可以自由支配時間。當形容詞時，能夠自由支配時間的樣子。

⑤ ____________________

ra i ne n ／拉衣內恩

今年的下一年。這裡的「來」就想成是「下一個」的意思囉！

正確解答　①火曜日（かようび）　②一日（ついたち）　③去年（きょねん）　④暇（ひま）　⑤来年（らいねん）

文法 × 單字

同步學習！

～から～まで

名 大人，成人

來了很多人，從小孩到大人都有。

子（こ）どもから　大人（おとな）まで、たくさんの　人（ひと）が　来（き）ました。

「から」跟「まで」經常前後呼應使用。可譯作「從…到…」。

洗濯（せんたく）・する　名・他サ 洗衣服，清洗，洗滌

從清洗到打掃全部包辦。

洗濯（せんたく）から　掃除（そうじ）まで、全部（ぜんぶ）　やりました。

試試看！比照上方說明，活用練習其他句子中的單字和文法。

其它例句

荷物（にもつ）
名 行李，貨物

500公克到20公斤的行李，皆可託運。

500（ごひゃく）グラムの　荷物（にもつ）から　20（にじゅっ）キロの荷物（にもつ）まで、送（おく）る　ことが　できます。

ありがとう
寒暄 謝謝，太感謝了

謝謝多方照顧。

何（なに）から　何（なに）まで、ありがとう。

☑ 形音義記憶練習

記住這些單字了嗎？

□ 大人（おとな）　□ 洗濯（せんたく）・する　□ 荷物（にもつ）　□ ありがとう

參考形、音、義在底線處寫出正確單字。

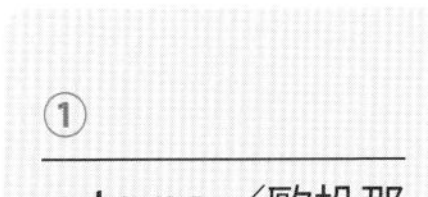

合格記憶三步驟：
① 發音練習
② 圖像記憶
③ 最完整字義解說

① ________

o to na／歐投那

已經成長為一個成年人。又指具有充分的判斷能力，社會經驗，身心都成熟的人。

② ________

ni mo tsu／你某朱

為了便於攜帶、搬運或郵寄某處，而整理在一起的物品。

③ ________

a ri ga to o／
阿力嘎投～

向對方表示謝意的詞。

④ ________

se n ta ku su ru／
水恩她哭蘇路

指把髒衣服等洗乾淨。

正確解答　①大人（おとな）　②荷物（にもつ）　③ありがとう　④洗濯（せんたく）・する

文法題

I [a,b] の中から正しいものを選んで、○をつけなさい。

① この本の10ページ（a. たり　b. から）12ページ（a. まで　b. たり）をコピーします。

② 子ども（a. にも　b. から）大人（a. まで　b. にも）楽しめます。

③ 夜7時（a. や　b. から）10時（a. など　b. まで）勉強します。

④ 私は小学校（a. から　b. か）中学校（a. か　b. まで）海外に住みました。

⑤ 毎日、朝（a. から　b. ながら）晩（a. までに　b. まで）忙しいです。

⑥ 夕ご飯の時間（a. から　b. まで）、今（a. から　b. まで）少し寝ます。

⑦ 図書館（a. でも　b. まで）、うち（a. から　b. を）歩いて30分です。

II 下の文を正しい文に並べ替えなさい。＿＿＿に数字を書きなさい。

① ＿＿＿ ＿＿＿ ＿＿＿ ＿＿＿ 午後5時まで。昼休みは1時間です。

1. 午前9時　2. は　3. 仕事　4. から

② この店は食べ物＿＿＿ ＿＿＿ ＿＿＿ ＿＿＿ でも売っています。

1. まで　2. 何　3. 服　4. から

③ 新幹線で東京から ＿＿＿ ＿＿＿、＿＿＿ ＿＿＿ かかります。

1. くらい　2. まで　3. １万円　4. 仙台

MEMO

單字題

I [a ～ e]の中から適当な言葉を選んで、(　　)に入れなさい。

a. 9　　b. 10　　c. 1　　d. 万　　e. 3

① (　　　　)から3を引くと6になります。

② 30人の子どもに(　　　　)番好きな食べ物を聞きました。

③ 大人5人と子ども(　　　　)人、全部で8人です。

④ ワイシャツのポケットに一(　　　　)円札が入っています。

II [a ～ e]の中から適当な言葉を選んで、(　　)に入れなさい。

a. 7　　b. ゼロ　　c. 千　　d. 百　　e. 4

① 私は(　　　　)まで生きたいです。

② 私は年下の妹3人がいます。(　　　　)人兄弟です。

③ 明日朝8時に出かけますので、(　　　　)時に起きましょう。

④ 日本語がわかりません。(　　　　)から始めます。

III [a ～ e]の中から適当な言葉を選んで、(　　)に入れなさい。

a. 方　　b. 大人　　c. 子ども　　d. さん　　e. 外国人

① 勉強したくないです。早く(　　　　　　)になりたいです。

② 毎年多くの(　　　　　　)が京都に来ます。

③ 遅れた(　　　　　　)は入れません。

④ 桜子さんの(　　　　　　)は外国で生まれました。

MEMO

文法 × 單字

同步學習！

track-08

～や～

洋服（ようふく）

名 西服，西裝

買書籍和衣服。

本（ほん）や　洋服（ようふく）を　買（か）います。

表示在許多事物中列舉出幾項來。可譯作「和…」。

お茶（ちゃ）　名 茶，茶葉；茶道；茶會

喝了茶和咖啡。

お茶（ちゃ）や　コーヒーを　飲（の）みました。

試試看！比照上方說明，活用練習其他句子中的單字和文法。

其它例句

並（なら）べる

他下一 排列，陳列；擺，擺放

排了桌椅。

机（つくえ）や　椅子（いす）を　並（なら）べました。

ご主人（しゅじん）

名（稱呼對方的）您的先生，您的丈夫

約翰先生的太太和花子小姐的先生來了。

ジョンさんの　奥（おく）さんや、花子（はなこ）さんの　ご主人（しゅじん）が　来（き）ました。

月曜日（げつようび）

名 星期一

下星期一和星期二有空。

来週（らいしゅう）の　月曜日（げつようび）や　火曜日（かようび）は　暇（ひま）です。

記住這些單字了嗎？

☑ 形音義記憶練習

□ 洋服（ようふく） □ お茶（ちゃ） □ 並べる（なら） □ ご主人（しゅじん） □ 月曜日（げつようび）

參考形、音、義在底線處寫出正確單字。

合格記憶三步驟：
① 發音練習
② 圖像記憶
③ 最完整字義解說

① ________

go shu ji n ／勾咻雞恩

尊稱別人丈夫的說詞。而妻子對別人稱自己丈夫時用「主人（しゅじん）」。

② ________

na ra be ru ／那拉貝路

某物和其他物處於橫向相鄰的位置。還有，排成行列的意思。

③ ________

yo o hu ku ／呦烏～呼哭

西褲和裙子等從西洋傳來的服裝。相反詞是「和服（わふく）」。

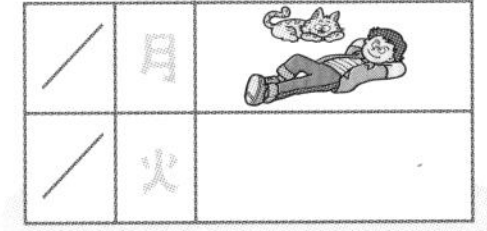

④ ________

ge tsu yo o bi ／給朱呦烏～逼

一週的第２天。星期一。也說「月曜（げつよう）」和「月（げつ）」。

⑤ ________

o cha ／歐恰

「茶（ちゃ）」的美化說法。還有茶道的意思。

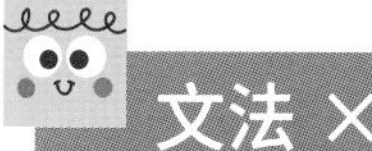

文法 × 單字

同步學習！

～や～など

名 叉子，餐叉

有叉子或湯匙嗎？

フォークや　スプーンなどは、ありますか。

「など」強調只是列舉出幾項，但沒有全部說完。常跟「や」前後呼應使用。可譯作「和…等」。

ノート (note) 名 筆記本，備忘錄

買了筆記本、筆和字典等等。

ノートや　ペンや　辞書（じしょ）などを　買いました。

試試看！比照上方說明，活用練習其他句子中的單字和文法。

其它例句

よく 副 經常地，常常，動不動就…

經常閱讀書籍或雜誌嗎？

本（ほん）や　雑誌（ざっし）　などを　よく　読（よ）みますか。

靴下（くつした） 名 襪子

洗了襪子和手帕等等。

靴下（くつした）や　ハンカチ　などを　洗濯（せんたく）しました。

毎日（まいにち） 名 每天，每日，天天

每天清洗和打掃。

毎日（まいにち）、洗濯（せんたく）や　掃除（そうじ）などを　します。

☑ 形音義記憶練習

記住這些單字了嗎？

□フォーク (fork) □ノート (note) □よく □靴下（くつした） □毎日（まいにち）

參考形、音、義在底線處寫出正確單字。

合格記憶三步驟：
① 發音練習
② 圖像記憶
③ 最完整字義解說

① ______

ho o ku／佛～哭

在西餐中，用來切割時按住食物，或叉取送入嘴裡時，使用的餐具。

② ______

ma i ni chi／媽衣你七

沒有特定的一天，同一情況連續好幾天。每日。每天。天天。

動手寫，成效加倍！

③ ______

yo ku／呦烏哭

表示頻率很高。經常。也表示行為或狀態的程度很充分。認真地。仔細地。

④ ______

ku tsu shi ta／哭朱西她

穿鞋時或冷時，直接穿在腳上的東西。可以用來禦寒和保護腳。

⑤ ______

no o to／挪～投

用於書寫的簿子。筆記本。備忘錄。

正確解答 ①フォーク ②毎日（まいにち） ③よく ④靴下（くつした） ⑤ノート

同步學習！

～も～

名 今天

昨天很熱，今天也很熱。

昨日(きのう)は　暑(あつ)かったです。
今日(きょう)も　暑(あつ)いです。

用於再附上同一類型的事物。可譯作「也」。

元気(げんき)　形動 精神，精力，朝氣；身體結實，健康

父親精神很好，母親也不錯。

お父(とう)さんは　元気(げんき)です。お母(かあ)さんも　元気(げんき)です。

試試看！比照上方說明，活用練習其他句子中的單字和文法。

其它例句

それから　接續 之後，然後；其次，還有

買了雜誌，然後也買了字典。

雑誌(ざっし)を　買(か)いました。それから、辞書(じしょ)も　買(か)いました。

大好(だいす)き　形動 非常喜歡，最喜好

我也很喜歡酒。

私(わたし)は、お酒(さけ)も　大好(だいす)きです。

ああ　感嘆 (表示驚訝等) 啊，唉呀；哦

啊！你也是學生嗎？

ああ、あなたも　学生(がくせい)ですか。

☑ 形音義記憶練習

記住這些單字了嗎？

□今日（きょう）　□元気（げんき）　□それから　□大好き（だいすき）　□ああ

參考形、音、義在底線處寫出正確單字。

合格記憶三步驟：
① 發音練習
② 圖像記憶
③ 最完整字義解說

① ________________

a a／阿～

對事物有所感觸時所發出的聲音。哎呀；還有，承諾時發出的聲音。哦。

② ________________

so re ka ra／搜雷卡拉

用以對某事物進行追加。再加上；還有，也表示繼一事情之後，又發生另一事情。然後。

動手寫，成效加倍！

水　木

③ ________________

kyo o／卡呦烏～

現在正置身於其中的這一天。

④ ________________

da i su ki／答衣蘇克衣

表示心裡受到誘惑，非常喜歡的樣子。比「好き」程度更上一層。

⑤ ________________

ge n ki／給恩克衣

身體狀況良好，精力旺盛，生氣勃勃的樣子。

正確解答　①ああ　②それから　③今日（きょう）　④大好き（だいすき）　⑤元気（げんき）

同步學習！

～も～も～

嫌(きら)い

形動 嫌惡，厭惡，不喜歡

我既不愛吃肉，也不愛吃蔬菜。

肉(にく)も　野菜(やさい)も　嫌(きら)いです。

表示並列或並舉。可譯作「既…又…」、「也…也…」。

テープレコーダー (tape recorder)　名 磁帶錄音機

既有收音機，也有錄音機。

ラジオも　テープレコーダーも　あります。

試試看！比照上方說明，活用練習其他句子中的單字和文法。

其它例句

欲(ほ)しい

形 想要，希望得到手

我想要書架，也想要餐桌。

本棚(ほんだな)も　テーブルも　ほしいです。

ええ

感嘆 (用降調表示肯定) 是的；(用升調表示驚訝) 哎呀

是的，買了郵票，也買了明信片。

ええ、切手(きって)も　葉書(はがき)も　買いました。

明日(あした)

名 明天

今天和明天都要工作。

今日(きょう)も　明日(あした)も　仕事(しごと)です。

☑ 形音義記憶練習

記住這些單字了嗎？

□嫌い（きら）　□テープレコーダー (tape recorder)　□欲しい（ほ）　□ええ　□明日（あした）

參考形、音、義在底線處寫出正確單字。

合格記憶三步驟：
① 發音練習
② 圖像記憶
③ 最完整字義解說

①＿＿＿＿＿＿＿＿

e e ／ㄟ～

發降調時，表示肯定、承諾對方的話。發升調，表示驚訝或反問時發出的感嘆詞。

②＿＿＿＿＿＿＿＿

ki ra i ／克衣拉衣

不合乎自己的愛好。表示厭惡最一般的用語。原則上是貶義詞。相反詞是「好き（すき）」。

動手寫，成效加倍！

③＿＿＿＿＿＿＿＿

te e pu re ko o da a ／貼～撲雷叩～答～

把聲音錄在卡帶上的再生裝置。

④＿＿＿＿＿＿＿＿

a shi ta ／阿西她

今天的下一天。

⑤＿＿＿＿＿＿＿＿

ho shi i ／後西～

希望成為自己的東西，想弄到手的樣子。

正確解答　①ええ　②嫌い（きら）　③テープレコーダー　④明日（あした）　⑤欲しい（ほ）

文法 × 單字 ～か～

同步學習！

藍色盒子或紅色盒子裡裝了禮物。

青い 箱か 赤い 箱に、プレゼントが 入って います。

形 藍色的；綠的

表示任選其中一個。可譯作「…或者…」。

書く 他五 寫，書寫;作(畫);寫作（文章等）

用片假名或平假名來書寫。

片仮名か 平仮名で 書く。

試試看！比照上方說明，活用練習其他句子中的單字和文法。

其它例句

傘 名 傘

請借我傘或外套。

傘か コートを 貸して ください。

さようなら 感 再見，再會；告別

再見。明天或後天到時見。

さようなら。明日か 明後日、また会いましょう。

仕事 名 工作；職業

上班前後會打電話給你。

仕事の 前か 後に 電話を します。

☑ 形音義記憶練習

記住這些單字了嗎？

□青い（あお）　□書く（か）　□傘（かさ）　□さようなら　□仕事（しごと）

參考形、音、義在底線處寫出正確單字。

合格記憶三步驟：
① 發音練習
② 圖像記憶
③ 最完整字義解說

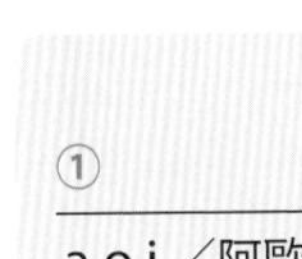

① ____________________

a o i ／阿歐衣

表示色彩最基本的形容詞之一。表示綠或藍的色彩。

② ____________________

sa yo o na ra ／沙呦烏～那拉

分手時的寒暄用語。還有，加在名詞前表示「已結束」「已解決」。多用在體育比賽方面。

動手寫，成效加倍！

③ ____________________

shi go to ／西勾投

指使用身體或頭腦工作。也指為了賺錢而工作。

④ ____________________

ka ku ／卡哭

使用鉛筆或原子筆等，記文字、記號或線條，使之看得見。

⑤ ____________________

ka sa ／卡沙

在頭上撐開，以避免雨、雪、日光等直接碰觸身體的東西。

正確解答　①青い（あお）　②さようなら　③仕事（しごと）　④書く（か）　⑤傘（かさ）

文法 × 單字

同步學習！

～か～か～

形（天氣）熱，炎熱

不知道是熱是冷。

暑（あつ）いか　寒（さむ）いか、わかりません。

跟「…か…」一樣，表示任選其中一個。可譯作「…或者…」。

男の子（おとこのこ）　名男孩子；兒子；年輕小伙子

不知道是男孩還是女孩。

男（おとこ）の子（こ）か　女（おんな）の子（こ）か　知（し）りません。

試試看！比照上方說明，活用練習其他句子中的單字和文法。

其它例句

九つ（ここの）　名九個；九歲

9 個或 10 個都可以。

九（ここの）つか　十（とお）かは、どちら　でも　いい。

渡す（わた）　他五交給，交付；給，讓予；渡，跨過河

由我來決定給或不給。

渡（わた）すか　渡（わた）さないかは、私（わたし）が　決（き）める。

木曜日（もくようび）　名星期四

星期四或星期五，我會其中選一天過去。

木曜日（もくようび）か　金曜日（きんようび）か、どちらかに　行（い）きます。

☑ 形音義記憶練習

記住這些單字了嗎？

□暑(あつ)い　□男(おとこ)の子(こ)　□九(ここの)つ　□渡(わた)す　□木曜日(もくようび)

參考形、音、義在底線處寫出正確單字。

合格記憶三步驟：
① 發音練習
② 圖像記憶
③ 最完整字義解說

① ________

ko ko no tsu／叩叩挪朱

計算東西或年齡的第９個數字。

② ________

wa ta su／瓦她蘇

從一人手裡移交到另一人手裡。交。遞；又指把人或物越過某一空間，從這邊送到那邊。渡。送到。

動手寫，成效加倍！

③ ________

mo ku yo o bi／某哭呦烏～逼

一週的第５天。星期四。也說「木曜（もくよう）」和「木（もく）」。

④ ________

a tsu i／阿朱衣

氣溫高到使人不舒服，並冒汗的程度。相反詞是「寒い（さむい）」。用於氣溫時，一般寫作「暑い」。

⑤ ________

o to ko no ko／歐投叩挪叩

指男性的小孩。從出生、幼兒期、兒童期，一直到青年期，都叫「男の子」。

正確解答　①九(ここの)つ　②渡(わた)す　③木曜日(もくようび)　④暑(あつ)い　⑤男(おとこ)の子(こ)

練習をしましょう　復習⑥　文法題

I [a,b] の中から正しいものを選んで、〇をつけなさい。

① 鞄の中には本　(a. や　b. か)　財布が入っています。

② 着物で、バック　(a. や　b. も)　ズボンを作りました。

③ りんごやみかん　(a. でも　b. など)　の果物が好きです。

④ コーヒー　(a. か　b. と)　何か、熱いものが飲みたいなあ。

⑤ 先生　(a. も　b. にも)　学生もいます。

⑥ 冬休みはスキーか温泉　(a. の　b. か)、どっちがいいでしょうか。

⑦ 日本語　(a. も　b. か)　英語で答えてください。

II 下の文を正しい文に並べ替えなさい。＿＿＿に数字を書きなさい。

① スポーツの後は、お茶　＿＿＿　＿＿＿　＿＿＿　＿＿＿　飲みましょう。

1. を　2. など　3. や　4. ジュース

② ＿＿＿　＿＿＿　＿＿＿　＿＿＿　ノートがあります。

1. 鉛筆　2. 上に　3. や　4. 机の

③ ＿＿＿　＿＿＿　＿＿＿　＿＿＿　船で行きます。

1. 飛行機　2. か　3. は　4. 沖縄

練習をしましょう　復習⑥　單字題

I [a～e]の中から適当な言葉を選んで、(　　)に入れなさい。

a. もの　b. めがね　c. ネクタイ　d. 帽子　e. ハンカチ

① 田中さんは(　　　　　　)をかけています。

② 健太君はいつも(　　　　　　)をかぶっています。

③ ワイシャツに白い(　　　　　　)をして、結婚式へ出かけます。

④ 甘い(　　　　　　)が大好きです。

II [a～e]の中から適当な言葉を選んで、(　　)に入れなさい。

a. 靴下　b. 財布　c. お金　d. 箱　e. タバコ

① 花子さんは赤い(　　　　　　)を履いて学校へ行きました。

② (　　　　　　)は吸わない方がいいです。体に悪いですから。

③ その人形は木の(　　　　　　)に入っていました。

④ ここに(　　　　　　)を入れると、切符が出ます。

III [a～e]の中から適当な言葉を選んで、(　　)に入れなさい。

a. 先週　b. 木曜日　c. 来週　d. 誕生日　e. 週間

① (　　　　　　)の日曜日、林さんは台湾へ帰ります。

② 私の(　　　　　　)は12月9日です。

③ 1 (　　　　　　)に何回洗濯をしますか。

④ この病院は毎週(　　　　　　)がお休みです。

文法 × 單字

同步學習！

～は～です

初（はじ）めまして

名 初次見面，你好

初次見面，我是山田商事的田中。

はじめまして。私（わたし）は　山（やま）田商事（だしょうじ）の　田中（たなか）です。

「は」用來提示某事物，敘述的內容或判斷的對象只限於所提示的範圍。可譯作「是…」。用在句尾的「です」表示斷定。

来週（らいしゅう）　名 下星期

下星期考試。

テストは　来週（らいしゅう）です。

試試看！比照上方說明，活用練習其他句子中的單字和文法。

其它例句

9日（ここのか）

名 9號，9日；9天

9號是星期日。

9日（ここのか）は　日曜日（にちようび）です。

不味（まず）い

形 不好吃，難吃

這道菜不好吃。

この　料理（りょうり）は　まずいです。

伯父（おじ）さん／叔父（おじ）さん

名 伯父，叔叔，舅舅，姑丈，姨丈；大叔，大爺

伯父好嗎？

伯父（おじ）さんは　元気（げんき）ですか？

☑ 形音義記憶練習

記住這些單字了嗎？

□初(はじ)めまして □来週(らいしゅう) □9日(ここのか) □不味(まず)い □伯父(おじ)さん／叔父(おじ)さん

參考形、音、義在底線處寫出正確單字。

合格記憶三步驟：
① 發音練習
② 圖像記憶
③ 最完整字義解說

①

____

ha ji me ma shi te／哈雞妹媽西貼

第一次跟對方見面時的寒暄用語。

②

____

o ji sa n／歐雞沙恩

父母的哥哥或弟弟。父母的哥哥漢字寫「伯父」。父母的弟弟漢字寫「叔父」。

動手寫，成效加倍！

③

____

ma zu i／媽租衣

味道不好的樣子。具有直接表現味道不好的強烈語感。相反詞是「おいしい」(好吃)。

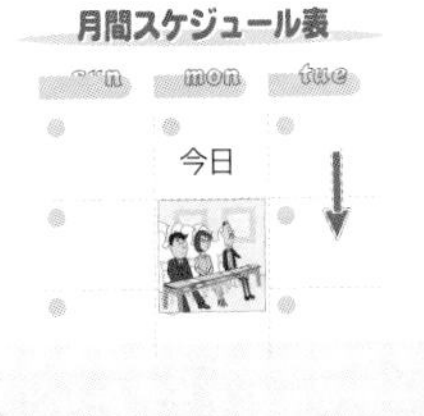

④

____

ra i shu u／拉衣咻～

現在這一週的下一週。這裡的「来」就是「下一個」的意思囉！

⑤

____

ko ko no ka／叩叩挪卡

月份的第9天。

正確解答 ①初(はじ)めまして ②伯父(おじ)さん／叔父(おじ)さん ③不味(まず)い ④来週(らいしゅう) ⑤9日(ここのか)

文法 × 單字

同步學習！

～は～（し）ます

我打掃房間。

にほんごのたんご

掃除・する（そうじ・する）

名・他サ 打掃，清掃，掃除

私（わたし）は、部屋（へや）を　掃除（そうじ）します。

「は」前面接名詞或代名詞，表示整句做動作的人。

7日（なのか）　名 7日，7天，7號

木村先生 7 號出發。

木村（きむら）さんは、7日（なのか）に　でかけます。

試試看！比照上方說明，活用練習其他句子中的單字和文法。

其它例句

初めて（はじめて）
副 最初，初次，第一次

林先生第一次去北海道。

林（はやし）さんは、初（はじ）めて　北海道（ほっかいどう）に　行（い）きました。

申す（もうす）
他五 叫做，稱；說，告訴

我叫做田中。

私（わたし）は、田中（たなか）と　申（もう）します。

再来年（さらいねん）
名 後年

後年要去留學。

再来年（さらいねん）は　留学（りゅうがく）します。

☑ 形音義記憶練習

記住這些單字了嗎？

□掃除（そうじ）・する　□7日（なのか）　□初めて（はじ）　□申す（もう）　□再来年（さらいらい）

參考形、音、義在底線處寫出正確單字。

合格記憶三步驟：
① 發音練習
② 圖像記憶
③ 最完整字義解說

① ＿＿＿＿＿＿＿＿
so o ji su ru／
搜～雞蘇路

指用掃把掃，用抹布擦，把地方或東西弄乾淨。

② ＿＿＿＿＿＿＿＿
sa ra i ne n／
沙拉衣內恩

今年的下下一年。

③ ＿＿＿＿＿＿＿＿
na no ka／那挪卡

計算日數的「7天」，月份的第7天。

④ ＿＿＿＿＿＿＿＿
mo o su／某～蘇

「言う（いう）」、「話す（はなす）」的謙語。下屬或晚輩對上司或長輩使用的詞。

⑤ ＿＿＿＿＿＿＿＿
ha ji me te／哈雞妹貼

表示至今都還沒有經歷過某行為或狀態，那時是經歷的開始。

正確解答　①掃除（そうじ）・する　②再来年（さらいらい）　③7日（なのか）　④申す（もう）　⑤初めて（はじ）

文法 × 單字

同步學習！

～は～ません

にほんごのたんご

見る（み）

他上一 看，觀看，察看；參觀

我不看電影。

私（わたし）は　映画（えいが）を　見（み）ません。

後面接否定「ません」，表示「は」前面的名詞或代名詞是動作、行為否定的主體。

忘れる（わす）

他下一 忘記，忘掉；忘懷，忘卻；遺忘

我不會忘記你的。

私（わたし）は、あなたを　忘（わす）れません。

試試看！比照上方說明，活用練習其他句子中的單字和文法。

其它例句

余り（あま）

副（後接否定）不太，不怎麼～；太，過份

我很少吃麵包。

パンは、あまり　食（た）べません。

要る（い）

自五 要，需要，必要

不需要飲料。

飲（の）み物（もの）は　要（い）りません。

片仮名（かたかな）

名 片假名

我不懂片假名。

片仮名（かたかな）は、わかりません。

☑ 形音義記憶練習

記住這些單字了嗎？

□見（み）る　□忘（わす）れる　□余（あま）り　□要（い）る　□片仮名（かたかな）

參考形、音、義在底線處寫出正確單字。

合格記憶三步驟：
① 發音練習
② 圖像記憶
③ 最完整字義解說

①＿＿＿＿＿＿＿＿
a ma ri ／阿媽力

後接否定形式，表示程度不高的狀態。是一種委婉的否定。多用於消極的場合。

②＿＿＿＿＿＿＿＿
i ru ／衣路

沒有就會發生困難。一般大多用平假名「いる」。

動手寫，成效加倍！

③＿＿＿＿＿＿＿＿
mi ru ／米路

用眼睛感覺物體的形狀、顏色等。還有，透過視覺來判斷事物的內容。瀏覽。觀看。

④＿＿＿＿＿＿＿＿
wa su re ru ／瓦蘇雷路

曾經記得的事，想不起來。應該做的事，因為一時疏忽而忘了。

⑤＿＿＿＿＿＿＿＿
ka ta ka na ／卡她卡那

假名的一種。日本平安時代初期，取漢字的一部份創造表音文字。例如：從「呂」造出「ロ」。

正確解答　①余（あま）り　②要（い）る　③見（み）る　④忘（わす）れる　⑤片仮名（かたかな）

文法 × 單字

同步學習！

～は～が、～は～

にほんごのたんご

ある

自五 有，存在；持有，具有；舉行，辦理

有鉛筆但沒原子筆。

鉛筆（えんぴつ）は　ありますが、ペンは　ありません。

表示區別兩個不同的事例。可譯作「但是…」。

5日（いつか）

名（每月的）5號，5日；5天

5號有空，但是6號很忙。

5日（いつか）は　暇（ひま）ですが、6日（むいか）は　忙（いそが）しいです。

試試看！比照上方說明，活用練習其他句子中的單字和文法。

其它例句

辛（から）い

形 辣，辛辣

喜歡甜食，但是不喜歡辛辣的食物。

甘（あま）い　ものは　好（す）きですが、辛（から）い　ものは　嫌（きら）いです。

魚（さかな）

名 魚

吃魚但不吃肉。

魚（さかな）は　食（た）べますが、肉（にく）は　食（た）べません。

行（い）く／行（ゆ）く

自五 去，往；行，走；離去；經過，走過

哥哥會去，但是我不去。

兄（あに）は　行（い）きますが、私（わたし）は　行（い）きません。

☑ 形音義記憶練習

記住這些單字了嗎？

□ある　□5日（いつか）　□辛い（から）　□魚（さかな）　□行く（い）／行く（ゆ）

參考形、音、義在底線處寫出正確單字。

合格記憶三步驟：
① 發音練習
② 圖像記憶
③ 最完整字義解說

① ____________

sa ka na ／沙卡那

在海中或河川游的動物。

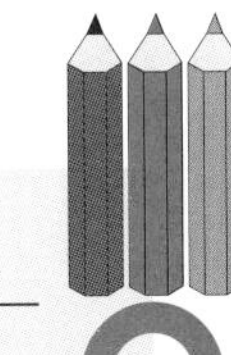

② ____________

a ru ／阿路

表示無生命的東西、植物、事物等的存在。

動手寫，成效加倍！

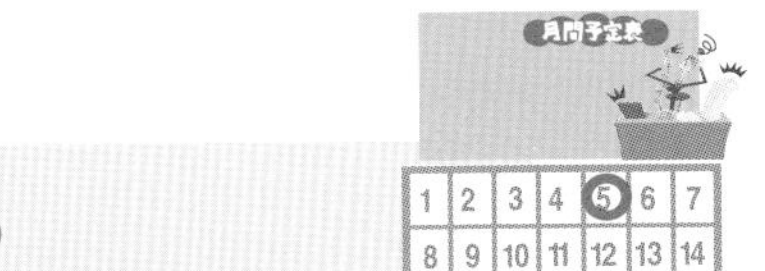

③ ____________

i tsu ka ／衣朱卡

月份的第５天。

④ ____________

i ku・yu ku ／衣哭・尤哭

人或動物離開現在的所在地點，往某一目的地去。也讀作「ゆく」。

⑤ ____________

ka ra i ／卡拉衣

味覺的形容詞之一。嘴裡放進辣椒、芥末或咖哩粉似地，舌頭受到刺激，感覺火辣辣的。

正確解答　①魚（さかな）　②ある　③5日（いつか）　④行く（い）／行く（ゆ）　⑤辛い（から）

練習をしましょう 復習⑦ 文法題

I [a,b] の中から正しいものを選んで、○をつけなさい。

① この銀行 (a. で　b. は) 便利です。

② 山下さんの家 (a. も　b. は) 玄関が大きくて、いいなあ。

③ この店 (a. は　b. が) 魚料理が有名です。

④ この映画 (a. に　b. は) 有名です。

⑤ 花子 (a. は　b. が) 学生ではありません。

⑥ 日本語 (a. が　b. は) できますが、英語 (a. が　b. は) できません。

⑦ 兄はいます (a. が　b. か)、姉はいません。

II 下の文を正しい文に並べ替えなさい。＿＿ に数字を書きなさい。

① この映画 ＿＿ ＿＿ ＿＿ ＿＿、その映画はまだです。

1. が　2. もう　3. は　4. 見ました

② 私 ＿＿ ＿＿ ＿＿ ＿＿ ほしいです。

1. 靴　2. が　3. 新しい　4. は

③ 私はあなた ＿＿ ＿＿ ＿＿ ＿＿。

1. 好き　2. が　3. ありません　4. では

練習をしましょう　復習⑦　單字題

Ⅰ [a ～ e]の中から適当な言葉を選んで、(　　)に入れなさい。(必要なら形を変えなさい)

a. 出かける　b. 食べる　c. 起きる　d. 来る　e. 脱ぐ

① 朝(　　　　　　　)、シャワーを浴びて、学校へ行きます。

② (　　　　　　　)ときは、部屋の電気を消してください。

③ 昨日レストランでハンバーグを(　　　　　　　)。

④ ここで服を(　　　　　　　)ください。

Ⅱ [a ～ e]の中から適当な言葉を選んで、(　　)に入れなさい。(必要なら形を変えなさい)

a. ある　b. 置く　c. 上げる　d. 会う　e. いる

① もしもし、今どこに(　　　　　　　)か?

② 来年も、あなたに(　　　　　　　)に行きます。

③ その椅子をそっちに(　　　　　　　)ください。

④ 顔を(　　　　　　　)前を向いて、歩きましょう。

Ⅲ [a ～ e]の中から適当な言葉を選んで、(　　)に入れなさい。(必要なら形を変えなさい)

a. 死ぬ　b. 出る　c. 忘れる　d. 帰る　e. 下りる

① 田中さんはいつ旅行から(　　　　　　　)来ましたか。

② 私達のことを(　　　　　　　)でください。また会いましょう。

③ 去年、犬のクロが病気で(　　　　　　　)。

④ 王さんは去年大学を(　　　　　　　)

には

エレベーター (elevator)

名 電梯，升降機

車站裡有電梯。

駅（えき）には　エレベーターが　あります。

為了強調助詞「に」前面的名詞，在「に」的後面加「は」。

辞書（じしょ）　名 字典，辭典

在書包裡放了字典。

鞄（かばん）には、辞書（じしょ）を　入（い）れました。

試試看！比照上方說明，活用練習其他句子中的單字和文法。

其它例句

時々（ときどき）

副 有時，偶而

我偶而會去日本。

日本（にほん）には、ときどき　行（い）きます。

20日（はつか）

名 20日，20天

20號回國。

20日（はつか）には、国（くに）に　帰（かえ）ります。

～頃（ころ）／頃（ごろ）

名（表示時間）左右，時候，時期；正好的時候

10點左右會出門。

10時（じゅうじ）　ごろには、出（で）かけます。

☑ 形音義記憶練習

記住這些單字了嗎？

□エレベーター (elevator)　□辞書(じしょ)　□時々(ときどき)　□20日(はつか)　□～頃(ころ)／頃(ごろ)

參考形、音、義在底線處寫出正確單字。

合格記憶三步驟：
① 發音練習
② 圖像記憶
③ 最完整字義解說

①

______

to ki do ki／投克衣都克衣

並不是很頻繁地，而是中間隔一段時間，又重複去做同樣的事。偶爾，有時。

②

______

ji sho／雞休

把詞收集在一起，按 50 音順或拉丁字母順排列，對每個詞都從發音、意義、用法等進行解說的書。

動手寫，成效加倍！

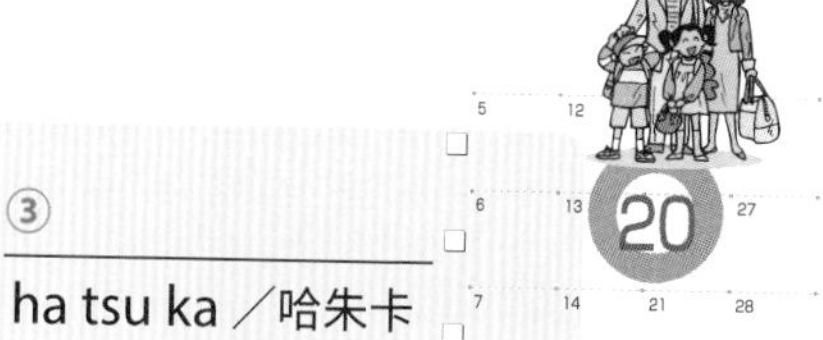

③

______

ha tsu ka／哈朱卡

月份的第 20 天。

④

______

e re be e ta a／乀雷貝～她～

利用動力把人或貨物上下載運的裝置。升降電梯；如果是自動升降的階梯式裝置，就叫「エスカレーター」。(電扶梯)。

⑤

______

～ko ro・go ro／～叩落・勾落

籠統地指示某時間，包括其前後的詞。

正確解答　①時々(ときどき)　②辞書(じしょ)　③20日(はつか)　④エレベーター　⑤～頃(ころ)／頃(ごろ)

文法 × 單字

同步學習！

へは

不去參加宴會。

パーティーへは　行(い)きません。

名(社交性的) 集會，晚會，宴會，舞會

為了強調助詞「へ」前面的名詞，在「へ」的後面加「は」。

山(やま) 名 山

什麼時候會去山上？

山(やま)へは、いつ　行(い)きますか？

試試看！比照上方說明，活用練習其他句子中的單字和文法。

其它例句

辺(へん)

名 附近，一帶；程度，大致

鳥是不會飛來這一帶的。

鳥(とり)は、この　辺(へん)へは　来(き)ません。

明後日(あさって)

名 後天

後天去郵局。

郵便局(ゆうびんきょく)へは、明後日(あさって)　行(い)きます。

伯母(おば)さん／叔母(おば)さん

名 姨媽，姑媽，伯母

姨媽什麼時候來過這裡？

叔母(おば)さんは、ここへは、いつ　来(き)ましたか？

☑ 形音義記憶練習

記住這些單字了嗎？

□パーティー (party)　□山（やま）　□辺（へん）　□明後日（あさって）　□伯母（おば）さん／叔母（おば）さん

參考形、音、義在底線處寫出正確單字。

合格記憶三步驟：
① 發音練習
② 圖像記憶
③ 最完整字義解說

／	火
／	水
／	木
／	金

① __________

a sa tte ／阿沙＾貼

今天的下下一天。明天的第２天。

② __________

pa a ti i ／趴～梯～

聚集許多人，來對某一值得高興的事進行慶賀，並一邊進食一邊聊天的社交性集會。

動手寫，成效加倍！

③ __________

o ba sa n ／歐拔沙恩

父母的姊妹。也指父母的兄或弟的妻。父母的姊姊寫作「伯母」，父母的妹妹寫作「叔母」。

④ __________

ya ma ／押媽

比周圍地面顯著隆起的地方。山；又指堆得很高的東西。(成) 堆。(成) 山。

⑤ __________

he n ／黑恩

表示大致的地點或程度的詞。「辺」一般不能單獨使用。

正確解答 ①明後日（あさって） ②パーティー ③伯母（おば）さん／叔母（おば）さん ④山（やま） ⑤辺（へん）

文法 × 單字

同步學習！

とは

会う（あう）▶

自五 見面，遇見，碰面

跟老師在大學裡見過面。

先生（せんせい）とは、大学（だいがく）で　会（あ）いました。

為了強調助詞「と」前面的名詞，在「と」的後面加「は」。

結婚（けっこん）・する　名・自サ 結婚

我不跟田中先生結婚。

田中（たなか）さんとは、結婚（けっこん）しません。

試試看！比照上方說明，活用練習其他句子中的單字和文法。

其它例句

兄弟（きょうだい）

名 兄弟姊妹；親如兄弟的人

▶▶ 那麼，你和由美小姐是姊妹嗎？

それでは、由美（ゆみ）さんとは　兄弟（きょうだい）ですか？

もう

副 已經；馬上就要

▶▶ 我跟你不再是朋友了。

もう　あなたとは、友達（ともだち）では　ありません。

あれ

代（表事物、時間、人等第３稱）那，那個；那時；那裡

▶▶ 這個跟那個是不一樣的。

これは　あれとは　違（ちが）います。

☑ 形音義記憶練習

記住這些單字了嗎？

□会う（あ） □結婚・する（けっこん） □兄弟（きょうだい） □もう □あれ

參考形、音、義在底線處寫出正確單字。

合格記憶三步驟：
① 發音練習
② 圖像記憶
③ 最完整字義解說

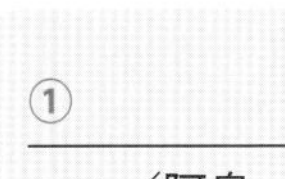

① ______
a u ／阿烏

和別人見面。

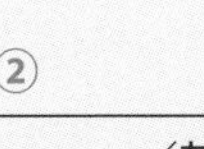

② ______
mo o ／某～

表示某事已結束。該時已經過去的樣子。已經；又指時間或地方快要到了的樣子。快。要。

動手寫，成效加倍！

③ ______
kyo o da i ／卡呦烏～答衣

同一父母所生的人們。這個字不僅指「兄弟」而已喔！也指兄弟、兄妹、姊弟、姊妹而言。

④ ______
a re ／阿雷

指示遠離說話者和聽話者的事物的詞。

⑤ ______
ke kko n su ru ／克ㄟ＾叩恩蘇路

指男性和女性正式成為夫妻。

正確解答

①会う（あ） ②もう ③兄弟（きょうだい） ④あれ ⑤結婚（けっこん）・する

にも

借（か）りる

他上一 借（進來）；借助；租用，租借

也有向圖書館借過了。

図書館（としょかん）にも　借（か）りました。

為了強調助詞「に」前面的名詞，在「に」的後面加「も」。表示不只這些，對其他事物也是一樣。可譯作「在…也」。

水曜日（すいようび）　名 星期三

星期三也有課。

水曜日（すいようび）にも　授業（じゅぎょう）が　あります。

試試看！比照上方說明，活用練習其他句子中的單字和文法。

其它例句

人（ひと）

名 人，人類

那裡也有人。

あそこにも　人（ひと）が　います。

見（み）せる

他下一 讓～看，給～看；表示，顯示

我也將相片拿給大家看了。

みんなにも　写真（しゃしん）を　見（み）せました。

難（むずか）しい

形 難，困難，難辦；麻煩，複雜

這個問題對我來說也很難。

この　問題（もんだい）は、私（わたし）にも　難（むずか）しいです。

☑ 形音義記憶練習

記住這些單字了嗎？

□借（か）りる　□水曜日（すいようび）　□人（ひと）　□見（み）せる　□難（むずか）しい

參考形、音、義在底線處寫出正確單字。

合格記憶三步驟：
① 發音練習
② 圖像記憶
③ 最完整字義解說

① ____________

su i yo o bi ／蘇衣喲烏～逼

一週的第 4 天。星期三。也說「水曜（すいよう）」和「水（すい）」。

② ____________

hi to ／喝衣投

最高等的動物。智能高，使用語言，經營社會生活。

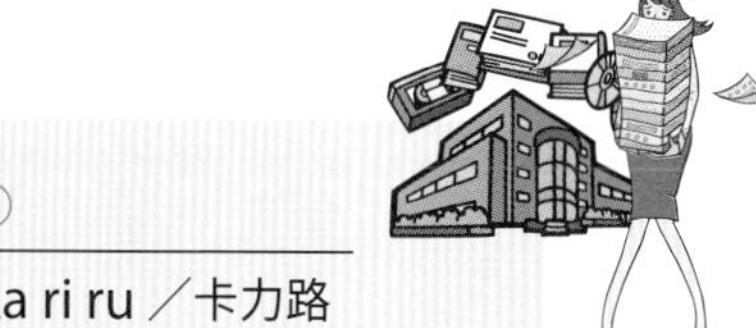

③ ____________

ka ri ru ／卡力路

在約定以後返還的條件下，使用他人的東西。借；也用在以金錢租用的情況。租用。

④ ____________

mi se ru ／米水路

在別人面前拿出某物，使別人能夠看見。

⑤ ____________

mu zu ka shi i ／木租卡西～

困難的樣子。表示要解決或實現某一事情，需要許多能力或勞力，或是即使付出勞力和能力也難以實現。

正確解答　①水曜日（すいようび）　②人（ひと）　③借（か）りる　④見（み）せる　⑤難（むずか）しい

文法 × 單字

同步學習！

でも

にほんごのたんご

あの

代 那裡，那個，那位

這家店和那家店都有在賣。

この　店(みせ)でも、あの　店(みせ)でも　売(う)って　います。

為了強調助詞「で」前面的名詞，在「で」的後面加「も」。可譯作「在…也」。

出来る(できる)　自上一 能，可以，辦得到；做好

無論這裡或任何地方，都可以做到。

ここでも、どこでも　できます。

其它例句

どちら

代 哪裡，哪個；哪位

哪一個都行。

どちらでも　いいです。

夏(なつ)

名 夏天，夏季

這座森林即使是夏天也很涼快。

この　森(もり)は、夏(なつ)でも　涼(すず)しい。

何時(いつ)

代 何時，幾時，什麼時候；平時

什麼時候都行。

いつでも　大丈夫(だいじょうぶ)です。

☑ 形音義記憶練習

記住這些單字了嗎？

□あの　□出来る（でき）　□どちら　□夏（なつ）　□何時（いつ）

參考形、音、義在底線處寫出正確單字。

合格記憶三步驟：
① 發音練習
② 圖像記憶
③ 最完整字義解說

① ______

a no／阿挪

指示遠離說話者和聽話者的事物的連體詞。一般用在指示方向、地點、事物、人等。

② ______

na tsu／那朱

四季之一。春秋之間的季節。通常指6、7、8，3個月。

動手寫，成效加倍！

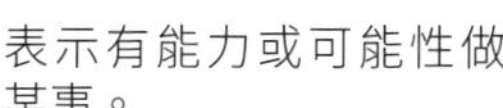

③ ______

de ki ru／爹克衣路

表示有能力或可能性做某事。

④ ______

i tsu／衣朱

表示不定時或關於時間的疑問。什麼時候。通常用平假名「いつ」。

⑤ ______

do chi ra／都七拉

指示不定或不明的方向的詞；從兩個以上的事物中選擇一個；還有「哪一位」的意思。

正確解答　①あの　②夏（なつ）　③出来る（でき）　④何時（いつ）　⑤どちら

文法 × 單字

同步學習！

からも

從國外也來了很多人。

外国（がいこく）からも、たくさんの 人（ひと）が 来（き）ました。

名 外國，外洋

為了強調助詞「から」前面的名詞，在「から」的後面加「も」。可譯作「從…也」。

そこ 代 那裡，那邊

風也從那裡吹進來。

そこからも、風（かぜ）が 入（はい）って きます。

試試看！比照上方說明，活用練習其他句子中的單字和文法。

其它例句

留学生（りゅうがくせい）
名 留學生

也有從美國來的留學生。

アメリカからも、留学生（りゅうがくせい）が 来（き）て います。

こちら
代 這邊，這裡，這方面；這位；我，我們

我這邊也寫了信。

こちらからも、手紙（てがみ）を 書（か）きました。

よろしく
副 指教，關照

今後也請多多指教。

これからも、どうぞ よろしく。

☑ 形音義記憶練習

記住這些單字了嗎？

□外国（がいこく） □そこ □留学生（りゅうがくせい） □こちら □よろしく

參考形、音、義在底線處寫出正確單字。

合格記憶三步驟：
① 發音練習
② 圖像記憶
③ 最完整字義解說

① ＿＿＿＿＿＿

ga i ko ku／嘎衣叩哭

自己國家以外的國家。

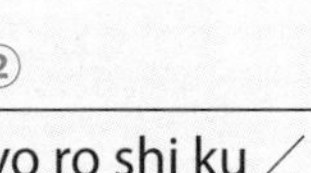

② ＿＿＿＿＿＿

yo ro shi ku／呦烏落西哭

為了得到對方的好感，或把自己的好意傳達給他人時的應酬話。

③ ＿＿＿＿＿＿

ryu u ga ku se i／里衣烏～嘎哭水衣

去外國，在該地的學校，學習一段時間叫「留学」。而去學習的人叫「留学生」。

④ ＿＿＿＿＿＿

ko chi ra／叩七拉

指離說話者近的地方。也指該處的物體；還有，指說話者或屬於說話者一方的人。

⑤ ＿＿＿＿＿＿

so ko／搜叩

指離聽話者近的地方。或離聽話者比較近的地方。

正確解答　①外国（がいこく）　②よろしく　③留学生（りゅうがくせい）　④こちら　⑤そこ

練習をしましょう 復習⑧ 文法題

Ⅰ [a,b] の中から正しいものを選んで、○をつけなさい。

① これは小さな子ども （a. にも　　b. からも） わかることです。

② おいしかったので、5杯 （a. も　　b. でも） 飲んでしまいました。

③ 同じ日に20回 （a. にも　　b. も） 電話をかけました。

④ 太郎 （a. とは　　b. へは） 話したくありません。

⑤ 山 （a. には　　b. とは）、駅前から6番バスに乗ってください。

⑥ そこ （a. からも　　b. にも） バスが来ます。

⑦ テストは私 （a. にも　　b. へも） 難しいです。

Ⅱ 下の文を正しい文に並べ替えなさい。＿＿＿に数字を書きなさい。

① 彼女 ＿＿＿ ＿＿＿ ＿＿＿ ＿＿＿ になりました。

1. とは　　2. 友達　　3. で　　4. パーティー

② 教室から富士山が見えます。＿＿＿ ＿＿＿ ＿＿＿ ＿＿＿ 見えます。

1. 私　　2. 部屋　　3. の　　4. からも

③ この部屋 ＿＿＿ ＿＿＿ ＿＿＿ ＿＿＿ あります。

1. が　　2. には　　3. 窓　　4. 大きな

練習を
しましょう

單字題

Ⅰ [a ～ e] の中から適当な言葉を選んで、(　　) に入れなさい。

a. 雨　b. 秋　c. 水　d. 春　e. 夏

① 日本の (　　　　　　　　) はとても暑いです。

② (　　　　　　　　) は柿がおいしいです。

③ 長い冬が過ぎて、(　　　　　　　　) が来ました。

④ (　　　　　　　　) が降っているので、傘を差している人がたくさんいます。

Ⅱ [a ～ e] の中から適当な言葉を選んで、(　　) に入れなさい。

a. 学校　b. 風邪　c. 教室　d. 留学生　e. 休み

① アリさんはインドから来た (　　　　　　　　) です。

② 昼 (　　　　　　　　) に銀行に行きました。

③ (　　　　　　　　) をひいたので、早く帰ります。

④ 小林さんのお父さんは台北にある (　　　　　　　　) の先生です。

Ⅲ [a ～ e] の中から適当な言葉を選んで、(　　) に入れなさい。

a. この　b. そこ　c. それ　d. 何　e. どなた

① ごめんください、(　　　　　　　　) かいらっしゃいますか。

② (　　　　　　　　) は本物のダイヤモンドです。

③ テレビは (　　　　　　　　) に置いてください。

④ (　　　　　　　　) レストランの料理はとても辛いです。

時間＋ぐらい

名 7

一天工作 7 小時左右。

一日（いちにち）　7時間（ななじかん）　ぐらい　働き（はたら）ます。

表示時間上的推測、估計。可譯作「大約」、「左右」、「上下」。

10（じゅう）　名 10

100 公尺大約跑 10 秒鐘。

100（ひゃく）メートルを　10秒（じゅうびょう）　ぐらいで　走り（はし）ました。

試試看！比照上方說明，活用練習其他句子中的單字和文法。

其它例句

2（に）
名（數）2，兩個

請約等兩分鐘。

▸▸ 2分（にふん）　ぐらい　待っ（ま）て　ください。

8日（ようか）
名（月的）8號；8日；8天

向學校請了約 8 天的假。

▸▸ 8日（ようか）　ぐらい、学校（がっこう）を　休み（やす）ました。

3（さん）
名（數）3，3個，第3，3次

旅行了約 3 個星期左右。

▸▸ 3週間（さんしゅうかん）　ぐらい、旅行（りょこう）を　しました。

☑ 形音義記憶練習

記住這些單字了嗎？

□ しち なな 7／7　□ じゅう 10　□ に 2　□ ようか 8日　□ さん 3

參考形、音、義在底線處寫出正確單字。

合格記憶三步驟：
① 發音練習
② 圖像記憶
③ 最完整字義解說

① ________

shi chi・na na ／西七・那那

數目中的７。６的下一個數字。也念作「なな」。

② ________

yo o ka ／呦烏～卡

月份的第８天。又指期間的８天。

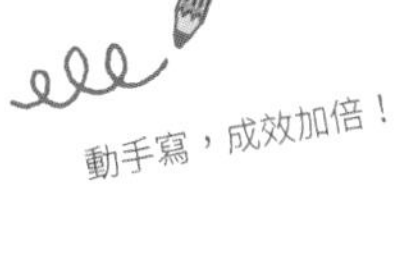

③ ________

sa n ／沙恩

數目中的３。２的下一個數字。

④ ________

ni ／你

數目中的２。１的下一個數字。

⑤ ________

ju u ／啾～

數目中的 10。9 的下一個數字。

文法 × 單字

同步學習！

数量＋ぐらい

にほんごのたんご

5（ご）

名（數）5

那部電影看了 5 次左右。

その　映画（えいが）は、5回（ごかい）　ぐらい　見（み）ました。

表示數量上的推測、估計。可譯作「大約」、「左右」、「上下」。

七つ（ななつ）　名（數）7 個，7 歲

大約吃了 7 個巧克力。

チョコレートを　七つぐらい　食（た）べました。

試試看！比照上方說明，活用練習其他句子中的單字和文法。

其它例句

6（ろく）

名（數）6；6 個

有 6 隻左右的鳥。

鳥（とり）が　6羽（ろくわ）　ぐらい　います。

スプーン (spoon)

名 湯匙

請拿 10 根左右的湯匙來。

スプーンを　10本（じゅっぽん）　ぐらい　持（も）って　きて　ください。

幾つ（いくつ）

名（不確定的個數、年齡）幾個，多少；幾歲

請問大概要多少呢？

いくつ　ぐらい　ほしいですか？

☑ 形音義記憶練習

記住這些單字了嗎？

□ 5（ご） □ 七つ（なな） □ 6（ろく） □ スプーン (spoon) □ 幾つ（いく）

參考形、音、義在底線處寫出正確單字。

合格記憶三步驟：
① 發音練習
② 圖像記憶
③ 最完整字義解說

① ______

su pu u n ／蘇撲～恩

喝湯、吃冰淇淋、咖哩飯、蛋糕時使用的湯匙。

② ______

na na tsu ／那那朱

計算東西或年齡的第 7 個數字。

③ ______

ro ku ／落哭

數目中的 6 。5 的下一個數字。

④ ______

i ku tsu ／衣哭朱

詢問可數的東西的數量，人的年齡有多大的詞。廣泛就個數、年齡、天數而言。

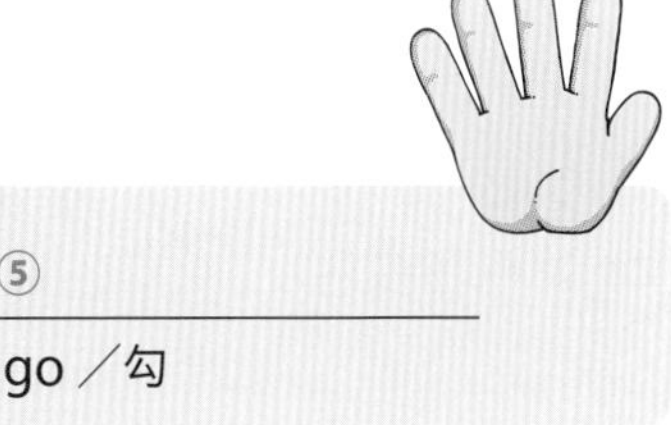

⑤ ______

go ／勾

數目中的 5 。4 的下一個數字。

正確解答 ①スプーン ②七つ（なな） ③6（ろく） ④幾つ（いく） ⑤5（ご）

文法 × 單字 だけ

同步學習！

牛乳(ぎゅうにゅう)

名 牛奶

只喝了牛奶。

牛乳(ぎゅうにゅう)だけ　飲(の)みました。

表示只限於某範圍。可譯作「只」、「僅僅」。

8(はち)　名（數）8

只有8個蘋果。

りんごが　8個(はっこ)だけ　あります。

試試看！比照上方說明，活用練習其他句子中的單字和文法。

其它例句

一人(ひとり)

名 一人；一個人；單獨一個人

只有你一個人嗎？

あなた　一人(ひとり)だけですか？

すみません

寒暄（道歉用語）對不起，抱歉；謝謝

對不起，只要借我100日圓就好。

すみません。100円(ひゃくえん)だけ　貸(か)してください。

少(すこ)し

副 一下子；少量，稍微，一點

只吃了一些蘋果。

リンゴだけ　少(すこ)し　食(た)べました。

☑ 形音義記憶練習

記住這些單字了嗎？

□牛乳（ぎゅうにゅう）　□8（はち）　□一人（ひとり）　□すみません　□少し（すこし）

參考形、音、義在底線處寫出正確單字。

合格記憶三步驟：
① 發音練習
② 圖像記憶
③ 最完整字義解說

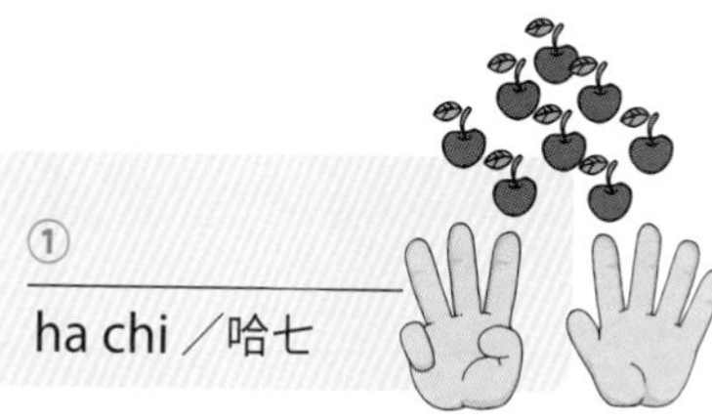

① ________

ha chi／哈七

數目中的８。７的下一個數字。

② ________

gyu u nyu u／克衣烏～牛～

做飲料用的牛的乳汁。

動手寫，成效加倍！

③ ________

su ko shi／蘇叩西

數量少、時間短、距離近、程度小的樣子。相反詞是「たくさん」（很多）。

④ ________

hi to ri／喝衣投力

數人的數詞。指一個人。一般廣泛地用在口語上；還有，單身也叫「一人」。

⑤ ________

su mi ma se n／蘇米媽水恩

表示對不起，不好意思。也指謝謝。

正確解答 ①8（はち）　②牛乳（ぎゅうにゅう）　③少し（すこ）　④一人（ひとり）　⑤すみません

文法 × 單字

同步學習！

しか＋否定

名(數) 8，8個，8歲

只有8個箱子。

箱は　八つしか　ありません。

下接否定，表示限定。可譯作「只」、「僅」。

読む 他五 閱讀，看；唸，朗讀

早上都只看報紙。

朝は　新聞しか　読みません。

試試看！比照上方說明，活用練習其他句子中的單字和文法。

其它例句

学生

名 學生

學生只有3位。

学生は、3人しか　いません。

お菓子

名 點心，糕點

你只吃點心嗎？

あなたは、お菓子しか　食べないの？

ちょっと

副 稍微，一點；一下子，暫且

只有一點點而已。

ちょっとしか　ありませんよ。

☑ 形音義記憶練習

記住這些單字了嗎？

□八つ（やっ） □読む（よ） □学生（がくせい） □お菓子（かし） □ちょっと

參考形、音、義在底線處寫出正確單字。

合格記憶三步驟：
① 發音練習
② 圖像記憶
③ 最完整字義解說

① ______
ya ttsu／押＾朱

計算東西或年齡的第 8 個數字。

② ______
o ka shi／歐卡西

「菓子（かし）」的美化語。指吃點心或與茶一起拿給客人的食物。多製成甜的。

動手寫，成效加倍！

③ ______
cho tto／秋＾投

數量、程度或時間等微少的樣子。

④ ______
yo mu／呦烏木

看文章、繪畫、圖表、符號等理解其意義。又指看著文字發出聲音。

⑤ ______
ga ku se i／嘎哭水衣

上學校受教育的人。在日本嚴格說來，是指大學生或短大的學生。

正確解答 ①八つ（やっ） ②お菓子（かし） ③ちょっと ④読む（よ） ⑤学生（がくせい）

文法題

Ⅰ [a,b]の中から正しいものを選んで、○をつけなさい。

① この薬は１日１回、朝 （a. だけ　b. しか） 飲みます。

② この車は４人 （a. ぐらい　b. しか） 乗れません。

③ もう２０年 （a. ごろ　b. ぐらい） 日本に住んでいます。

④ この傘はきれいな （a. だけ　b. ぐらい） です。丈夫ではありません。

⑤ この教室は２０人 （a. じゃ　b. しか） 座れません。

⑥ 田中さんは私と同じ （a. もの　b. ぐらい） 大きいです。

⑦ 日本は２ヶ月 （a. だけ　b. ずつ） 留学しました。

Ⅱ 下の文を正しい文に並べ替えなさい。＿＿＿に数字を書きなさい。

① 東京駅まで、家 ＿＿＿ ＿＿＿ ＿＿＿ ＿＿＿ くらいです。

1. で　2. から　3. 車　4. ２時間

② 毎日、＿＿＿ ＿＿＿ ＿＿＿ ＿＿＿ ではつまらないです。

1. テレビ　2. だけ　3. 見る　4. を

③ このお皿 ＿＿＿ ＿＿＿ ＿＿＿ ＿＿＿ よ。

1. は　2. くらい　3. 100万円　4. します

練習をしましょう 

單字題

I [a～e]の中から適当な言葉を選んで、(　　)に入れなさい。

a. 5日　b. 一日　c. カレンダー　d. 2日　e. 五つ

① (　　　　　　　)酔いで、朝起きるのが辛かったです。

② 今日は雨だったので、(　　　　　　　)中家にいました。

③ 来年の(　　　　　　　)はまだ売っていません。

④ 日本の5月(　　　　　　　)は子どもの日です。

II [a～e]の中から適当な言葉を選んで、(　　)に入れなさい。

a. 1日　b. いくつ　c. 三日　d. 9日　e. 8日

① 荷物は(　　　　　　　)くらいで届きます。一週間はかかりません。

② 台湾の8月(　　　　　　　)は父の日です。

③ 4月(　　　　　　　)は嘘ついてもいいです。

④ 昔9月(　　　　　　　)の日は菊を見ながら、お酒を飲みました。

III [a～e]の中から適当な言葉を選んで、(　　)に入れなさい。

a. 一緒　b. 大勢　c. 皆さん　d. 二人　e. 一人

① 今年の夏、その(　　　　　　　)は結婚します。

② この絵は全部私(　　　　　　　)で描きました。

③ 公園で(　　　　　　　)の子どもが遊んでいて、にぎやかです。

④ 友達と(　　　　　　　)に映画を見ました。

文法 × 單字 て〈單純接續〉

同步學習！

track- 14

早上起床後看報紙。

朝（あさ） 起（お）きて、新聞（しんぶん）を 読（よ）みます。

名 早上，早晨

表示動作、作用連續進行。

磨（みが）く 他五 刷洗，擦亮；研磨，琢磨

洗臉後刷牙。

顔（かお）を 洗（あら）って、歯（は）を 磨（みが）きます。

試試看！比照上方說明，活用練習其他句子中的單字和文法。

其它例句

每晚（まいばん） 名 每天晚上

每天晚上回家吃晚飯。

毎晩（まいばん）、うちに 帰（かえ）って、晩（ばん）ご飯（はん）を 食（た）べます。

上着（うわぎ） 名 上衣，外衣

進到裡面，脫下了外套。

中（なか）に 入（はい）って、上着（うわぎ）を 脱（ぬ）いた。

着（き）る 他上一 （穿）衣服

穿上套裝後出門。

スーツを 着（き）て、出（で）かけます。

☑ 形音義記憶練習

記住這些單字了嗎？

□朝(あさ) □磨く(みがく) □毎晩(まいばん) □上着(うわぎ) □着る(きる)

參考形、音、義在底線處寫出正確單字。

合格記憶三步驟：
① 發音練習
② 圖像記憶
③ 最完整字義解說

① ____________

u wa gi ／烏瓦黳

西服中，穿在內衣外面的上衣，或穿在最外面的衣服。

② ____________

ma i ba n ／媽衣拔恩

每一個晚上。所有的晚上。

動手寫，成效加倍！

③ ____________

ki ru ／克衣路

為了禦寒或讓自己好看，而穿在身上。一般指手通過袖子，上半身或全身穿上之意。

④ ____________

a sa ／阿沙

天亮後一直到上午 10 點左右的數小時。也有時指從天亮到正午這一段時間。

⑤ ____________

mi ga ku ／米嘎哭

用刷子等前後左右磨擦，使其光亮好看。

正確解答 ①上着(うわぎ) ②毎晩(まいばん) ③着る(き) ④朝(あさ) ⑤磨く(みが)

文法 × 單字

同步學習！

て〈方法〉

名・他サ 努力學習，唸書，發憤

利用這本書來學習。

この　本(ほん)を　使(つか)って　勉強(べんきょう)します。

表示方法、手段。

渡(わた)る　自五 渡，過；(從海外)渡來，傳入

搭上船渡河。

船(ふね)に　乗(の)って、川(かわ)を　渡(わた)ります。

試試看！比照上方說明，活用練習其他句子中的單字和文法。

其它例句

歯(は)
名 牙齒

用那個刷牙。

それを　使(つか)って、歯(は)を　磨(みが)きます。

字引(じびき)
名 字典，辭典

翻字典查詢。

字引(じびき)を　引(ひ)いて、調(しら)べました。

知(し)る
他五 知道，得知；理解；認識；懂得，學會

我透過書本知道了那件事。

その　ことを、本(ほん)を　読(よ)んで　知(し)りました。

☑ 形音義記憶練習

記住這些單字了嗎？

□勉強（べんきょう）・する　□渡る（わた）　□歯（は）　□字引（じびき）　□知る（し）

參考形、音、義在底線處寫出正確單字。

合格記憶三步驟：
① 發音練習
② 圖像記憶
③ 最完整字義解說

① ______________

shi ru ／西路

對於事物的意思、內容、情況，能透過經驗或知識正確判斷，確實理解。

② ______________

be n kyo o・su ru ／貝恩卡呦烏～蘇路

指為掌握學問、知識和技能等而勤奮、努力學習。

動手寫，成效加倍！

③ ______________

ji bi ki ／雞逼克衣

「字典」的通俗說法。

④ ______________

wa ta ru ／瓦她路

搭乘交通工具、走路或是游泳，通過路、河川、海等到達另一側。

⑤ ______________

ha ／哈

動物口中，上下兩排，咀嚼食物的白色堅硬器官。

正確解答　①知る（し）　②勉強（べんきょう）・する　③字引（じびき）　④渡る（わた）　⑤歯（は）

文法 × 單字

同步學習！

て〈理由〉

にほんごのたんご

降(ふ)る

自五 落，下，降（雨、雪、霜等）

下雪好冷。

雪(ゆき)が　降(ふ)って、寒(さむ)いです。

表示原因、理由。

浴(あ)びる 自上一 淋、浴，澆；照，曬；遭受，蒙受

洗冷水澡結果感冒了。

冷(つめ)たい　水(みず)を　浴(あ)びて、風邪(かぜ)を　引(ひ)いた。

試試看！比照上方說明，活用練習其他句子中的單字和文法。

其它例句

明(あか)るい

形 明亮，光明的；鮮明，亮色；快活，爽朗

打開電燈後，房間變亮了。

電気(でんき)を　つけて、部屋(へや)が　明(あか)るく　なった。

一日(いちにち)

名 一天，終日；一整天；(每月的）一號 (念為“ついたち”）

唸了一整天的書，好累。

一日(いちにち)　勉強(べんきょう)して、疲(つか)れた。

大変(たいへん)

形動 重大，嚴重，不得了

生了病很難受。

病気(びょうき)に　なって、大変(たいへん)だった。

記住這些單字了嗎？

☑ 形音義記憶練習

□降(ふ)る　□浴(あ)びる　□明(あか)るい　□一日(いちにち)　□大変(たいへん)

參考形、音、義在底線處寫出正確單字。

合格記憶三步驟：
① 發音練習
② 圖像記憶
③ 最完整字義解說

① ____________

a bi ru ／阿逼路

把涼水或熱水往身上澆、淋。也指陽光等光亮的東西，照射到身上。

② ____________

i chi ni chi ／衣七你七

一晝夜，24 小時；又指從早晨起床到晚上就寢之間。

動手寫，成效加倍！

③ ____________

ta i he n ／她衣黑恩

十分嚴重的樣子。也指十分辛苦的樣子。

④ ____________

hu ru ／呼路

雨、雪等從天空落下。一般也用在很多細小的東西，從高高的地方落下之意。

⑤ ____________

a ka ru i ／阿卡路衣

太陽或燈光等，光照充分，東西看得很清楚的狀態；也指人的性格不受拘束，明朗快活的樣子。

正確解答　①浴(あ)びる　②一日(いちにち)　③大変(たいへん)　④降(ふ)る　⑤明(あか)るい

文法 × 單字

同步學習！

が〈逆接〉

寒い（さむい）

形（天氣）寒冷；膽怯，心虛；寒傖，簡陋

裡面很暖和，但外頭很冷。

中（なか）は　暖（あたた）かいが、外（そと）は寒（さむ）い。

表示前後兩個句子是對比的。可譯作「可是」、「但是」。

大丈夫（だいじょうぶ）

形動 牢固，可靠；安全，放心；沒問題，沒關係

有點發燒，但沒關係。

ちょっと　熱（ねつ）が　ありますが、大丈夫（だいじょうぶ）です。

試試看！比照上方說明，活用練習其他句子中的單字和文法。

其它例句

良い（いい）／良い（よい）

形 好，佳，良好；貴重，高貴；美麗，漂亮；可以

天氣雖好，但是下午會下雨。

いい　天気（てんき）ですが、午後（ごご）は雨（あめ）が　降（ふ）ります。

覚える（おぼえる）

他下一 記住，記得；學會，掌握

平假名已經記住了，但是片假名還沒。

平仮名（ひらがな）は　覚（おぼ）えましたが、片仮名（かたかな）は まだです。

汚い（きたない）

形 骯髒；（看上去）亂七八糟

雖然仔細洗過，但還是很髒。

よく　洗（あら）いましたが、まだ　汚（きたな）いです。

☑ 形音義記憶練習

記住這些單字了嗎？

□寒（さむ）い　□大丈夫（だいじょうぶ）　□良（い）い／良（よ）い　□覚（おぼ）える　□汚（きたな）い

參考形、音、義在底線處寫出正確單字。

合格記憶三步驟：
① 發音練習
② 圖像記憶
③ 最完整字義解說

① ________

sa mu i ／沙木衣

表示氣溫非常低；又指氣溫低於限度，而使全身感到又冷又不舒服的樣子。

② ________

o bo e ru ／歐伯乀路

透過見聞或學習記入腦中，而不忘記；也指努力掌握自己經驗過的事或學過的事。

③ ________

da i jo o bu ／答衣久～不

可以應付某事物的條件很充分，可以安心，萬無一失的樣子。

④ ________

ki ta na i ／克衣她那衣

表示具體的或抽象的不清潔、弄髒的樣子；也表示不整潔、雜亂無章，使人感到不快的樣子。

⑤ ________

i i・yo i ／衣衣・呦烏衣

表示各種各樣的良好狀態。質量或程度等優異、理想的樣子。褒義詞。

正確解答　①寒（さむ）い　②覚（おぼ）える　③大丈夫（だいじょうぶ）　④汚（きたな）い　⑤良（い）い／良（よ）い

文法 × 單字

同步學習！

track- 15

句子＋か

にほんごのたんご

歌（うた）

名 歌，歌曲；和歌，詩歌；謠曲，民間小調

你會唱歌嗎？

あなたは、歌（うた）を　歌（うた）いますか。

接於句末，表示疑問、質問。可譯作「嗎」、「呢」。

美味（おい）しい　形 美味的，可口的，好吃的

那家店的拉麵可口嗎？

その　店（みせ）の　ラーメンは、おいしいですか。

試試看！比照上方說明，活用練習其他句子中的單字和文法。

其它例句

お祖父（じい）さん

名 祖父；外公；爺爺；老爺爺，老爹

爺爺好嗎？

お祖父（じい）さんは、元気（げんき）ですか。

鍵（かぎ）

名 鑰匙，鎖頭；關鍵

門上鎖了嗎？

ドアに　鍵（かぎ）を　かけましたか。

そちら

代 那兒，那裡；那位，那個

那位是什麼人物？

そちらは、どなたですか。

形音義記憶練習

記住這些單字了嗎？

□歌(うた) □美味(おい)しい □お祖父(じい)さん □鍵(かぎ) □そちら

參考形、音、義在底線處寫出正確單字。

合格記憶三步驟：
① 發音練習
② 圖像記憶
③ 最完整字義解說

① ______

u ta ／烏她

歌詞配上節奏和旋律唱的。

② ______

o ji i sa n ／歐雞～沙恩

對祖父或外祖父的親切稱呼。或對一般老年男子的稱呼。老爺爺。

動手寫，成效加倍！

③ ______

ka gi ／卡ㄍ一

開鎖或上鎖的器具；也指解決某項事物的最重要因素。

④ ______

so chi ra ／搜七拉

指離聽話者近的地方或事物。那裡；還有，指示聽話者或聽話者一方的人的詞。那位。

⑤ ______

o i shi i ／歐衣西衣

食物美味的樣子。「おいしい」一般對象是食物，也有例外如：「おいしい空気（くうき）」（新鮮空氣）。

正確解答 ①歌(うた) ②お祖父(じい)さん ③鍵(かぎ) ④そちら ⑤美味(おい)しい

文法 × 單字

同步學習！

疑問詞＋か

誰（だれ）

代 誰，哪位

有誰來過嗎？

誰（だれ）か　来（き）ましたか。

「か」前接疑問詞，表示不確定。

おはよう 寒暄 早安，您早

早安。今天要上那兒去嗎？

おはよう。今日（きょう）は　どこかへ　行（い）きますか。

試試看！比照上方說明，活用練習其他句子中的單字和文法。

其它例句

為る（なる）

自五 成為，變成；當（上）

希望有一天能成為花店老闆。

いつか、花屋（はなや）に　なりたいです。

どれ

代 哪個

喜歡哪個請拿走。

どれか、好（す）きな　ものを　取（と）って　ください。

後ろ（うしろ）

名 後面；背面，背地裡

你的後面好像有什麼東西。

あなたの　後（うし）ろに、なにか　あります。

形音義記憶練習

記住這些單字了嗎？

□誰（だれ） □おはよう □為る（な） □どれ □後ろ（うし）

參考形、音、義在底線處寫出正確單字。

合格記憶三步驟：
① 發音練習
② 圖像記憶
③ 最完整字義解說

① ________
na ru／那路

變成別的事物或狀態；又指時間流逝，到了某個時期。

② ________
do re／都雷

不定稱的指示代名詞。在3個以上的限定範圍的事物中，指示不確定事物的詞。

動手寫，成效加倍！

③ ________
da re／答雷

詢問人的詞。指不知姓名的人或不清楚的人的詞。

④ ________
o ha yo o／歐哈呦烏～

早晨見面時的寒暄語。更有禮貌的說法是「おはようございます」。

⑤ ________
u shi ro／烏西落

與臉部相反的方向。與物體正面相反的方向。又指背後。

正確解答 ①為る（な） ②どれ ③誰（だれ） ④おはよう ⑤後ろ（うし）

文法 × 單字

同步學習！

疑問句＋か。疑問句＋か。

にわ
庭

名 庭院，院子，院落

爸爸在庭院？還是在洗手間？

お父(とう)さんは、庭(にわ)ですか。トイレですか。

表示從不確定的兩個事物中，選出一樣來。可譯作「是…還是…」。

昼ご飯(ひるごはん) 名 午餐

吃過午餐了嗎？還是還沒吃？

昼ご飯(ひるごはん)は　食(た)べましたか。まだですか。

試試看！比照上方說明，活用練習其他句子中的單字和文法。

其它例句

近い(ちかい)

形（距離、時間）近，接近

學校是遠？還是近？

学校(がっこう)は、遠(とお)いですか。近(ちか)いですか。

鼻(はな)

名 鼻子

漢字是「鼻」？還是「花」？

漢字(かんじ)は　鼻(はな)ですか。花(はな)ですか。

出掛ける(でかける)

自下一 出去，出門；要出去；到～去

要出門？還是要待在家裡？

出(で)かけますか。家(うち)に　いますか。

☑ 形音義記憶練習

記住這些單字了嗎？

□庭（にわ） □昼ご飯（ひるごはん） □近い（ちかい） □鼻（はな） □出掛ける（でかける）

參考形、音、義在底線處寫出正確單字。

合格記憶三步驟：
① 發音練習
② 圖像記憶
③ 最完整字義解說

① ____________

ha na ／哈那

在哺乳動物的面部中央突起的部分。是呼吸、嗅覺和幫助發聲的器官。

② ____________

ni wa ／你瓦

在住宅等的用地中，沒蓋房屋的部分。多用來栽植樹木花草。

③ ____________

hi ru go ha n ／喝衣路勾哈恩

午餐。比較有禮貌的說法。

④ ____________

de ka ke ru ／爹卡克ㄟ路

因為有事，向著某處出發。又單純指離家出門到外面。

⑤ ____________

chi ka i ／七卡衣

地方、人或東西的空間距離小的樣子。又指時間的間隔小的樣子。

正確解答 ①鼻（はな） ②庭（にわ） ③昼ご飯（ひるごはん） ④出掛ける（でかける） ⑤近い（ちかい）

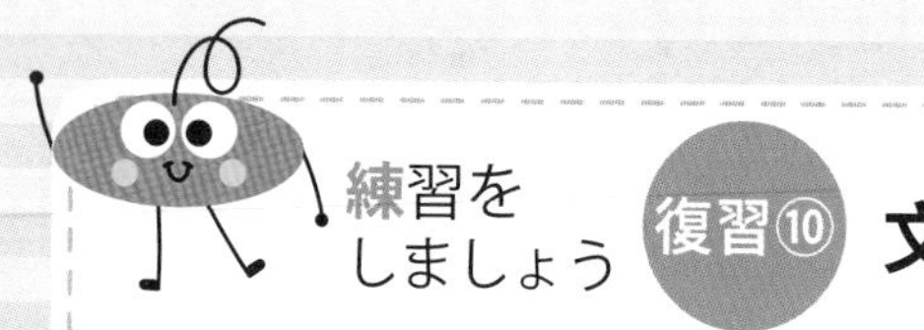

練習をしましょう　復習⑩　文法題

Ⅰ　[a,b] の中から正しいものを選んで、○をつけなさい。

① 外は寒いです　(a. か　　b. が)、家の中は暖かいです。

② すみません　(a. が　　b. の)、もう１度言ってください。

③ どこ　(a. か　　b. へ)　静かなところで話しましょう。

④ お金はありません　(a. が　　b. ので)、時間はあります。

⑤ 明日は暑いです　(a. が　　b. か)、寒いです　(a. か　b. よ)。

⑥ あかちゃんは男の子です　(a. か　　b. と)、女の子です　(a. か　　b. ね)。

Ⅱ　下の文を正しい文に並べ替えなさい。＿＿＿に数字を書きなさい。

① 早く　＿＿＿　＿＿＿　＿＿＿　＿＿＿、よろしいでしょうか。

1. ん　　2. が　　3. 帰りたい　　4. です

② この絵は　＿＿＿　＿＿＿　＿＿＿　＿＿＿　ことがあります。

1. どこ　　2. で　　3. か　　4. 見た

③ 今日のテスト　＿＿＿　＿＿＿　＿＿＿　＿＿＿、難しいですか。

1. は　　2. か　　3. です　　4. 簡単

④ 日曜日　＿＿＿　＿＿＿　＿＿＿　＿＿＿、仕事ですか。

1. は　　2. です　　3. か　　4. 休み

復習⑩ 單字題

Ⅰ [a ～ e]の中から適当な言葉を選んで、(　　)に入れなさい。

a. スリッパ　b. 背広　c. 洋服　d. ポケット　e. ズボン

① 仕事のために、(　　　　　　)を作りました。

② 母は(　　　　　　)より和服が好きです。

③ 優子さんはスカートが嫌いなのでいつも(　　　　　　)です。

④ この服は(　　　　　　)がたくさんあって便利です。

Ⅱ [a ～ e]の中から適当な言葉を選んで、(　　)に入れなさい。

a. 去年　b. 昼　c. 朝　d. 午前　e. 夕べ

① (　　　　　　)中は雨でしたが、午後から晴れました。

② 勉強のために、(　　　　　　)早く起きます。

③ (　　　　　　)、何時に寝ましたか。

④ 明日の授業は８時から(　　　　　　)までです。

Ⅲ [a ～ e]の中から適当な言葉を選んで、(　　)に入れなさい。

a. 何　b. 誰　c. どんな　d. こんな　e. そう

① (　　　　　　)ハンカチがいいですか。

② あの木の下に立っている人は(　　　　　　)ですか。

③ (　　　　　　)まずい料理は食べたくありません。

④ 今日の夕飯は(　　　　　　)にしましょうか。

句子＋ね

這電車的速度好快。

形（速度等）快速

この　電車(でんしゃ)は　速(はや)いですね。

表示輕微的感嘆，或話中帶有徵求對方同意的語氣。

本当(ほんとう)に　副 真的，確實；實在，的確

她真是個有趣的人。

彼女(かのじょ)は　本当(ほんとう)に　面白(おもしろ)いですね。

試試看！比照上方說明，活用練習其他句子中的單字和文法。

其它例句

よく
副 仔細地，充分地，好好地

請仔細看清楚囉。

よく　見(み)て　くださいね。

来月(らいげつ)
名 下個月

下個月就是 11 月吧！

来月(らいげつ)は　11月(じゅういちがつ)ですね。

分(わ)かる
自五 知道，明白；懂，會，瞭解

懂意思吧！

意味(いみ)が　わかりますね。

☑ 形音義記憶練習

記住這些單字了嗎？

□速い（はや） □本当に（ほんとう） □よく □来月（らいげつ） □分かる（わ）

參考形、音、義在底線處寫出正確單字。

合格記憶三步驟：
① 發音練習
② 圖像記憶
③ 最完整字義解說

① ________

ho n to o ni／後恩投～你

用在確認程度很高，強調程度之甚的詞。

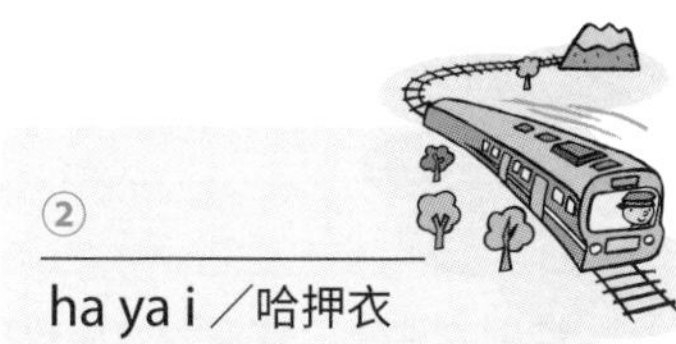

② ________

ha ya i／哈押衣

表示動作急速。移動、進展的速度很快。又指做某事所需的時間短。

動手寫，成效加倍！

③ ________

wa ka ru／瓦卡路

對於事物的意思、內容、情況，能分析其邏輯，並有條理地理解。

④ ________

yo ku／呦烏哭

表示頻率很高。經常。還有，表示行為狀態的程度很充分。好好地。

⑤ ________

ra i ge tsu／拉衣給朱

這個月的下個月。這裡的「來」就是「下一個」的意思囉！

正確解答 ①本当に（ほんとう） ②速い（はや） ③分かる（わ） ④よく ⑤来月（らいげつ）

文法 × 單字

同步學習！

句子＋よ

～の方（ほう）

名 部類，類型

這本書比較有趣。

この　本（ほん）の　方（ほう）が、面白（おもしろ）いですよ。

請對方注意，或使對方接受自己的意見時，用來加強語氣。

皆（みな）さん　名 大家，各位

大家已經都到了哦。

皆（みな）さんは、もう　来（き）て　いますよ。

試試看！比照上方說明，活用練習其他句子中的單字和文法。

其它例句

四（よっ）つ

名（數）４個；４歲

4 個共 100 圓。

四（よっ）つで　百円（ひゃくえん）ですよ。

～人（にん）

接尾 ～人

學生多達 50 人呢！

学生（がくせい）が　50（ごじゅう）人（にん）も　いますよ。

とても

副 很，非常

那件禮服非常好看。

その　ドレス、とても　すてきですよ。

☑ 形音義記憶練習

記住這些單字了嗎？

□～の方（ほう） □皆（みな）さん □四（よっ）つ □～人（にん） □とても

參考形、音、義在底線處寫出正確單字。

合格記憶三步驟：
① 發音練習
② 圖像記憶
③ 最完整字義解說

① ＿＿＿＿＿＿

mi na sa n／米那沙恩

向多數人招呼的詞。

② ＿＿＿＿＿＿

～no ho o／～挪後～

用於並列或相比較之物的一方。

③ ＿＿＿＿＿＿

yo ttsu／呦烏＾朱

計算東西或年齡的第 4 個數字。

④ ＿＿＿＿＿＿

～ni n／～你恩

計算人的詞。表示人數。

⑤ ＿＿＿＿＿＿

to te mo／投貼某

表示程度之甚。因為是說話者主觀上認為的程度之甚，所以一般內容都是跟說話者有關的事。

正確解答 ①皆（みな）さん ②～の方（ほう） ③四（よっ）つ ④～人（にん） ⑤とても

文法 × 單字

同步學習！

句子＋わ

にほんごのたんご

ない

形 沒有、不存在

啊！沒錢。

あっ、お金（かね）が　ないわ。

表示自己的主張、決心、判斷等語氣。女性用語。在句尾可使語氣柔和。可譯作「呀」。

一緒（いっしょ） 名·自サ 一同，一起；（時間）一齊；一樣

我要跟林先生一起去。

林（はやし）さんと　一緒（いっしょ）に　行（い）くわ。

試試看！比照上方說明，活用練習其他句子中的單字和文法。

其它例句

頭（あたま）

名 頭；（物體的上部）頂；頭髮；頭目，首領

頭好痛哦。

頭（あたま）が　痛（いた）いわ。

同じ（おなじ）

形動 相同的，一樣的，同等的；同一個

那個跟我的一樣。

それは　私（わたし）のと　同（おな）じだわ。

☑ 形音義記憶練習

記住這些單字了嗎？

□ない　□一緒（いっしょ）　□頭（あたま）　□同じ（おな）

參考形、音、義在底線處寫出正確單字。

合格記憶三步驟：
① 發音練習
② 圖像記憶
③ 最完整字義解說

① ______________

a ta ma／阿她媽

人或動物脖子以上的部分。又指頭部長頭髮的部分。

② ______________

o na ji／歐那雞

相比較的東西，在各方面完全沒有兩樣。或是兩樣東西同一種類，有共通的地方。

動手寫，成效加倍！

③ ______________

na i／那衣

是「不存在、沒有」的最基本的意義。

④ ______________

i ssho／衣＾休

指一起採取同樣的行動。

①頭（あたま）　②同じ（おな）　③ない　④一緒（いっしょ）

練習をしましょう 復習⑪ 文法題

I [a,b] の中から正しいものを選んで、○をつけなさい。

① 雨です (a. の　b. ね)。傘を持っていますか。

② あのう、本が落ちました (a. から　b. よ)。

③ この写真をよく見てください。これはあなたの自転車です (a. ね　b. が)。

④ 彼女と温泉に行きたいです (a. か　b. の)。

⑤ あの車は 800 万円です (a. の　b. よ)。

⑥ 高橋さんもパーティーに行きますよ (a. わ　b. ね)。

⑦ あ、危ない。車が来ます (a. よ　b. ね)。

II 下の文を正しい文に並べ替えなさい。_____ に数字を書きなさい。

① 今 _____ _____ _____ _____。

1. して　2. 何を　3. か　4. います

② 健ちゃんは _____ _____ _____ _____。

1. 元気　2. です　3. ね　4. いつも

③ 林さん _____ _____ _____ _____。

1. よ　2. もう　3. は　4. 帰りました

練習をしましょう 復習⑪ 單字題

Ⅰ [a ～ e]の中から適当な言葉を選んで、(　　)に入れなさい。

a. 耳　　b. 歯　　c. 手　　d. お腹　　e. 鼻

① 病気で(　　　　　　　　)が聞こえなくなりました。

② 象は(　　　　　　　　)が長くて、体が大きいです。

③ ご飯の前に(　　　　　　　　)を洗ってください。

④ ケーキや飴など甘いものを食べたあとは(　　　　　　　　)をよく磨きましょう。

Ⅱ [a ～ e]の中から適当な言葉を選んで、(　　)に入れなさい。

a. 顔　　b. 口　　c. 頭　　d. 声　　e. 背

① かぜをひきました。(　　　　　　　　)が重いです。

② (　　　　　　　　)を大きく開けてください。

③ 電車の中で大きな(　　　　　　　　)を出してはいけません。

④ (　　　　　　　　)の低い人は前に並んでください。

Ⅲ [a ～ e]の中から適当な言葉を選んで、(　　)に入れなさい。

a. ながら　　b. 真っ直ぐ　　c. とても　　d. もう　　e. ずつ

① 毎日少し(　　　　　　　　)練習することが大事です。

② 地図を見(　　　　　　　　)、知らない道を散歩しました。

③ この店のバターパンは(　　　　　　　　)おいしい。

④ 子どもが(　　　　　　　　)一人ほしいです。

助詞

在日語中被稱作黏著語，也就是說在一個句子中，詞跟詞之間是靠「助詞」黏著在一起的。一個詞在句子裡面的地位、關係是靠助詞來決定的，助詞能在句子中增添某種意義和語感。因此，日語的特點首先可說是這個「助詞」了。助詞可分以下幾種：

格助詞

體言在句子裡，和其他詞之間的關係叫做「格」。表示格的助詞叫「格助詞」。日語中的格助詞主要接體言的下面，決定這一體言在句子裡的地位。主要有：が、を、の、に、へ、で、と、から、まで、より。

提示助詞

代替某些格助詞，或跟某些格助詞重疊，皆在體言、用言及助動詞的連用形、副詞或其他詞等下面，將某些事物特別提示出來加以說明、論述或敘述，起提示、對比、強調和類推等作用。主要有：は、も、しか、こそ、でも…。

並列助詞

介於兩個或兩個以上的體言之間，表示並列兩種以上的事物。並列助詞可以跟格助詞或提示助詞重疊使用。主要有：の、と、に、や、が…。

副助詞

皆在各種詞的下面，添加不同的意義，表示例示、程度等。主要有：だけ、くらい（ぐらい）、など、ずつ…。

接續助詞

接在用言或助動詞後面，起承先啟後的作用。主要有：て、し、ながら、から、が…。

終助詞

接在句尾，帶有感嘆、疑問、警告、禁止、命令或其他種種語氣。主要有：か、ね、よ、や、の、わ、な、さ…。

Lesson 2

接尾語

文法 × 單字

同步學習！

中（じゅう）

自五 工作，勞動，做工

媽媽工作一整天。

母（はは）は、一日中（いちにちじゅう）　働（はたら）いて　います。

表示整個期間或區域。

赤い（あか） 形 紅色的

這顆樹的葉子，一整年都是紅的。

この　木（き）の　葉（は）は、一年中（いちねんじゅう）　赤（あか）いです。

試試看！比照上方說明，活用練習其他句子中的單字和文法。

其它例句

寝る（ね）

自下一 睡覺，就寢；躺，臥

整個下午都在睡覺。

午後中（ごごじゅう）、寝（ね）て　いました。

やる

他五 做，幹

這個工作會在明天之內做好。

この　仕事（しごと）は、明日中（あしたじゅう）に　やります。

6日（むいか）

名 6號，6日，6天

工作應該會在6天內完成吧！

作業（さぎょう）は、6日中（むいかじゅう）に　終（お）わるでしょう。

☑ 形音義記憶練習

記住這些單字了嗎？

□働く(はたら)　□赤い(あか)　□寝る(ね)　□やる　□6日(むいか)

參考形、音、義在底線處寫出正確單字。

合格記憶三步驟：
① 發音練習
② 圖像記憶
③ 最完整字義解說

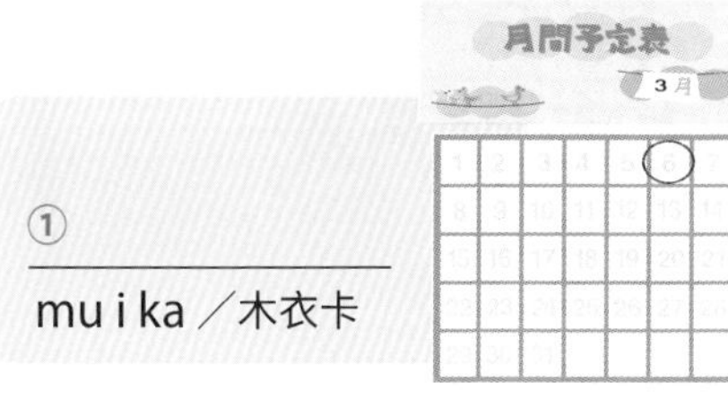

① ＿＿＿＿＿＿＿＿

mu i ka ／木衣卡

月份的第 6 天。

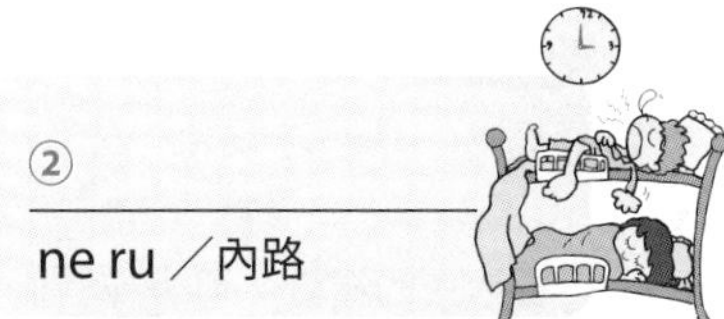

② ＿＿＿＿＿＿＿＿

ne ru ／內路

身體橫躺著休息，不去思考任何事。睡覺；又指人類或動物使身體橫臥。躺下。

動手寫，成效加倍！

③ ＿＿＿＿＿＿＿＿

ya ru ／押路

相當於「する」。說法比較隨便。做。幹。

④ ＿＿＿＿＿＿＿＿

ha ta ra ku ／哈她拉哭

運用身體或頭腦幹活、工作。

⑤ ＿＿＿＿＿＿＿＿

a ka i ／阿卡衣

表現色彩的最基本的形容詞之一。表示有著血一般紅的顏色。也指有著和紅色相近的顏色。

正確解答　①6日(むいか)　②寝る(ね)　③やる　④働く(はたら)　⑤赤い(あか)

文法 × 單字

同步學習！

たち

名 每年

每年孩子們都會來玩。

毎年(まいとし)、子(こ)どもたちが遊(あそ)びに　来(き)ます。

表示人的複數。可譯作「們」。

門(もん)　名 門，大門

學生們聚集在學校的校門前。

学生(がくせい)たちが、学校(がっこう)の　門(もん)の　前(まえ)に集(あつ)まりました。

試試看！比照上方說明，活用練習其他句子中的單字和文法。

其它例句

住(す)む

自五 住，居住；(動物)棲息，生存

留學生們住在這裡。

留学生(りゅうがくせい)たちは、ここに　住(す)んで　います。

何(なに)／何(なん)

代 什麼；任何；表示驚訝

你們在學什麼？

君(きみ)たちは、何(なに)を　勉強(べんきょう)して　いるの？

毎朝(まいあさ)

名 每天早上

我們每天早上都會做體操。

私(わたし)たちは、毎朝(まいあさ)　体操(たいそう)を　しています。

☑ 形音義記憶練習

記住這些單字了嗎？

□毎年（まいとし）／毎年（まいねん）　□門（もん）　□住（す）む　□何（なに）／何（なん）　□毎朝（まいあさ）

參考形、音、義在底線處寫出正確單字。

合格記憶三步驟：
① 發音練習
② 圖像記憶
③ 最完整字義解說

① ＿＿＿＿＿＿＿＿

na ni・na n／
那你・那恩

指不知道名稱、性質及對象等的事物的詞。

② ＿＿＿＿＿＿＿＿

ma i to shi・ma i ne n／
媽衣投西・媽衣內恩

每一年。所有的年。這裡的「每」就是「每一」的意思囉！

動手寫，成效加倍！

③ ＿＿＿＿＿＿＿＿

ma i a sa／媽衣阿沙

每一個早晨。這裡的「每（まい）」是「每一個」的意思囉！

④ ＿＿＿＿＿＿＿＿

mo n／某恩

家或建築物最外面的入口。門。大門。

⑤ ＿＿＿＿＿＿＿＿

su mu／蘇木

確定是家的地點，並在那裡生活。

正確解答　①何（なに）／何（なん）　②毎年（まいとし）／毎年（まいねん）　③毎朝（まいあさ）　④門（もん）　⑤住（す）む

文法 × 單字 同步學習！

がた

名 現在，此刻；馬上；剛才

老師們現在在什麼地方？

先生（せんせい）がたは、今（いま）　どこに いらっしゃいますか？

接於人稱代名詞後面，表示複數的敬稱。可譯作「們」。

帰る（かえる） 自五 回來，回去；回歸；歸還，恢復

你們已經要回家了嗎？

あなたがたは、もう　家（いえ）に　帰る（かえる）のですか？

試試看！比照上方說明，活用練習其他句子中的單字和文法。

其它例句

撮る（とる）

他五 拍照，拍攝

我想跟大家一起拍照。

皆様（みなさま）がたと　一緒（いっしょ）に、写真（しゃしん）を　撮（と）りたいと　思（おも）います。

休み（やすみ）

名 休息，假日；休假，停止營業

學生們的假期還真長。

学生（がくせい）さんがたの　休（やす）みは　長（なが）いですね。

毎月（まいげつ）／毎月（まいつき）

名 每個月

每個月部長們都會舉辦宴會。

毎月（まいつき）、部長（ぶちょう）さんがたの　パーティーが　あります。

☑ 形音義記憶練習

記住這些單字了嗎？

□今（いま） □帰る（かえ） □撮る（と） □休み（やす） □毎月（まいげつ）／毎月（まいつき）

參考形、音、義在底線處寫出正確單字。

合格記憶三步驟：
① 發音練習
② 圖像記憶
③ 最完整字義解說

① ______

i ma／衣媽

現在的一瞬，此時此刻；也指包括離現在極近的未來或過去的詞。剛才。

② ______

ya su mi／押蘇米

指停止學習或工作等，使身心得到休息。也指這種時間或日期。休息（時間）。

動手寫，成效加倍！

③ ______

ma i ge tsu・ma i tsu ki／媽衣給朱・媽衣朱克衣

每一個月。這裡的「每」就是「每一個」囉！

④ ______

ka e ru／卡ㄟ路

人回到原先的地方、自己的家或祖國，或交通工具回到原先的地方。

⑤ ______

to ru／投路

拍攝照片或電影。

正確解答 ①今（いま） ②休み（やす） ③毎月（まいげつ）／毎月（まいつき） ④帰る（かえ） ⑤撮る（と）

文法 × 單字

同步學習！

track- 17

ごろ

3日（みっか）

名（每月）3號；3天

3月3號左右要去玩。

3月3日（さんがつみっか）ごろに　遊（あそ）び　に　行（い）きます。

表示某一時間前後之意，一般只接在年月日和鐘點的詞後面。可譯作「左右」。

～分（ふん）　名（時間）～分；（角度）分

2點15分左右，電話響了。

2時15分（にじじゅうごふん）　ごろ、電話（でんわ）が　鳴（な）りました。

試試看！比照上方說明，活用練習其他句子中的單字和文法。

其它例句

9（く）

名（數）9，9個

晚上9點左右，和朋友一起去喝了兩杯。

午後（ごご）　9時（くじ）　ごろ、友達（ともだち）と　飲（の）みに　行（い）きました。

丸い（まるい）

形 圓形，球形

月亮什麼時候會變圓？

いつごろ、月（つき）は　丸（まる）く　なりますか？

秋（あき）

名 秋天

等秋天時想去旅行。

秋（あき）ごろに　なったら、旅行（りょこう）を　したいです。

☑ 形音義記憶練習

記住這些單字了嗎？

□ 3日（みっか） □ ～分（ふん） □ 9（く） □ 丸い（まる） □ 秋（あき）

參考形、音、義在底線處寫出正確單字。

合格記憶三步驟：
① 發音練習
② 圖像記憶
③ 最完整字義解說

① ________

mi kka／米 ^ 卡

月份的第 3 天。或指 3 天的天數。

② ________

ma ru i／媽路衣

呈現出圓形或球形的樣子。立體物用「丸い」，平面物用「円い」。

動手寫，成效加倍！

③ ________

ku／哭

數目中的 9。8 的下一個數字。

④ ________

～hu n／～呼恩

時間的單位詞。60 秒。也指角度單位。分。

⑤ ________

a ki／阿克衣

四季之一。夏季的下一個季節。日本約在 9 月、10 月、11 月左右。

練習をしましょう 復習⑫ 文法題

I [a,b] の中から正しいものを選んで、○をつけなさい。

① 家から会社まで歩いて20分（a. ぐらい　b. ごろ）です。

② この果物は、今（a. ごろ　b. しか）が一番おいしいです。

③ パンの作り（a. がた　b. かた）を母に聞きます。

④ 漢字の使い（a. ほう　b. かた）がわかりません。

⑤ あの眼鏡の（a. たち　b. かた）は山田さんです。

⑥ あの（a. もの　b. かた）は大学の先生です。

⑦ 旅行中は、たくさんの（a. かたがた　b. どなた）にお世話になりました。

II 下の文を正しい文に並べ替えなさい。_____に数字を書きなさい。

① この人は _____ _____ _____ _____ があります。

1. 人気　2. 世界　3. で　4. 中

② この山は、毎年 _____ _____ _____ _____ きれいです。

1. ごろ　2. 一番　3. が　4. 今

③ _____ _____ _____ _____ 学校の生徒です。

1. 私　2. 日本語　3. は　4. たち

練習をしましょう  復習⑫ **單字題**

I [a ～ e]の中から適当な言葉を選んで、(　　)に入れなさい。

a. 中　**b.** 頃　**c.** 中　**d.** お　**e.** 側

① 休みの日は１日 (　　　　　　　)、家でゲームをします。

② (　　　　　　　)忙しいときにお邪魔して失礼しました。

③ ６月の初め (　　　　　　　)に日本へ行きます。

④ 田中先生は授業 (　　　　　　　)です。

II [a ～ e]の中から適当な言葉を選んで、(　　)に入れなさい。

a. 半　**b.** 日　**c.** 時　**d.** 分　**e.** 時

① １ (　　　　　　　) ３度ご飯の前にこの薬を飲んでください。

② ここから学校まで地下鉄で １５ (　　　　　　　)です。

③ 今日の仕事は午後７ (　　　　　　　)に終わりました。

④ 東京から大阪まで２時間 (　　　　　　　)かかります。

III [a ～ e]の中から適当な言葉を選んで、(　　)に入れなさい。(必要なら形を変えなさい)

a. 赤い　**b.** 黄色い　**c.** 白い　**d.** 色　**e.** 緑

① この山は、夏は (　　　　　　　)ですが、秋は赤、冬には茶色になります。

② はずかしくて、顔が (　　　　　　　)なりました。

③ コーヒーに (　　　　　　　)砂糖を入れました。

④ バナナの色は (　　　　　　　)なりました。

接頭、接尾詞

接頭詞

1. 御（お）、御（ご）——表示尊敬和自謙

お元気（げんき）／精神　ご主人（しゅじん）／您先生

2. 習慣用法

お金（かね）／金錢　お皿（さら）／盤子　お天気（てんき）／天氣

3. 新（しん）——表示添加「新」的意思

新婚（しんこん）／新婚　新記録（しんきろく）／新紀錄

4. 第（だい）——表示「第幾」

第一（だいいち）／第一　第二（だいに）／第二

接尾詞

1. 屋（や）——接在名詞下面，表示店、鋪及其經營者

魚屋（さかなや）／魚販　八百屋（やおや）／蔬果行　本屋（ほんや）／書店　肉屋（にくや）／肉鋪

2. さん——表示對人的尊稱

佐藤（サとう）さん／佐藤先生、小姐　お母（かあ）さん／母親

3. 方（がた）——表示對複數人的尊稱

先生方（せんせいがた）／老師們　社長方（しゃちょうがた）／社長們

Lesson 3

副詞

あまり～ない

面白い(おもしろい)

形 好玩，有趣；愉快，高興；新奇，別有風趣

電影不太有趣。

映画(えいが)は、あまり　面白(おもしろ)くなかったです。

下接否定，表示（不是）很、（不）怎樣。

上手(じょうず)　形動（某種技術的）擅長，高明，厲害

我的英語不是很好。

私(わたし)は　英語(えいご)が　あまり　じょうずでは　ない。

試試看！比照上方說明，活用練習其他句子中的單字和文法。

其它例句

食(た)べる　他下一 吃，喝

不太想吃飯。

ご飯(はん)を　あまり　食(た)べたく　ないです。

土曜日(どようび)　名 星期六

星期六不是很忙。

土曜日(どようび)は　あまり　忙(いそが)しく　ないです。

動物(どうぶつ)　名 動物

不是很喜歡動物。

動物(どうぶつ)は　あまり　好(す)きじゃ　ないです。

☑ 形音義記憶練習

記住這些單字了嗎？

□面白（おもしろ）い　□上手（じょうず）　□食（た）べる　□土曜日（どようび）　□動物（どうぶつ）

參考形、音、義在底線處寫出正確單字。

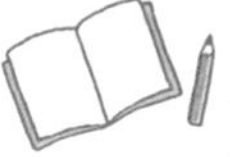

合格記憶三步驟：
① 發音練習
② 圖像記憶
③ 最完整字義解說

① ______________

jo o zu ／久～租

技術、技能高超的樣子。跟暗示對於技術高超的感動「うまい」相比。「上手」強調在技術高超。

② ______________

ta be ru ／她貝路

把食物放到嘴裡咀嚼，嚥下去。

③ ______________

o mo shi ro i ／歐某西落衣

表示引起興趣的樣子。引起興趣是個人帶有主動的慾望，比「たのしい」表現得理智些。

④ ______________

do o bu tsu ／都～不朱

把生物分成兩大類的一類。一般吃別的生物攝取營養，自己能活動，有感覺器官和神經。

⑤ ______________

do yo o bi ／都呦烏～逼

一週的第７天。星期六。也說「土曜（どよう）」和「土（ど）」。

正確解答　①上手（じょうず）　②食（た）べる　③面白（おもしろ）い　④動物（どうぶつ）　⑤土曜日（どようび）

文法題

I [a,b] の中から正しいものを選んで、○をつけなさい。

① この店のラーメンはあんまり（a. 美味しく　b. 美味しくなかった）です。

② 仕事は好きですが、勉強はあまり（a. 好きくありませんでした　b. 好きじゃありません）。

③ この映画はあまり（a. 面白く　b. 面白じゃ）ありませんでした。

④ 今日は（a. あんまり　b. しか）忙しくありません。

II 下の文を正しい文に並べ替えなさい。______ に数字を書きなさい。

① 王さんは ______ ______ ______ ______。

1. に　2. 来ません　3. あまり　4. 学校

② 勉強 ______ ______、______ ______。

1. しました　2. 分かりません　3. が　4. 全然

練習をしましょう

單字題

I [a ~ e]の中から適当な言葉を選んで、(　　)に入れなさい。

a. 火曜日　b. 水曜日　c. 先週　d. 今週　e. 土曜日

① (　　　　　　)の日曜日の午後、あなたはどこにいましたか。

② 今日は月曜日なので、明日は(　　　　　　)です。

③ 私の学校は毎週の週末、(　　　　　　)と日曜日が休みです。

④ (　　　　　　)の金曜日は暇です。

MEMO

副詞

說明用言的狀態和程度，屬於獨立詞而沒有活用，主要用來修飾用言（動詞、形容詞、形容動詞）的詞叫副詞。副詞的構成有很多種，這裡著重舉出下列5種：

1. 一般由兩個或兩個以上的平假名構成

ゆっくり／慢慢地　とても／非常

よく／好好地、仔細地　ちょっと／稍微

2. 由漢字和假名構成

未(ま)だ／尚未　先(ま)ず／首先　既(すで)に／已經

3. 由漢字重疊構成

色々(いろいろ)／各種各樣　青々(あおあお)／綠油油地　広々(ひろびろ)／廣闊地

4. 形容詞的連用形構成副詞

厚(あつ)い→厚(あつ)く / 厚的　赤(あか)い→赤(あか)く / 紅的

白(しろ)い→白(しろ)く / 白的　面白(おもしろ)い→面白(おもしろ)く / 有趣的

5. 形容動詞的連用形「に」構成副詞

静(しず)か→静(しず)かに / 寧靜的　綺麗(きれい)→綺麗(きれい)に / 美麗的

外來語

日語中的外來語，主要指從歐美語言中音譯過來的（習慣上不把從中國吸收的漢語看作外來語），其中多數來自英語，書寫時只能用片假名。例如：

來自各國的外來語

1. 來自英語的外來語

バス（bus）／公共汽車　テレビ（television）／電視

2. 來自其他語言的外來語

パン／麵包（葡萄牙語）　タバコ／香菸（西班牙語）

コップ／杯子（荷蘭語）

●外來語的分類

1. 純粹的外來語，不加以改變，按照原意使用的外來語。例如：

アイロン（iron）／熨斗　アパート（apartment）／公寓

カメラ（camera）／照相機

2. 日式外來語，以英語詞彙為素材，創造出來的日式外來語。這種詞彙雖然貌似英語，但卻是英語所沒有的。例如：

auto+bicycle →オートバイ／摩托車

back+mirror →バックミラー／後照鏡

salary+man →サラリーマン／上班族

3. 轉換詞性的外來語。把外來語的意義或形態部分加以改變，或添加具有日語特徵成分的詞語。例如，把具有動作性質的外來語，用「外來語＋」的方式轉變成動詞。

テストする／測驗

ノックする／敲門

キスする／接吻

還有，把外來語加上「る」，使其成為五段動詞。

メモる／作筆記　サボる／怠工　ミスる／弄錯

MEMO

Lesson 4

疑問詞

文法 × 單字

同步學習！

何（なに）

野菜（やさい）

名 蔬菜，青菜

▶ 野菜（やさい）では、何（なに）が　好（す）きですか。

你喜歡什麼蔬菜？

「なに」代替名稱或情況不了解的事物。可譯作「什麼」。

話す（はなす）　他五 話，說話，講話

彼（かれ）に　何（なに）を　話（はな）しましたか。

你跟他講了什麼？

試試看！比照上方說明，活用練習其他句子中的單字和文法。

其它例句

入る（はいる）

自五 進，進入，裝入；闖入

▶▶ 鞄（かばん）に　何（なに）が　入（はい）って　いますか。

皮包裡裝了什麼？

初め（はじめ）

名 開始，起頭；起因

▶▶ 初（はじ）めは、何（なに）も　わかりませんでした。

一開始，什麼也不懂。

いらっしゃいませ

寒暄 歡迎光臨

▶▶ いらっしゃいませ。何（なに）に　なさいますか。

歡迎光臨。你想點什麼？

☑ 形音義記憶練習

記住這些單字了嗎？

□野菜（やさい） □話す（はなす） □入る（はいる） □初め（はじめ） □いらっしゃいませ

參考形、音、義在底線處寫出正確單字。

合格記憶三步驟：
① 發音練習
② 圖像記憶
③ 最完整字義解說

① ＿＿＿＿＿＿＿＿

ha ji me／哈雞妹

最初的時候。一般指在時間上最早的意思。

② ＿＿＿＿＿＿＿＿

ya sa i／押沙衣

在旱田栽培，用來食用植物。

動手寫，成效加倍！

③ ＿＿＿＿＿＿＿＿

i ra ssha i ma se／衣拉＾蝦衣媽水

店員迎接顧客時的用語。在家裡迎接客人也可以使用。

④ ＿＿＿＿＿＿＿＿

ha na su／哈那蘇

向別人說出來的，表達自己的感覺、想法的聲音。也指其內容。

⑤ ＿＿＿＿＿＿＿＿

ha i ru／哈衣路

由外面向裡面移動。又指參加組織或團體。

正確解答 ①初め（はじめ） ②野菜（やさい） ③いらっしゃいませ ④話す（はなす） ⑤入る（はいる）

文法 × 單字

同步學習！

何（なん）

名 千克，公斤

要幾公斤的肉？

肉（にく）を　何（なん）　キログラム　ほしいですか。

「なん」代替名稱或情況不了解的事物。可譯作「什麼」。

～階（かい）／～階（がい）　接尾（樓房的）～樓，層

襪子賣場在幾樓？

靴下（くつした）は、何階（なんがい）に　ありますか。

試試看！比照上方說明，活用練習其他句子中的單字和文法。

其它例句

～個（こ）

接尾 ～個

要買幾個蘋果？

りんごを　何個（なんこ）　買（か）いますか。

～前（まえ）

名（時間的）前，之前

那是幾年前的事？

それは、何年（なんねん）　前（まえ）の　話（はなし）ですか。

万（まん）

名 萬

幾萬人喪命了？

何万人（なんまんにん）の　人（ひと）が　死（し）にましたか。

☑ 形音義記憶練習

記住這些單字了嗎？

□キログラム (kilogram)　□～階（かい）／～階（がい）　□～個（こ）　□～前（まえ）　□万（まん）

參考形、音、義在底線處寫出正確單字。

合格記憶三步驟：
① 發音練習
② 圖像記憶
③ 最完整字義解說

① ＿＿＿＿＿＿

～ ko ／～叩

計算東西的數量詞。計算的東西，大約是可以拿在手上的大小。

② ＿＿＿＿＿＿

～ ma e ／～媽欸

前接時間詞，表示過去，也就是現在以前。

動手寫，成效加倍！

③ ＿＿＿＿＿＿

～ ka i・～ ga i ／
～卡衣・～嘎衣

上接數字，表示樓房的「…層」。

④ ＿＿＿＿＿＿

ma n ／媽恩

千的 10 倍。也指數量非常大的意思。

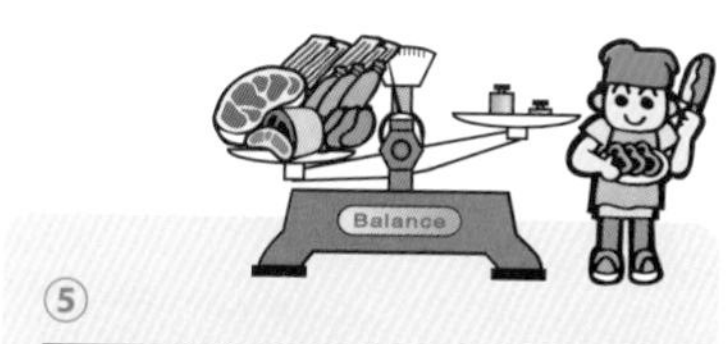

⑤ ＿＿＿＿＿＿

ki ro gu ra mu ／克衣落估拉木

國際公制的重量單位。1 公斤等於 1000 克。也簡稱為「キロ」。符號「kg」。

正確解答 ①～個（こ）　②～前（まえ）　③～階（かい）／～階（がい）　④万（まん）　⑤キログラム

文法 × 單字

同步學習！

だれ

一番(いちばん)

名 一；第一，最初，起頭；最好，首位

誰的頭腦最好？

誰(だれ)が　一番(いちばん)　頭(あたま)が　いいですか。

「だれ」是不定稱，相對於第一人稱、第二人稱和第三人稱。可譯作「誰」。

言(い)う

他五 說，講；說話，講話；講述；忠告；叫做

誰說過那種話？

誰(だれ)が　そんな　ことを　言(い)いましたか。

試試看！比照上方說明，活用練習其他句子中的單字和文法。

其它例句

交番(こうばん)

名 派出所；交替，輪換

有誰在派出所？

交番(こうばん)に、誰(だれ)が　いますか。

先(さき)

名 先，早；頂端，尖端；前頭，最前端

誰先去了？

誰(だれ)が　先(さき)に　行(い)きましたか。

閉(し)める

他下一 關閉，合上；繫緊，束緊；嚴加管束

是誰把門關上的？

戸(と)を　閉(し)めたのは　誰(だれ)ですか。

形音義記憶練習

記住這些單字了嗎？

□一番（いちばん） □言う（い） □交番（こうばん） □先（さき） □閉める（し）

參考形、音、義在底線處寫出正確單字。

合格記憶三步驟：
① 發音練習
② 圖像記憶
③ 最完整字義解說

① ______

shi me ru ／西妹路

把開著的物體，如門窗等關閉起來；又指使事物告一段落，如商店或銀行結束當天的工作。

② ______

i u ／衣烏

把心裡想的事，用語言表達。也包括經過整理的內容，又書面都可以用。類似「話す（はなす）」。

③ ______

ko o ba n ／叩～拔恩

設在車站附近，或各街道旁，來維持治安的派出所。裡面的警察叫「おまわりさん」或「けいかん」。

④ ______

sa ki ／沙克衣

進行中的事物的最前頭。也指次序在前；還有，細長物的最前端的意思。

⑤ ______

i chi ba n ／衣七拔恩

數目中的一。也指事物的最初。

文法 × 單字　同步學習！

どなた

今天是哪位生日？

今日は、どなたの　誕生日ですか。

名 生日

和「だれ」一樣是不定稱，但是比「だれ」說法還要客氣。可譯作「哪位」。

茶色　名 茶色

穿著茶色毛衣的人是哪位？

茶色の　セーターを　着ている　人は、どなた　ですか。

試試看！比照上方說明，活用練習其他句子中的單字和文法。

其它例句

あなた
名 你，您；老公

你英語是跟哪位學的？

あなたは、どなたに　英語を　習いましたか。

レコード (record)
名 黑膠唱片

這張唱片是誰的？

この　レコードは、どなたの　ですか。

隣
名 鄰居，鄰家；隔壁，旁邊

誰住在隔壁？

隣に　住んで　いるのは　どなたですか。

☑ 形音義記憶練習

記住這些單字了嗎？

□ 誕生日（たんじょうび） □ 茶色（ちゃいろ） □ あなた □ レコード (record) □ 隣（となり）

參考形、音、義在底線處寫出正確單字。

合格記憶三步驟：
① 發音練習
② 圖像記憶
③ 最完整字義解說

① ______

re ko o do／雷叩～都

不同於現在的 CD，而是圓圓的一片，往有唱針的唱機上放的唱片。

② ______

to na ri／投那力

左或右相連的位置。也指該位置的人。

動手寫，成效加倍！

③ ______

cha i ro／恰衣落

赤黃而略帶黑的顏色。

④ ______

ta n jo o bi／她恩久～逼

人出生的日子。而「誕生」除了人，也可以指動物的出生。還有，也用在組織、場所等新成立。

⑤ ______

a na ta／阿那她

指示對方的詞。你。用在平輩和晚輩。還有，叫自己的丈夫也用「あなた」(老公)。

正確解答 ①レコード ②隣（となり） ③茶色（ちゃいろ） ④誕生日（たんじょうび） ⑤あなた

文法 × 單字

同步學習！

なぜ

夕方（ゆうがた）

名 傍晚

為什麼傍晚出門去了呢？

なぜ　夕方（ゆうがた）　出（で）かけましたか。

詢問理由的疑問詞。可譯作「為什麼」。

4日（よっか）　名 4號，4日；4天

為什麼連請了4天的假？

なぜ　4日（よっか）も　休（やす）みましたか。

試試看！比照上方說明，活用練習其他句子中的單字和文法。

其它例句

賑（にぎ）やか

形動 熱鬧，繁華；有說有笑，鬧哄哄

街上為什麼這麼熱鬧？

町（まち）が　なぜ　こんなに　賑（にぎ）やかなのですか。

掛（か）かる

自五 懸掛，掛上；覆蓋

為什麼牆上掛了這幅畫？

なぜ　壁（かべ）に　この　絵（え）が　かかっていますか。

登（のぼ）る

自五 登，上，攀登（山）

你為什麼要爬山？

あなたが　山（やま）に　登（のぼ）るのは、なぜですか。

☑ 形音義記憶練習

記住這些單字了嗎？

☐ 夕方（ゆうがた） ☐ 4日（よっか） ☐ 賑やか（にぎやか） ☐ 掛かる（かかる） ☐ 登る（のぼる）

參考形、音、義在底線處寫出正確單字。

合格記憶三步驟：
① 發音練習
② 圖像記憶
③ 最完整字義解說

① ________

ka ka ru ／卡卡路

東西從上往下垂懸掛著。一般用假名書寫。

② ________

yu u ga ta ／尤～嘎她

從開始日落到周圍變暗的一段時間。大約在下午 5 點到 7 點之間。

動手寫，成效加倍！

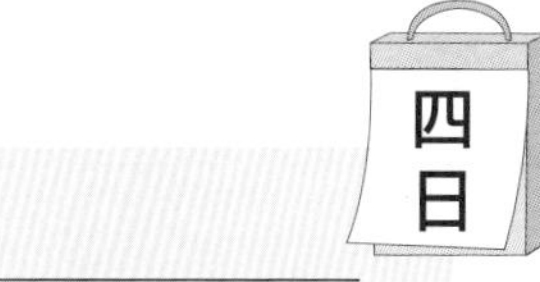

③ ________

yo kka ／呦烏 ^ 卡

月份的第 4 天。或指 4 天的天數。

④ ________

no bo ru ／挪伯路

從下往上一步一步爬。又寫作「上る」，泛指人、動物或交通工具，從下往上，向高處去。

⑤ ________

ni gi ya ka ／你ㄍ一呀咖

街上人多、繁盛活躍，有活力、騷動、熱鬧的樣子。也表示快活得又說又笑，歡鬧得有些煩人。

正確解答 ①掛かる（か） ②夕方（ゆうがた） ③4日（よっか） ④登る（のぼ） ⑤賑やか（にぎ）

文法 × 單字

同步學習！

どうして

にほんごのたんご

居（い）る

自上一 有，在；在，居住

為什麼你在這裡？

どうして、ここに　いるのですか。

和「なぜ」一樣，也是詢問理由的疑問詞。可譯作「為什麼」。

被（かぶ）る　他五 戴（帽子等）；（從頭上）蒙，蓋（被子）；（從頭上）套，穿

為什麼戴著帽子？

どうして　帽子（ぼうし）を　被（かぶ）るのですか。

其它例句

今朝（けさ）　名 今天早上

今天早上為什麼沒來？

今朝（けさ）　来（こ）なかったのは、どうしてですか。

六（むっ）つ　名 6；6個；6歲

為什麼吃了6個點心那麼多？

どうして　お菓子（かし）を　六（むっ）つも　食（た）べたのですか。

今週（こんしゅう）　名 這個星期，本週

這禮拜為什麼這麼冷？

どうして　今週（こんしゅう）は　寒（さむ）いのですか。

☑ 形音義記憶練習

記住這些單字了嗎？

□居る　□被る　□今朝　□六つ　□今週

參考形、音、義在底線處寫出正確單字。

合格記憶三步驟：
① 發音練習
② 圖像記憶
③ 最完整字義解說

① ______

ke sa ／克ㄟ沙

今天早晨。

② ______

ko n shu u ／叩恩咻～

這一星期。這裡的「今」就是「這一」的意思囉！

③ ______

i ru ／衣路

人、動物等有生命的物體，在那裡可以看得見。指人或動物的存在。也指人或動物住在那裡。

④ ______

ka bu ru ／卡不路

拿薄又寬的東西，往頭或臉上放上覆蓋物。

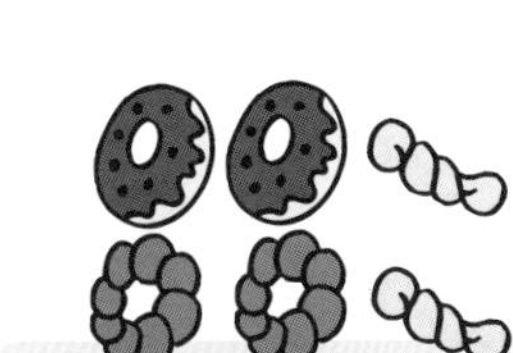

⑤ ______

mu ttsu ／木＾朱

計算東西或年齡的第6個數字。

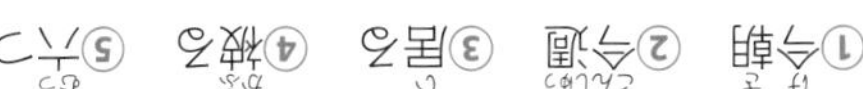

文法題

I [a,b] の中から正しいものを選んで、○をつけなさい。

① 去年の今日は （a. なに　　b. どう） をしましたか。

② （a. どちら　　b. どなた） が来ましたか。

③ １本 （a. なん　　b. なに） 円ですか。

④ どうして （a. いくら　　b. なに） も食べないんですか。

⑤ この手紙は （a. だれ　　b. なに） が書きましたか。

⑥ 夏休みは （a. なに　　b. どこ） をしましたか。

⑦ 昨日は （a. なに　　b. なぜ） 来なかったんですか。

II 下の文を正しい文に並べ替えなさい。＿＿＿に数字を書きなさい。

① このワインは ＿＿＿ ＿＿＿ ＿＿＿ ＿＿。

1. が　　2. か　　3. あけました　　4. 誰

② どうして ＿＿＿ ＿＿＿ ＿＿＿ ＿＿＿ いるのですか。

1. 窓　　2. が　　3. この　　4. 開いて

③ これは ＿＿＿ ＿＿＿ ＿＿＿ ＿＿＿ ですか。

1. どなた　　2. お　　3. の　　4. 荷物

練習をしましょう 

單字題

I [a～e]の中から適当な言葉を選んで、(　　)に入れなさい。

a. 回　b. 冊　c. 番　d. 個　e. 台

① 駅の３（　　　　　）出口で待っていてください。

② 本棚に本が５（　　　　　）あります。

③ 夏は１日２（　　　　　）シャワーを浴びます。

④ 田中さんは車を３（　　　　　）も持っています。

II [a～e]の中から適当な言葉を選んで、(　　)に入れなさい。

a. 屋　b. 前　c. 度　d. 円　e. 方

① もう１（　　　　　）日本へ行きたいです。

② 金曜日の５時(　　　　　)にレポートを出してください。

③ 牛乳は１本８０（　　　　　）です。

④ 病院のとなりに花(　　　　　)と薬(　　　　　)があります。

III [a～e]の中から適当な言葉を選んで、(　　)に入れなさい。

a. おはようございます　b. どうぞよろしく　c. ごめんください
d. ごめんなさい　e. いらっしゃい

① (　　　　　)。私があなたのお弁当を食べました。

② (　　　　　)。今日も頑張りましょう。

③ 今年も(　　　　　)お願いします。

④ 「(　　　　　)。」「はい、どなたですか。」

いつ

令姊什麼時候結婚的？

名 姊姊

お姉さんは、いつ　結婚しましたか。

表示不肯定的時間或疑問。可譯作「何時」、「幾時」。

消える 自下一（燈、火等）熄滅；（雪等）融化；消失，隱沒，看不見

山上的雪什麼時候會融化？

山の　上の　雪は、いつ　消えますか。

其它例句

黄色い 形 黃色，黃色的

樹葉什麼時候會變黃？

木の　葉は、いつ　黄色く　なりますか。

～たち 接尾（表示人的複數）～們，～等

孩子們什時候會回來？

子どもたちは、いつ　帰って　きますか。

テスト (test) 名 考試，試驗，檢查

考試什麼時候開始？

テストは、いつからですか。

☑ 形音義記憶練習

記住這些單字了嗎？

□お姉（ねえ）さん　□消（き）える　□黄色（きいろ）い　□～たち　□テスト (test)

參考形、音、義在底線處寫出正確單字。

合格記憶三步驟：
① 發音練習
② 圖像記憶
③ 最完整字義解說

① ________

～ ta chi ／～她七

表示人的複數。接在「私」、「あなた」等詞的後面，表示兩個人以上。

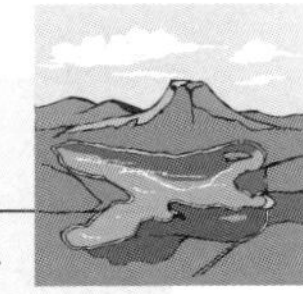

② ________

ki e ru ／克衣耶路

光、東西的顏色、形狀、聲音等不見了。原有的事物消失了，看得見，聽得見的不見了，聽不到了。

動手寫，成效加倍！

③ ________

o ne e sa n ／歐內～沙恩

對自己和他人的姊姊尊敬的稱呼方式。還有，也用在對年輕女子的稱呼。小姐。

④ ________

ki i ro i ／克衣～落衣

像檸檬一樣的顏色。黃色的。

⑤ ________

te su to ／貼蘇投

指考試和測驗。為了檢驗學習效果和工作能力，出測驗題來進行測驗。

正確解答　①～たち　②消（き）える　③お姉（ねえ）さん　④黄色（きいろ）い　⑤テスト

文法 × 單字

同步學習！

いくつ〈個数〉

那件衣服有幾個口袋？

にほんごのたんご

ポケット (pocket)

名 口袋，衣袋

その　服（ふく）に、ポケットは いくつ　ありますか。

表示不確定的個數，只用在問小東西的時候。可譯作「幾個」、「多少」。

持（も）つ　他五 拿，帶，持，攜帶

你身上有幾個百圓硬幣？

百円玉（ひゃくえんだま）を　いくつ　持（も）って　いますか。

試試看！比照上方說明，活用練習其他句子中的單字和文法。

其它例句

お弁当（べんとう）

名 便當

要幾個便當？

お弁当（べんとう）は、いくつ　要（い）りますか。

薬（くすり）

名 藥，藥品

藥一次要吃多少才行？

薬（くすり）は、一回（いっかい）　いくつ　飲（の）まなければ なりませんか。

全部（ぜんぶ）

名 全部，總共

全部一共有幾個？

全部（ぜんぶ）で、いくつですか。

☑ 形音義記憶練習

記住這些單字了嗎？

☐ポケット (pocket)　☐持つ（も）　☐お弁当（べんとう）　☐薬（くすり）　☐全部（ぜんぶ）

參考形、音、義在底線處寫出正確單字。

合格記憶三步驟：
① 發音練習
② 圖像記憶
③ 最完整字義解說

① ________

ku su ri ／哭蘇力

為了治病或治傷而飲用、敷用或注射的東西。

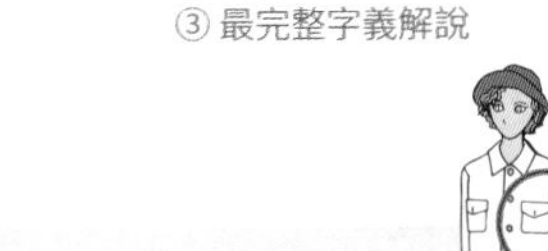

② ________

po ke tto ／波 K ㄟ ^ 投

縫在洋服或褲子上，用來裝錢或小東西的地方。小口袋。

動手寫，成效加倍！

③ ________

o be n to o ／
歐貝恩投～

為了在別處食用而裝入容器便於攜帶的食物。也指餐廳或食堂供應的便當。

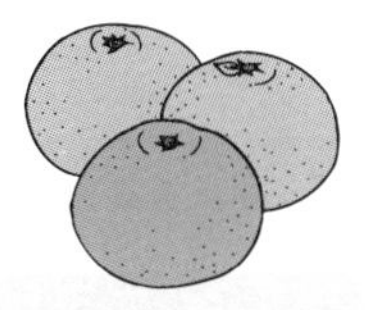

④ ________

ze n bu ／瑞恩不

某個事物的全部，一個也不剩。

⑤ ________

mo tsu ／某朱

用手拿著。又指東西帶在身上，或是拿在手上，或是放在口袋、皮包裡。

正確解答　①薬（くすり）　②ポケット　③お弁当（べんとう）　④全部（ぜんぶ）　⑤持つ（も）

文法 × 單字 同步學習！

いくつ〈年齡〉

女の子（おんな こ）

名 女孩子；少女

那個女孩子幾歲？

その 女の子（おんな こ）は、いくつですか。

詢問年齡。可譯作「幾歲」。

今年（ことし） 名 今年

你今年幾歲？

あなたは、今年（ことし） いくつですか。

試試看！比照上方說明，活用練習其他句子中的單字和文法。

其它例句

～さん

接尾 ～先生，～小姐

吉田先生幾歲了？

吉田（よしだ）さんは、いくつに なりましたか。

じゃ／じゃあ

感 那麼（就）

你 25 歲嗎？那麼，令姊是幾歲？

あなたは 25 歳（にじゅうご さい）ですか。じゃあ、お姉（ねえ）さんは いくつ ですか。

☑ 形音義記憶練習

記住這些單字了嗎？

□女の子（おんなのこ）　□今年（ことし）　□～さん　□じゃ／じゃあ

參考形、音、義在底線處寫出正確單字。

合格記憶三步驟：
① 發音練習
② 圖像記憶
③ 最完整字義解說

①＿＿＿＿＿＿＿＿

o n na no ko ／
歐恩那挪叩

指女性的小孩。從出生、幼兒期、兒童期，一直到青年期，都叫「女の子」。

②＿＿＿＿＿＿＿＿

～ sa n ／～沙恩

接在人名、職稱等之後，表示輕微的敬意或親近的意思。更尊敬的說法是「さま」。

③＿＿＿＿＿＿＿＿

ja・ja a ／
雞呀・雞呀啊

因為前面是這樣，所以會有後面的情況，做了後面的事。又表示跟前面的話題無關，用在轉變話題時。

④＿＿＿＿＿＿＿＿

ko to shi ／叩投西

現在，自己正在生活著的這一年。

①女の子（おんなのこ）　②～さん　③じゃ／じゃあ　④今年（ことし）

文法 × 單字 同步學習！

いくら

～枚（まい）

接尾（計算平而薄的東西）～張，～片，～幅，～扇

5張要多少錢？

5枚（ごまい）で　いくらですか。

表示不明確的數量、程度、價格、工資、時間、距離等。可譯作「多少」。

御（お）

接頭 放在字首，表示尊敬語及美化語

你有多少錢？

お金（かね）は、いくら　ありますか。

試試看！比照上方說明，活用練習其他句子中的單字和文法。

其它例句

スカート (skirt)

名 裙子

那件漂亮的裙子是多少錢？

その　きれいな　スカートは、いくらでしたか。

牛肉（ぎゅうにく）

名 牛肉

那個牛肉 100 公克多少錢？

その　牛肉（ぎゅうにく）は　100（ひゃく）グラム　いくらですか。

買う（かう）

他五 購買

這東西多少錢你才肯買？

あなたは、これが　いくらなら　買（か）いますか。

☑ 形音義記憶練習

記住這些單字了嗎？

□ 〜枚（まい） □ 御（お） □ スカート (skirt) □ 牛肉（ぎゅうにく） □ 買う（か）

參考形、音、義在底線處寫出正確單字。

合格記憶三步驟：
① 發音練習
② 圖像記憶
③ 最完整字義解說

① ____________

o／歐

接在體言或用言之前，表示尊敬。

② ____________

su ka a to／蘇卡～投

女性服裝，裹住自腰以下部分的東西。

③ ____________

～ ma i／～媽衣

計算平而薄的東西的詞。如紙、盤子、手帕、襯衫等。

④ ____________

ka u／卡烏

支付金錢，把物品或權利變成為自己的。相反詞是「売る（うる）」(賣)。

⑤ ____________

gyu u ni ku／克衣烏～你哭

「うし」（牛）的肉。

正確解答 ①御（お） ②スカート ③〜枚（まい） ④買う（か） ⑤牛肉（ぎゅうにく）

練習をしましょう　復習⑮　文法題

I　[a,b] の中(なか)から正(ただ)しいものを選(えら)んで、○をつけなさい。

① 「パンは　(a. いくつ　　b. いくら)　食(た)べますか。」「三(みっ)つください。」

② あなたの誕生日(たんじょうび)は　(a. いつ　　b. いくつ)　ですか。

③ その車(くるま)は　(a. いつも　　b. いくら)　ですか。

④ 学校(がっこう)は　(a. いくら　　b. いつ)　まで休(やす)みですか。

⑤ 空港(くうこう)までタクシーで　(a. いくら　　b. いくつ)　かかりますか。

⑥ お母様(かあさま)はお　(a. いかが　　b. いくつ)　ですか。

⑦ 明日(あした)私達(わたしたち)は　(a. いつ　　b. どのぐらい)　会(あ)いますか。

II　下(した)の文(ぶん)を正(ただ)しい文(ぶん)に並(なら)べ替(か)えなさい。＿＿＿に数字(すうじ)を書(か)きなさい。

① 北海道(ほっかいどう)　＿＿＿　＿＿＿　＿＿＿　＿＿＿　かかりますか。

1. いくら　　2. まで　　3. は　　4. 時間(じかん)

② あなたのお姉(ねえ)さん　＿＿＿　＿＿＿　＿＿＿　＿＿＿　ですか。

1. 今(いま)　　2. は　　3. お　　4. いくつ

③ 新(あたら)しい　＿＿＿　＿＿＿　＿＿＿　＿＿＿　か。

1. を　　2. 覚(おぼ)えました　　3. 言葉(ことば)　　4. いくつ

練習をしましょう

單字題

Ⅰ [a ～ e]の中から適当な言葉を選んで、(　　)に入れなさい。

a. 本　b. 枚　c. 杯　d. ページ　e. 階

① 今日の授業は教科書の５（　　　　　　）からです。

② コーヒーをもう１（　　　　　　）いかがですか。

③ 今朝、パンを３（　　　　　　）食べました。

④ 瓶ビールを２（　　　　　　）買って来てください。

Ⅱ [a ～ e]の中から適当な言葉を選んで、(　　)に入れなさい。

a. お酒　b. お弁当　c. 果物　d. 鶏肉　e. お茶

① 昨日の夕飯の後は(　　　　　　)をたくさん食べました。

② (　　　　　　)を飲んだので、タクシーで家に帰りました。

③ (　　　　　　)とコーヒーとどちらがいいですか。

④ (　　　　　　)料理が好きです。毎日食べてもいいです。

Ⅲ [a ～ e]の中から適当な言葉を選んで、(　　)に入れなさい。

a. ボタン　b. スカート　c. シャツ　d. 財布　e. コート

① 教室の中では(　　　　　　)を脱いでください。

② その(　　　　　　)にはこのネクタイが合います。

③ (　　　　　　)の中にお金がありません。

④ そのズボンの(　　　　　　)が取れていますよ。

文法 × 單字　同步學習！　track- 22

どれ

ボールペン (ball pen)

名 原子筆，鋼珠筆

你的原子筆是哪一支？

あなたの　ボールペンは、どれですか。

事物代名詞得不定詞，用在比較兩件以上的事物時。可譯作「哪一個」。

ホテル (hotel)　名（西式）飯店，旅館

日本的飯店，哪一家最有名？

日本(にほん)の　ホテルで、どれが　一番(いちばん)　有名(ゆうめい)ですか。

其它例句

いろいろ　形動 各種各樣，各式各樣，形形色色

有各種不同的東西，你喜歡哪一種？

いろいろ　ありますが、あなたは　どれが　好(す)きですか。

中(なか)　名 裡面，內部；（許多事情之）中，其中

這裡面最不喜歡哪一個？

この　中(なか)で、どれが　一番(いちばん)　きらいですか。

ネクタイ (necktie)　名 領帶

哪一條是爸爸的領帶？

どれが　お父(とう)さんの　ネクタイですか。

☑ 形音義記憶練習

記住這些單字了嗎？

□ ボールペン (ball pen)

□ ホテル (hotel)　□ いろいろ　□ 中（なか）　□ ネクタイ (necktie)

參考形、音、義在底線處寫出正確單字。

合格記憶三步驟：
① 發音練習
② 圖像記憶
③ 最完整字義解說

① ______________

i ro i ro ／衣落衣落

種類繁多，富於變化。廣泛地用在一般的口語中。

② ______________

bo o ru pe n ／伯～路佩恩

以小圓珠代替筆尖的書寫工具。

③ ______________

na ka ／那卡

四面包圍著的物體的內側。裡面；又指許多事物之中。之中。

④ ______________

ne ku ta i ／內哭她衣

穿襯衫時，繫在脖子上做裝飾用的細長帶。

⑤ ______________

ho te ru ／後貼路

旅行時住的西式旅館。一般是洋式建築，有床。而日式旅館叫「旅館（りょかん）」一般附早晚餐。

正確解答　①いろいろ　②ボールペン　③中（なか）　④ネクタイ　⑤ホテル

文法 × 單字 同步學習！

どの

にほんごのたんご

レストラン (restaurant 法)

名 西餐廳

要到哪家餐廳用餐？

どの　レストランで、食事（しょくじ）を　しますか。

指示連體詞的不定稱。可譯作「哪…」、「哪個」。

本棚（ほんだな） 名 書架，書櫥，書櫃

那本書在哪個書架上？

その　本（ほん）は、どの　本棚（ほんだな）に　ありますか。

試試看！比照上方說明，活用練習其他句子中的單字和文法。

其它例句

教える（おしえる）

他下一 指導，教導；教訓；指教，告訴

哪位是田中先生？請告訴我。

田中（たなか）さんは　どの　方（かた）ですか。教（おし）えて　ください。

易しい（やさしい）

形 簡單，容易，易懂

哪個問題比較簡單？

どの　問題（もんだい）が　やさしいですか。

座る（すわる）

自五 坐，跪座；居於某地；安定不動

你要坐哪張椅子？

どの　椅子（いす）に　座（すわ）りますか。

☑ 形音義記憶練習

記住這些單字了嗎？

□レストラン (restaurant 法) □本棚（ほんだな） □教える（おし） □易しい（やさ） □座る（すわ）

參考形、音、義在底線處寫出正確單字。

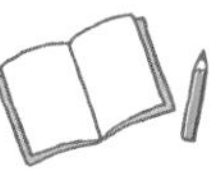

合格記憶三步驟：
① 發音練習
② 圖像記憶
③ 最完整字義解說

① ________
ya sa shi i ／
押沙西～

表示做事時，不需要花費太多時間、勞力和能力的樣子。

② ________
ho n da na ／後恩答那

擺書的架子。

動手寫，成效加倍！

③ ________
re su to ra n ／
雷蘇投拉恩

原本是指吃歐洲料理的西餐廳。現在也指西洋料理以外，供應各式各樣餐點、飲料的店。

④ ________
o shi e ru ／歐西耶路

向對方傳授知識或技術等，使其掌握。又指把自己知道的事情告訴別人。

⑤ ________
su wa ru ／蘇瓦路

使膝蓋彎曲，使腰部落下。含括坐椅子或坐地上。相反詞是「立つ（たつ）」；也指就席，就座。

正確解答 ①易しい（やさ） ②本棚（ほんだな） ③レストラン ④教える（おし） ⑤座る（すわ）

文法 × 單字

同步學習！

どこ

冰箱在哪裡？

冷蔵庫(れいぞうこ)は　どこに　ありますか。

名 冰箱，冷藏室，冷藏庫

場所指示代名詞的不定稱。可譯作「哪裡」。

万年筆(まんねんひつ) 名 鋼筆

鋼筆在哪裡？

万年筆(まんねんひつ)は　どこですか。

試試看！比照上方說明，活用練習其他句子中的單字和文法。

其它例句

先週(せんしゅう) 名 上個星期，上週

上個星期你去了哪裡？

先週(せんしゅう)は、どこへ　行(い)きましたか。

宿題(しゅくだい) 名 作業，家庭作業

在哪裡做功課？

どこで　宿題(しゅくだい)を　しますか。

手紙(てがみ) 名 信，書信，函

誰寄來的信？

どこから　来(き)た　手紙(てがみ)ですか。

☑ 形音義記憶練習

記住這些單字了嗎？

□ 冷蔵庫（れいぞうこ） □ 万年筆（まんねんまん） □ 先週（せんしゅう） □ 宿題（しゅくだい） □ 手紙（てがみ）

參考形、音、義在底線處寫出正確單字。

合格記憶三步驟：
① 發音練習
② 圖像記憶
③ 最完整字義解說

①
____

shu ku da i／
咻哭答衣

由教師出的，讓學生在家中學習的問題。

②
____

te ga mi／貼嘎米

把想傳達的事，或想跟對方問好，寫下來寄給別人的文書。

③
____

re i zo o ko／
雷衣奏烏叩

指為了不使食物腐爛，用低溫或冰塊儲存的箱子。

④
____

ma n ne n hi tsu／
媽恩內恩喝衣朱

寫字或畫圖的工具。具有使筆桿內裝的墨水，可自動從筆尖流出裝置的攜帶用鋼筆。

⑤
____

se n shu u／水恩咻～

上個星期。這裡的「先」就是「上一個」的意思囉！

①宿題（しゅくだい） ②手紙（てがみ） ③冷蔵庫（れいぞうこ） ④万年筆（まんねんひつ） ⑤先週（せんしゅう）

文法 × 單字

同步學習！

どちら

南（みなみ）

名 南，南方，南邊

南邊在哪一邊？

南（みなみ）は　どちらですか。

指示代名詞的不定稱。可用在方向、地點、事物、人等。可譯作「哪邊」、「哪個」、「哪一位」。

冬（ふゆ）　名 冬天，冬季

你喜歡夏天還是冬天？

夏（なつ）と　冬（ふゆ）と、どちらが　好（す）きですか。

試試看！比照上方說明，活用練習其他句子中的單字和文法。

其它例句

封筒（ふうとう）

名 信封，封套；文件袋

你放進了哪個信封？

どちらの　封筒（ふうとう）に　入（い）れましたか。

お手洗（てあら）い

名 廁所，洗手間，盥洗室

廁所在哪裡？

お手洗（てあら）いは、どちらに　ありますか。

風（かぜ）

名 風；風氣

風往哪裡吹？

風（かぜ）は　どちらに　吹（ふ）いて　いますか。

☑ 形音義記憶練習

記住這些單字了嗎？

□南(みなみ) □冬(ふゆ) □封筒(ふうとう) □お手洗い(てあらい) □風(かぜ)

參考形、音、義在底線處寫出正確單字。

合格記憶三步驟：
① 發音練習
② 圖像記憶
③ 最完整字義解說

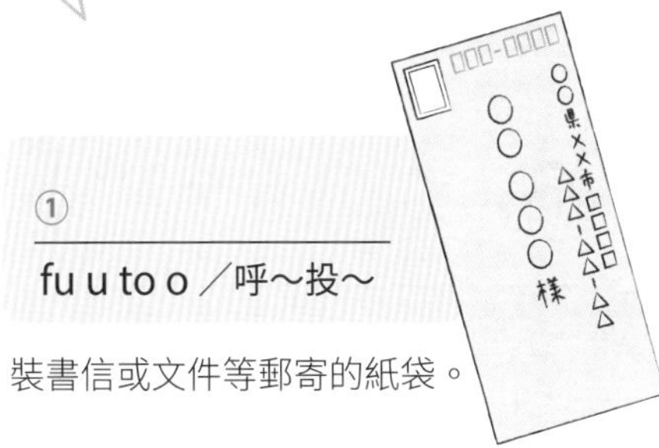

① ____________________

fu u to o ／呼～投～

裝書信或文件等郵寄的紙袋。

② ____________________

o te a ra i ／歐貼阿拉衣

「手洗い（てあらい）」原本是指洗手時用的水或容器。「お手洗い」是廁所的婉轉說法。

③ ____________________

fu yu ／呼尤

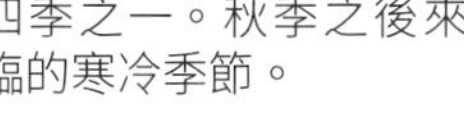

四季之一。秋季之後來臨的寒冷季節。

④ ____________________

mi na mi ／米那米

方位之一。面對太陽升起方向的右手的方位。

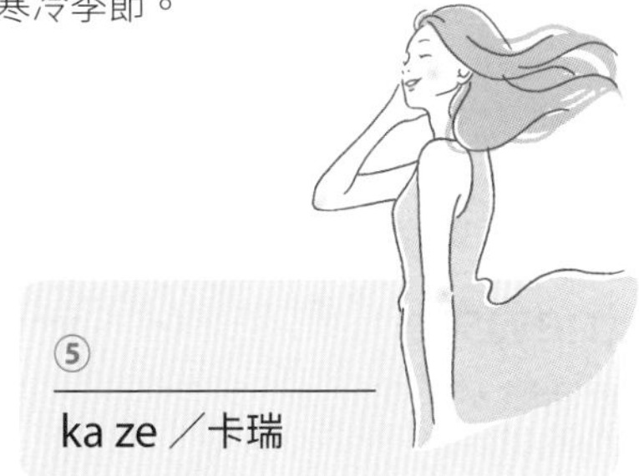

⑤ ____________________

ka ze ／卡瑞

由於溫度或氣壓的關係而產生的大氣流。

正確解答 ①封筒(ふうとう) ②お手洗い(てあらい) ③冬(ふゆ) ④南(みなみ) ⑤風(かぜ)

文法 × 單字　同步學習！　

どう

這件西裝如何？

この　背広（せびろ）は、どうですか。

名（男子穿的）西裝

表示「如何、怎麼樣」，也用在問候、詢問或勸誘時。可譯作「如何」、「怎麼樣」。

問題（もんだい）　名 問題

這個問題該怎麼辦？

この　問題（もんだい）は、どう　ですか。

試試看！比照上方說明，活用練習其他句子中的單字和文法。

其它例句

道（みち）
名 路，道路

10年前，這小鎮的道路是什麼樣？

10年前（じゅうねんまえ）、この　町（まち）の　道（みち）は　どうでしたか。

ニュース (news)
名 新聞，消息；新聞影片

你對這則新聞有什麼看法？

この　ニュースを　どう　思（おも）いますか。

つまらない
形 無趣，沒意思；不值錢

那部電影怎麼樣？很無趣嗎？

その　映画（えいが）は、どうですか。つまらない　でしょうか。

☑ 形音義記憶練習

記住這些單字了嗎？

□背広（せびろ） □問題（もんだい） □道（みち） □ニュース (news) □つまらない

參考形、音、義在底線處寫出正確單字。

合格記憶三步驟：
① 發音練習
② 圖像記憶
③ 最完整字義解說

① ______

mo n da i／某恩答衣

為了瞭解學習者學了多少，和知識情況等出的，並要求學習者回答的題。

② ______

mi chi／米七

人和車等通行的地方。

③ ______

se bi ro／水逼落

男人穿的西裝，用同樣衣料做的上衣和褲子。正規的帶有背心。

④ ______

tsu ma ra na i／朱媽拉那衣

既沒趣也不可笑，不愉快的樣子。也表示沒有價值、無聊、荒謬。常用於日常會話。

⑤ ______

nyu u su／牛～蘇

新發生的事。也指該事的消息。

正確解答 ①問題（もんだい） ②道（みち） ③背広（せびろ） ④つまらない ⑤ニュース

文法 × 單字

同步學習！

いかが

名 襯衫

這件襯衫您覺得怎麼樣？

この　シャツは、いかがですか。

跟「どう」一樣，只是說法更有禮貌。表示「如何、怎麼樣」，也用在問候、詢問或勸誘時。可譯作「如何」、「怎麼樣」。

夜（よる） 名 晚上，夜裡

今晚如何？

今日（きょう）の　夜（よる）は、いかがですか。

試試看！比照上方說明，活用練習其他句子中的單字和文法。

其它例句

もう
副 還，再

再來一點酒如何？

もう　少（すこ）し　お酒（さけ）を　いかがですか。

先月（せんげつ）
名 上個月

上個月的旅行好玩嗎？

先月（せんげつ）の　旅行（りょこう）は、いかがでしたか。

それでは
接續 如果那樣；那麼，那麼說

那麼，再大一點的如何？

それでは、もっと　大（おお）きいのは　いかがですか。

☑ 形音義記憶練習

記住這些單字了嗎？

□シャツ (shirt)　□夜（よる）　□もう　□先月（せんげつ）　□それでは

參考形、音、義在底線處寫出正確單字。

合格記憶三步驟：
① 發音練習
② 圖像記憶
③ 最完整字義解說

① ______________

sha tsu ／蝦朱

上半身穿的西式衣類。又指「ワイシャツ」、「T シャツ」。

② ______________

so re de wa ／搜雷爹哈

承接前面敘述的事情，並由此推斷出下面的作法或結果。如果那樣；總結前文，並轉換話題。那麼。

動手寫，成效加倍！

③ ______________

mo o ／某～

在這之上還要，還要添加。還。再。

④ ______________

se n ge tsu ／水恩給朱

這個月的前一個月。這裡的「先」可以說是「上一個」的意思囉！

⑤ ______________

yo ru ／呦烏路

從日落到第 2 天日出前的一段黑暗的時間。

正確解答　①シャツ　②それでは　③もう　④先月（せんげつ）　⑤夜（よる）

文法 × 單字

同步學習！

どんな

にほんごのたんご

眼鏡（めがね）

名 眼鏡

什麼時候會戴眼鏡？

どんな　時（とき）に　眼鏡（めがね）を
かけますか。

疑問詞。用在詢問事物的狀態、性質、程度。可譯作「什麼樣的」。

セーター
(sweater)　名 毛衣

你喜歡怎樣的毛衣？

どんな　セーターが、好（す）きですか。

試試看！比照上方說明，活用練習其他句子中的單字和文法。

其它例句

履（は）く

他五 穿（鞋，襪等）

你穿什麼樣的鞋子？

どんな　靴（くつ）を　履（は）きますか。

毎週（まいしゅう）

名 每個星期，每週

每個星期做什麼樣運動？

毎週（まいしゅう）、どんな　スポーツを　しますか。

話（はなし）

名 話，說話，講話

要聊什麼話題？

どんな　話（はなし）を　しますか。

☑ 形音義記憶練習

記住這些單字了嗎？

□眼鏡（めがね） □セーター (sweater) □履く（はく） □毎週（まいしゅう） □話（はなし）

參考形、音、義在底線處寫出正確單字。

合格記憶三步驟：
① 發音練習
② 圖像記憶
③ 最完整字義解說

① ____________

ha na shi ／哈那西

向別人說出來的，表達自己的感覺、想法的聲音。也指其內容。

② ____________

me ga ne ／妹嘎內

裝有鏡片，加強視力或保護眼睛不讓光或灰塵等跑進的器具。

動手寫，成效加倍！

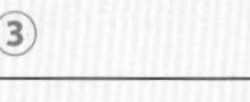

③ ____________

ha ku ／哈哭

把鞋或木屐等套在腳上。如果是把裙子、褲子等套在下身，也唸「はく」，但漢字是「穿く」。

④ ____________

ma i shu u ／媽衣咻～

每一個星期。全部的週。

⑤ ____________

se e ta a ／水～她～

用毛線織的上衣。

文法 × 單字

同步學習！

どのぐらい／どれぐらい

接尾 ～店，商店或工作人員

到藥房大約要多久？

薬屋（くすりや）まで、どのぐらいですか。

表示「多久」之意。但是也可以視句子的內容翻譯成「多少」、「多少錢」、「多長」、「多遠」等。

短い（みじかい）

形（距離、長度等）短，近；（時間）短少

王小姐的裙子大約有多短？

王（おう）さんの　スカートは、どれぐらい短い（みじかい）ですか。

試試看！比照上方說明，活用練習其他句子中的單字和文法。

其它例句

広い（ひろい）

形（面積、空間）廣大，寬廣；（幅度）寬闊；（範圍）廣泛

公園大概有多大？

公園（こうえん）は、どのぐらい　広（ひろ）かったですか。

机（つくえ）

名 桌子，書桌

桌子大約有多大？

机（つくえ）の　大（おお）きさは、どのぐらい　ですか。

長い（ながい）

形（時間）長，長久；（意思不同→指距離）長遠

路約有多長？

道（みち）は、どれぐらい　長（なが）いですか。

☑ 形音義記憶練習

記住這些單字了嗎？

□～屋（や） □短い（みじか） □広い（ひろ） □机（つくえ） □長い（なが）

參考形、音、義在底線處寫出正確單字。

合格記憶三步驟：
① 發音練習
② 圖像記憶
③ 最完整字義解說

① ________________

tsu ku e ／朱哭ㄟ

讀書、學習或工作時使用的台子。要注意喔！「机」主要是用在讀書或工作的時候喔！

② ________________

～ ya ／～押

接在有關職業的詞後面，表示從事某種職業的人家或人。

動手寫，成效加倍！

③ ________________

mi ji ka i ／米雞卡衣

從一端到另一端的距離短的樣子；又指從開始到結束經過的時間少。還有，表示規模小。

④ ________________

na ga i ／那嘎衣

從一端到另一端的距離大的樣子；又指從開始到結束，經過的時間相當長的樣子。

⑤ ________________

hi ro i ／喝衣落衣

面積、空間或幅度等大而寬敞的樣子。跟暗示整個量大的「おおきい」（大）比較，暗示平面面積大。

正確解答 ①机（つくえ） ②～屋（や） ③短い（みじか） ④長い（なが） ⑤広い（ひろ）

練習をしましょう 復習⑯ 文法題

I [a,b] の中から正しいものを選んで、○をつけなさい。

① この国は (a. どのような　b. どのぐらい) いるつもりですか。

② あなたは (a. どちら　b. どんな) 仕事がしたいですか。

③ 中国旅行は (a. いかが　b. どの) ですか。

④ 「ごきげん (a. いくつ　b. いかが) ですか。」「おかげさまで。」

⑤ (a. どれ　b. どの) 席がいいですか。

⑥ 今年は (a. どの　b. どんな) 一年にしたいですか。

⑦ テストは (a. どれまで　b. どれぐらい) できますか。

II 下の文を正しい文に並べ替えなさい。＿＿＿に数字を書きなさい。

① 女の子 ＿＿＿ ＿＿＿ ＿＿＿ ＿＿＿ 着ていましたか。

1. どんな　2. 服　3. は　4. を

② 日本に 来て ＿＿＿ ＿＿＿ ＿＿＿ ＿＿＿ か。

1. に　2. どれぐらい　3. なります　4. から

③ 時間 ＿＿＿ ＿＿＿ ＿＿＿ ＿＿＿ ほしいですか。

1. お金　2. が　3. どちら　4. と

復習⑯ 單字題

I [a ～ e]の中から適当な言葉を選んで、(　　)に入れなさい。

a.東　b.外　c.上　d.下　e.左

① (　　　　　　　)から帰ったら、石鹸で手を洗います。

② (　　　　　　　)の空からきれいな丸い月が出てきました。

③ 川の(　　　　　　　)にかかる橋を渡りました。

④ 日本では、車は(　　　　　　　)側を通ります。

II [a ～ e]の中から適当な言葉を選んで、(　　)に入れなさい。

a.北　b.南　c.前　d.中　e.西

① 札幌は東京から800キロメートル(　　　　　　　)にあります。

② 箱を開けたら、(　　　　　　　)に猫が2匹いました。

③ 台湾は日本の(　　　　　　　)にあります。

④ 出口の(　　　　　　　)に、車を止めないでください。

III [a ～ e]の中から適当な言葉を選んで、(　　)に入れなさい。

a.英語　b.意味　c.名前　d.授業　e.宿題

① (　　　　　　　)ができないから、海外旅行で困りました。

② この言葉の(　　　　　　　)を教えてください。

③ 一緒に(　　　　　　　)をやりましょう。

④ ここに自分の(　　　　　　　)を書いてください。

（疑問詞＋か）なにか

名 横；側面；旁邊

門的一旁好像有什麼東西。

ドアの 横（よこ）に なにか あります。

「か」接在疑問詞「なに」的後面，表示不定。可譯作「某些」、「什麼」。這裡的「か」有不確定，沒辦法具體說清楚之意。

外（ほか）／他（ほか） 名 其他，另外，別的

還有什麼其他問題嗎？

外（ほか）に なにか 質問（しつもん）は ありますか。

試試看！比照上方說明，活用練習其他句子中的單字和文法。

其它例句

二人（ふたり） 名 兩個人，兩人；一對（夫妻等）

我們兩個人，一起去吃點什麼東西吧！

二人（ふたり）で、なにか 食（た）べに 行（い）きましょう。

飲み物（のみもの） 名 飲料

想喝點什麼飲料。

なにか 飲み物（のみもの）が 飲（の）みたいです。

☑ 形音義記憶練習

記住這些單字了嗎？

□横（よこ） □外（ほか）／他（ほか） □二人（ふたり） □飲み物（のみもの）

參考形、音、義在底線處寫出正確單字。

合格記憶三步驟：
① 發音練習
② 圖像記憶
③ 最完整字義解說

① ____________

yo ko ／呦烏叩

左右的方向，橫向。也指其長度。還有相鄰在隔壁的意思。

② ____________

no mi mo no ／挪米某挪

像茶、咖啡、可樂、果汁、酒等供潤喉或品味的飲料。

動手寫，成效加倍！

③ ____________

ho ka ／後卡

除此之外的事或物。其他；也指不是這個，是別的東西、人、地方等。別的。

④ ____________

fu ta ri ／呼她力

算人時，除了「ひとり」（一人）、「ふたり」（2人）之外，「3人（さんにん）」以後都是數字再加「にん」。

正確解答 ①横（よこ） ②飲み物（のみもの） ③外（ほか）／他（ほか） ④二人（ふたり）

文法 × 單字 同步學習！

だれか

連體 那～，那個～

好像有人住在那棟房子裡。

その　家（いえ）には、だれか　住（す）んで　います。

表示不定。可譯作「某人」。這裡的「か」有不確定、沒辦法具體說清楚之意。

呼（よ）ぶ

他五 呼叫，招呼；喚來，叫來

請幫我叫人來。

だれかを　呼（よ）んで　ください。

試試看！比照上方說明，活用練習其他句子中的單字和文法。

其它例句

電話（でんわ）

名・自サ 電話；打電話

不知道是誰在講電話。

だれか、電話（でんわ）で　話（はな）して　います。

マッチ

名 火柴；火材盒

有人有帶火柴嗎？

だれか、マッチを　持（も）って　いますか。

はい

感（回答）有，到；（表示同意）是的

是的，有人在那邊。

はい、だれか　そこに　います。

☑ 形音義記憶練習

記住這些單字了嗎？

□その □呼ぶ（よ） □電話（でんわ） □マッチ □はい

參考形、音、義在底線處寫出正確單字。

合格記憶三步驟：
① 發音練習
② 圖像記憶
③ 最完整字義解說

① ________

ha i／哈衣

被叫到名字，回答對方的應答聲。是的；同意對方的說法，或願意按照對方的意思做。是的。

② ________

yo bu／呦烏不

為引起對方注意而呼喚；又指發出聲音、打電話或寫信等，叫對方過來。

動手寫，成效加倍！

③ ________

de n wa／爹恩瓦

用在名詞時，是「電話機」的簡稱。用在サ變動詞時，是指使用電話機說話。也就是講電話的意思。

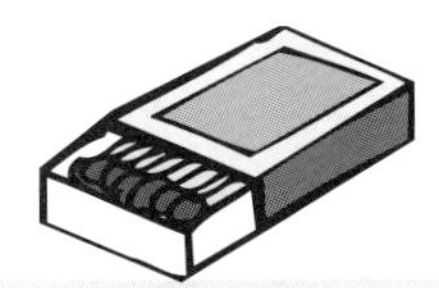

④ ________

ma cchi／媽＾七

大約 5 公分的細長木頭，一端抹上可以點燃的藥，一擦就能發火的用品。

⑤ ________

so no／搜挪

從說話者來看，指聽話者近處的人或東西等事物的詞。

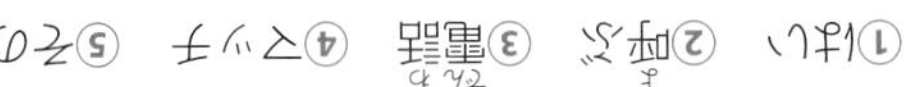

文法 × 單字 同步學習！

どこかへ

寒暄 你好，日安

你好，要上哪兒去呢？

こんにちは、どこかへ行(い)くのですか。

表示不定。「どこか」是不肯定的某處，「へ」表示方向。可譯作「去某地方」。

昨夜(ゆうべ)／夕べ(ゆうべ) 名 昨天晚上

昨天晚上去哪裡了嗎？

夕(ゆう)べは、どこかへ　行(い)きましたか。

試試看！比照上方說明，活用練習其他句子中的單字和文法。

其它例句

晴(は)れる

自下一 (天氣) 晴，(雲霧) 消散；(雨、雪) 停止，放晴

要是天氣放晴，我們找個地方去玩吧。

晴(は)れたら、どこかへ　遊(あそ)びに　行(い)きましょう。

では

接續 那麼，這麼說，要是那樣

那麼，我們一起上哪兒去吧？

では、どこかへ　一緒(いっしょ)に　出(で)かけましょう。

晩ご飯(ばんごはん)

名 晚餐

我們一起去哪裡吃個晚餐吧！

どこかへ　行(い)って、晩ご飯(ばんごはん)を　食(た)べましょう。

☑ 形音義記憶練習

記住這些單字了嗎？

□こんにちは　□昨夜（ゆうべ）／夕（ゆう）べ　□晴（は）れる　□では　□晩（ばん）ご飯（はん）

參考形、音、義在底線處寫出正確單字。

合格記憶三步驟：
① 發音練習
② 圖像記憶
③ 最完整字義解說

① ________

ko n ni chi wa／叩恩你七哈

白天遇到熟人，或上別人家訪問時，見面先說的寒暄語。

② ________

ha re ru／哈雷路

雨或雪已停，雲或霧消失，太陽出來露出晴空。或月亮出來，露出晴朗的夜空。

動手寫，成效加倍！

③ ________

de wa／爹哈

轉換新話題時用的詞。

④ ________

yu u be／尤～貝

「きのうの晩」，就是昨天晚上。

⑤ ________

ba n go ha n／拔恩勾哈恩

晚餐。比較有禮貌的說法。

正確解答　①こんにちは　②晴（は）れる　③では　④昨夜（ゆうべ）／夕（ゆう）べ　⑤晩（ばん）ご飯（はん）

文法 × 單字

同步學習！

（疑問詞も否定）なにも

副 還，尚；仍然

還沒有喝任何東西。

まだ、なにも　飲(の)んで　いません。

「も」上接疑問詞，下接否定語，表示全面的否定。可譯作「什麼也（不）…」、「全都（不）…」。

両親(りょうしん)　名 父母，雙親

父母什麼都沒說。

両親(りょうしん)は、なにも　言(い)いません。

試試看！比照上方說明，活用練習其他句子中的單字和文法。

其它例句

一月(ひとつき)
名 一個月

一個月當中什麼都沒做。

一月(ひとつき)の　間(あいだ)、なにも　しませんでした。

葉書(はがき)
名 明信片；記事便條

明信片上什麼都沒寫。

葉書(はがき)には、なにも　書(か)いて　ありません。

どういたしまして
寒暄 沒關係，不用客氣，不敢當，算不了什麼

不用客氣。我什麼也沒做。

どういたしまして。私(わたし)は　なにも　して　いませんよ。

☑ 形音義記憶練習

記住這些單字了嗎？

□<ruby>未<rt>ま</rt></ruby>だ　□<ruby>両親<rt>りょうしん</rt></ruby>　□<ruby>一月<rt>ひとつき</rt></ruby>　□<ruby>葉書<rt>はがき</rt></ruby>　□どういたしまして

參考形、音、義在底線處寫出正確單字。

合格記憶三步驟：
① 發音練習
② 圖像記憶
③ 最完整字義解說

① ________

ha ga ki／
哈嘎克衣

在一定規格的紙上寫上信文，在另一面寫上對方的住址、姓名等，發出的信件。

② ________

do o i ta shi ma shi te／都～衣她西媽西貼

回答「ありがとうございました」的寒暄語，是「不謝」、「不客氣」之意。

動手寫，成效加倍！

③ ________

ryo o shi n／溜～西恩

父親和母親。雙親。父母跟子女叫「親子（おやこ）」。

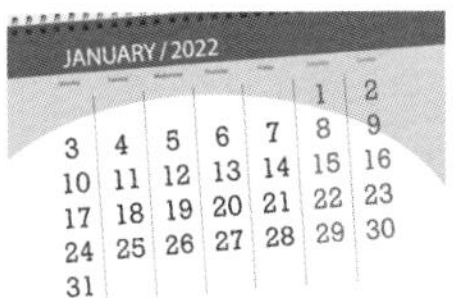

④ ________

hi to tsu ki／
喝衣投朱克衣

表示 30 天，一個月。

⑤ ________

ma da／媽答

某種狀態，還沒有達到基準點，或預定的階段。還；又指某種狀態不變，一直繼續著。仍然。

正確解答　①葉書（はがき）　②どういたしまして　③両親（りょうしん）　④一月（ひとつき）　⑤未だ（ま）

文法 × 單字

同步學習！

だれも

にほんごのたんご

橋（はし）

名 橋，橋樑

沒有人在橋上。

橋（はし）の　上（うえ）に　だれも　いません。

「も」上接疑問詞，下接否定語，表示全面的否定。可譯作「誰也（不）…」、「誰都（不）…」。

弾（ひ）く　他五 彈，彈奏，彈撥

沒有人要彈鋼琴。

だれも　ピアノを　弾きません。

試試看！比照上方說明，活用練習其他句子中的單字和文法。

其它例句

ハンカチ

名 手帕

沒有人帶手帕。

だれも　ハンカチを　持（も）って　いません。

この

連體 這，這個

這些人我沒有一個認識的。

私（わたし）は、この　人（ひと）たちを　だれも　知（し）りません。

こんな

連體 這樣的，這種的

沒有人會做這種事的。

だれも、こんな　ことは　しませんよ。

☑ 形音義記憶練習

記住這些單字了嗎？

□橋(はし)　□弾(ひ)く　□ハンカチ　□この　□こんな

參考形、音、義在底線處寫出正確單字。

合格記憶三步驟：
① 發音練習
② 圖像記憶
③ 最完整字義解說

① ＿＿＿＿＿＿＿＿

hi ku／喝衣哭

用鋼琴或小提琴、吉他等弦樂器演奏。

② ＿＿＿＿＿＿＿＿

ko n na／叩恩那

靠近在自己的事物，或自己周遭的情況，是這樣的。

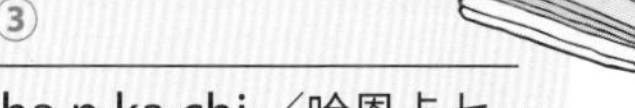

③ ＿＿＿＿＿＿＿＿

ha n ka chi／哈恩卡七

擦去汗水或污垢的四角形的布。

④ ＿＿＿＿＿＿＿＿

ko no／叩挪

連體詞。指示離說話者近的事物。

⑤ ＿＿＿＿＿＿＿＿

ha shi／哈西

為連接兩地，架設在河川、山谷、公路、鐵路上的建築物；又指居於兩者之間，起媒介作用。

文法 × 單字 同步學習！

どこへも

考試期間，不到任何地方去旅行。

接尾 ～期間，正在～當中；在～之中

テスト中（ちゅう）は、どこへも旅行（りょこう）を　しません。

「も」上接疑問詞，下接否定語，表示全面的否定。「どこへ」下接「も」表示所有的地方，而後續否定語，表示「哪兒也（不）…」。

多分（たぶん） 副 大概，或許；恐怕

大概不會去任何地方玩了吧！

たぶん、どこへも　遊（あそ）びに　行（い）かないでしょう。

試試看！比照上方說明，活用練習其他句子中的單字和文法。

其它例句

今晩（こんばん） 名 今天晚上，今夜

今天晚上哪裡都不去。

今晩（こんばん）は、どこへも　行（い）きません。

～週間（しゅうかん） 接尾 ～週，～星期

一整個星期哪裡都沒去。

一週間（いっしゅうかん）、どこへも　出（で）かけて　いません。

しかし 接續 然而，但是，可是

但是，哪裡都不去也太無聊了。

しかし、どこへも　行（い）かないのは　つまらない。

☑ 形音義記憶練習

記住這些單字了嗎？

□～中（ちゅう） □多分（たぶん） □今晩（こんばん） □～週間（しゅうしゅう） □しかし

參考形、音、義在底線處寫出正確單字。

合格記憶三步驟：
① 發音練習
② 圖像記憶
③ 最完整字義解說

① ________

～ shu u ka n ／～咻～卡恩

接在數字後面，表示有幾個7天。

② ________

～ chu u ／～七烏～

在某一時間之中。又指在做什麼事情的期間。

動手寫，成效加倍！

③ ________

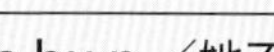

ta bu n ／她不恩

表示對可能性相當大的事物的推測。推測的人是主觀的，不暗示有客觀的根據。

④ ________

shi ka shi ／西卡西

用來接續前後文。敘述跟前文相反，或無關的事時使用。

⑤ ________

ko n ba n ／叩恩拔恩

「きょうの夜」，就是今天晚上。

正確解答 ①～週間（しゅうかん） ②～中（ちゅう） ③多分（たぶん） ④しかし ⑤今晩（こんばん）

I [a,b] の中から正しいものを選んで、○をつけなさい。

① のどが渇きましたね。（a. どこか　b. なにか）飲みましょうか。

② 私は日曜日には（a. どこへも　b. どこか）行きませんでした。

③ お金と時間、どちら（a. も　b. へも）ほしいです。

④ 日曜日なので、どこ（a. に　b. も）人でいっぱいです。

⑤ デパートへ行きましたが、（a. なにも　b. だれも）買いませんでした。

⑥ すみません。（a. なにも　b. だれか）教えてもらえませんか。

⑦ あの人と（a. どこか　b. だれか）で会ったことがあります。

II 下の文を正しい文に並べ替えなさい。＿＿＿に数字を書きなさい。

① ＿＿＿ ＿＿＿ ＿＿＿ ＿＿＿ しょう。

1. しま　2. で　3. 食事　4. どこか

② ＿＿＿ ＿＿＿ ＿＿＿ ＿＿＿ でした。

1. いません　2. に　3. 家　4. 誰も

③ 昨日 ＿＿＿ ＿＿＿ ＿＿＿ ＿＿＿ 行きませんでした。

1. どこ　2. は　3. も　4. へ

復習⑰ 單字題

Ⅰ [a ～ e]の中から適当な言葉を選んで、(　　)に入れなさい。

a. しかし　b. ええ　c. いいえ　d. さあ　e. ああ

① 皆さん、(　　　　　　)、始めましょう。

② 「紅茶はいかがですか。」「(　　　　　　)、けっこうです。」

③ 「先に食べるよ。」「(　　　　　　)、どうぞ。」

④ (　　　　　　)、日本に来て、よかった。

Ⅱ [a ～ e]の中から適当な言葉を選んで、(　　)に入れなさい。

a. 飲み物　b. お酒　c. 昼ご飯　d. 晩ご飯　e. 食堂

① 紅茶など温かい(　　　　　　)はいかがですか。

② (　　　　　　)はいつも家で作ったお弁当を食べます。

③ お風呂に入ってから(　　　　　　)を食べました。

④ 学校の学生(　　　　　　)で定食を頼みました。

Ⅲ [a ～ e]の中から適当な言葉を選んで、(　　)に入れなさい。

a. では、お元気で　b. では、また　c. こんにちは
d. ごちそうさまでした　e. おやすみなさい

① (　　　　　　)明日。

② (　　　　　　)、いいお天気ですね。

③ (　　　　　　)。また会いましょう。

④ 先に寝ます。(　　　　　　)。

接續語

接續詞介於前後句子或詞與之間，起承先啟後的作用。接續詞按功能可分類如下：

把兩件事物用邏輯關係連接起來的接續詞

1. 表因果關係

だから（ですから）／所以　そのため／因此

2. 表示順態發展

それで／所以　それでは／那麼　そこで／所以　すると／於是

3. 表示讓步條件

でも／不過　それでも／雖然如此　ところで／即使…也

4. 表示轉折關係

しかし／但是　けれども／可是　ですが／但是

分別敘述兩件以上事物時使用的接續詞

1. 表示並列關係

および／以及　ならびに／以及

2. 表示添加或更進一步

また／並且　そして／還有　それから／然後　それに／而且

3. 表示選擇、取捨

または／或是　それとも／還是

4. 表示轉換話題

ところで／對了　さて／對了　ときに／對了

對一件事情進行說明、補充時使用的接續詞

つまり／也就是　ただ／只是　すなわち／也就是

Lesson 5

指示代名詞

文法 × 單字

同步學習！

track- 26

これ

甘い（あまい）

形 甜的；甜蜜的；（口味）淡的

這是甜的糕點。

これは、甘い（あまい）　お菓子（かし）です。

事物指示代名詞，指離說話者近的事物。可譯作「這」、「此」。

いただきます

連語 我就不客氣了

我就不客氣了。這個真好吃。

いただきます。これは、おいしいですね。

試試看！比照上方說明，活用練習其他句子中的單字和文法。

其它例句

ペン

名 筆，原子筆，鋼筆

你的筆是這一支嗎？

あなたの　ペンは、これですか。

下さい（ください）

他五（表請求對方作）請給（我）；請…

請給我這個和那個。

これと　それを　ください。

～歳（さい）

接尾 ～歳

這是給3歲小孩看的書。

これは、3歳（さんさい）の　子（こ）どもの　ための　本（ほん）です。

☑ 形音義記憶練習

記住這些單字了嗎？

□甘(あま)い　□いただきます　□ペン　□下(くだ)さい　□〜歳(さい)

參考形、音、義在底線處寫出正確單字。

合格記憶三步驟：
① 發音練習
② 圖像記憶
③ 最完整字義解說

① ＿＿＿＿＿＿

ku da sa i ／哭答沙衣

「給（我）」的恭敬說法；又指希望別人做某事的恭敬說法。

② ＿＿＿＿＿＿

～ sa i ／～沙衣

計算從出生開始，已經過了幾年了的詞。

動手寫，成效加倍！

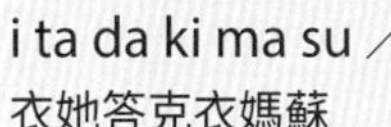

③ ＿＿＿＿＿＿

i ta da ki ma su ／衣她答克衣媽蘇

在家裡或家裡以外的地方，開始吃飯時用的客套話。含有感謝做飯的人的心情。

④ ＿＿＿＿＿＿

a ma i ／阿媽衣

具體地表示食物的味道，像白糖或蜂蜜那樣的味道。

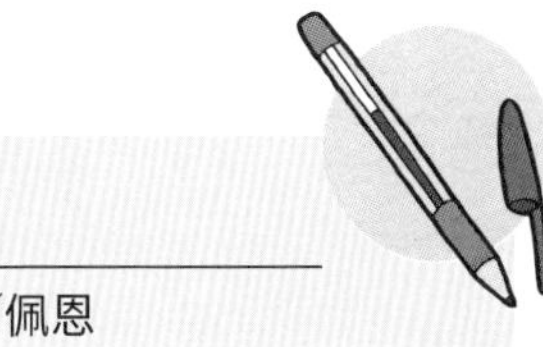

⑤ ＿＿＿＿＿＿

pe n ／佩恩

使用墨水，寫字或畫畫的書寫用具。

正確解答　①下(くだ)さい　②〜歳(さい)　③いただきます　④甘(あま)い　⑤ペン

文法 × 單字 同步學習！

それ

にほんごのたんご

地下鉄（ちかてつ）

名 地下鐵

那是地下鐵的車站。

それは、地下鉄（ちかてつ）の　駅（えき）です。

事物指示代名詞，指離聽說話者近的事物。可譯作「那」、「那個」。

いいえ　感 不是，不對，沒有

不，那不是我的鞋子。

いいえ、私（わたし）の　靴（くつ）は　それでは　ありません。

試試看！比照上方說明，活用練習其他句子中的單字和文法。

其它例句

名前（なまえ）　名（事物與人的）名字，名稱

那上面沒有寫名字。

▸▸ それには、名前（なまえ）は　書（か）いて　ありません。

ナイフ(knife)　名 刀子，小刀，餐刀

那裡面放了刀子。

▸▸ それの　中（なか）に、ナイフが　入（はい）って　います。

形音義記憶練習

記住這些單字了嗎？

□地下鉄(ちかてつ)　□いいえ　□名前(なまえ)　□ナイフ (knife)

參考形、音、義在底線處寫出正確單字。

合格記憶三步驟：
① 發音練習
② 圖像記憶
③ 最完整字義解說

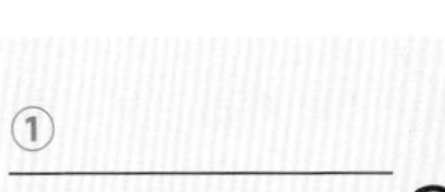

① ________
i i e／衣～耶

用在否定的時候，很恭敬地表示「そうではない」（不是這樣的）的意思。

② ________
na ma e／那媽欸

家族中每個人都給予的名稱，用來稱呼。日本最多的姓氏有「田中」、「鈴木」和「高橋」等。

動手寫，成效加倍！

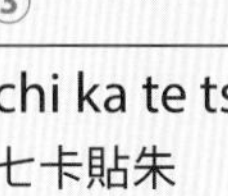

③ ________
chi ka te tsu／七卡貼朱

指在地面下跑的電車；「地下鐵道」的簡稱。在地下挖隧道，鋪設的鐵道。

④ ________
na i fu／那衣呼

指用來切東西的小工具。又指進餐時用來切肉的西式小工具。小刀。

正確解答　①いいえ　②名前(なまえ)　③地下鉄(ちかてつ)　④ナイフ

文法 × 單字

同步學習！

あれ

にほんごのたんご

飛行機（ひこうき）▶

那是飛機對不對！

あれは、**飛行機**（ひこうき）ですね。

名 飛機

事物指示代名詞，指離說話者和聽話者都遠的事物。可譯作「那」、「那個」。

アパート 名 公寓

老師住的公寓是那一間。

先生（せんせい）の　アパートは　**あれ**です。

試試看！比照上方說明，活用練習其他句子中的單字和文法。

其它例句

新しい（あたら）

形 新的；新鮮的；時髦的

▶▶

那是新的建築物。

あれは、新しい（あたら）　建物（たてもの）です。

取る（と）

他五 拿取，執，握

▶▶

請幫我拿那個來。

あれを　取（と）って　きて　ください。

大切（たいせつ）

形動 重要，重視；心愛，珍惜

▶▶

我所珍惜的不是那個。

私（わたし）の　大切（たいせつ）な　ものは、**あれ**では　ありません。

☑ 形音義記憶練習

記住這些單字了嗎？

□飛行機（ひこうき） □アパート □新しい（あたら） □取る（と） □大切（たいせつ）

參考形、音、義在底線處寫出正確單字。

合格記憶三步驟：
① 發音練習
② 圖像記憶
③ 最完整字義解說

① ＿＿＿＿＿＿＿＿

a ta ra shi i ／
阿她拉西～

指產生之後沒有多久，時間過去不久的樣子；又表示事物、想法，初次出現的樣子。是客觀的表現。

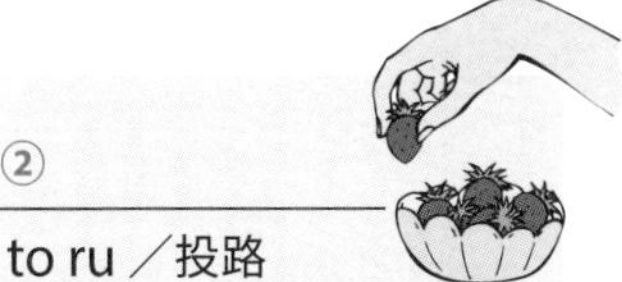

② ＿＿＿＿＿＿＿＿

to ru ／投路

用手拿著。手的動作。為了某種目的，用手去拿過來，或是為了觀看，或是為了聞味道等等。

③ ＿＿＿＿＿＿＿＿

a pa a to ／阿趴～投

內部間格成好多個單獨房間的建築物。在日本，一般指租金比較便宜的木造房子。

④ ＿＿＿＿＿＿＿＿

ta i se tsu ／她衣水朱

最重要，重要到不可缺少的程度的樣子重要；又指十分注意、關心的樣子。珍重、愛惜。

⑤ ＿＿＿＿＿＿＿＿

hi ko o ki ／喝衣叩～克衣

有機翼，依靠螺旋槳，或氣流噴射的推進力，在空中飛行的交通工具。

正確解答 ①新しい（あたら） ②取る（と） ③アパート ④大切（たいせつ） ⑤飛行機（ひこうき）

文法 × 單字

同步學習！

どれ

にほんごのたんご

茶碗(ちゃわん)

名 茶杯，飯碗

哪一個是你的茶杯？

どれが　あなたの　茶碗(ちゃわん)ですか。

事物指示代名詞，表示疑問和不定。可譯作「哪」、「哪個」。

入り口(いぐち) 名 入口，門口

洗手間的入口是哪一個？

トイレの　入り口(いぐち)は　どれですか。

試試看！比照上方說明，活用練習其他句子中的單字和文法。

其它例句

お皿(さら)

名 盤子（“皿”的鄭重說法）

要用哪一個盤子？

お皿(さら)は、どれを　使(つか)いましょうか。

好き(す)

形動 喜好，愛好；愛，產生感情

最喜歡哪一個？

どれが　一番(いちばん)　好(す)きですか。

建物(たてもの)

名 建築物，房屋

哪一棟是大學的建築物？

どれが、大学(だいがく)の　建物(たてもの)ですか。

☑ 形音義記憶練習

記住這些單字了嗎？

□茶碗（ちゃわん） □入り口（い ぐち） □お皿（さら） □好き（す） □建物（たてもの）

參考形、音、義在底線處寫出正確單字。

合格記憶三步驟：
① 發音練習
② 圖像記憶
③ 最完整字義解說

① ____________

cha wa n ／恰瓦恩

倒茶或盛飯用半球形的食用器具。材料是陶瓷器或合成樹脂。

② ____________

su ki ／蘇克衣

表示心被特定的事物，或人所吸引的樣子。相反詞是「きらい」（討厭）。

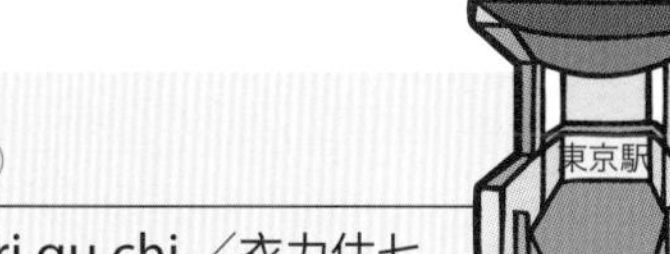

③ ____________

i ri gu chi ／衣力估七

建築物、車站等由該處可以進入的地方。相反詞是「出口（でぐち）」。

④ ____________

o sa ra ／歐沙拉

「皿（さら）」的美化說法。盛食物等淺而平的食器。（「皿」的鄭重說法）

⑤ ____________

ta te mo no ／她貼某挪

為了使人居住或工作，還有放東西而建造的東西。使用的建材一般有木頭、石頭、和鋼筋水泥。

正確解答 ①茶碗（ちゃわん） ②好き（す） ③入り口（い ぐち） ④お皿（さら） ⑤建物（たてもの）

文法 × 單字

同步學習！

track- 27

この

副助 （表示均攤）每～，各～

這個點心和那個點心請各給我兩個。

この　お菓子（かし）と　あの　お菓子（かし）を　二（ふた）つ　ずつ　ください。

指示連體詞，指離說話者近的事物，後面必須接體言。可譯作「這…」。

古（ふる）い　形 以往；老舊，年久，老式

這棟房子相當老舊。

この　家（いえ）は、とても　古（ふる）いです。

試試看！比照上方說明，活用練習其他句子中的單字和文法。

其它例句

あのう　感 喂，啊，不好意思；嗯

請問一下，沿著這條路直走，就可以到車站嗎？

あのう、この　道（みち）を　まっすぐ　行（い）くと、駅（えき）ですか。

方（かた）　接尾 位，人

這一位是田中老師。

この　方（かた）は、田中先生（たなかせんせい）です。

失礼（しつれい）しました　寒暄 失禮，不好意思

不好意思，這條路是錯的。

失礼（しつれい）しました。この　道（みち）は　違（ちが）いました。

☑ 形音義記憶練習

記住這些單字了嗎？

☐～ずつ　☐古(ふる)い　☐あのう　☐方(かた)　☐失礼(しつれい)しました

參考形、音、義在底線處寫出正確單字。

合格記憶三步驟：
① 發音練習
② 圖像記憶
③ 最完整字義解說

① ________
～ zu tsu ／～租朱

上接數量詞，表示平均分攤為同樣的數量的詞；又指反覆多次，每次數量相同。

② ________
shi tsu re i shi ma shi ta ／西朱雷衣西媽西她

道歉時或告辭時說的話。

③ ________
a no o ／阿挪～

為引起人注意時發出的聲音。這位…。又指說話時，躊躇不決或不能馬上說出下文。嗯…。

④ ________
ka ta ／卡她

指「人」。對該人充滿尊敬心情時說的詞語。

⑤ ________
fu ru i／呼路衣

客觀地表示經過長久的年月；又表示與過去相同，感覺不到有什麼變化，不時髦了。

正確解答　①～ずつ　②失礼(しつれい)しました　③あのう　④方(かた)　⑤古(ふる)い

文法 × 單字

同步學習！

その

男（おとこ）

名 男性，男子，男人；（泛指動物）雄性

那個男子是學生。

その　男（おとこ）の　人（ひと）は、学生（がくせい）です。

指示連體詞，指離聽說話者近的事物，後面必須接體言。可譯作「那…」。

十（とお）　名（數）10；10 個；10 歲

那個孩子 10 歲了。

その　子（こ）どもは、十（とお）に　なりました。

試試看！比照上方說明，活用練習其他句子中的單字和文法。

其它例句

前（まえ）

名（空間的）前，前面

車子停在那戶人家前面。

車（くるま）は、その　家（いえ）の　前（まえ）に　止（と）まっています。

使う（つかう）

他五 使用；雇傭；花費，消費

請用那本辭典。

どうぞ、その　辞書（じしょ）を　使（つか）ってください。

☑ 形音義記憶練習

記住這些單字了嗎？

□男(おとこ)　□十(とお)　□前(まえ)　□使う(つか)

參考形、音、義在底線處寫出正確單字。

合格記憶三步驟：
① 發音練習
② 圖像記憶
③ 最完整字義解說

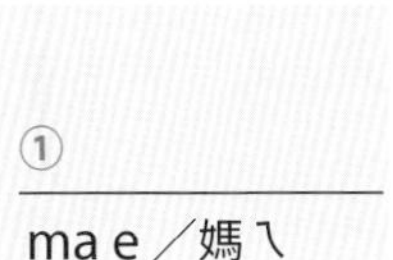

① ________

ma e ／媽ㄟ

自然站立時，眼睛、鼻子所面對的方向。又指某一事物的前面部分。

② ________

o to ko ／歐投叩

人類的性別。男性。男人；又指發育成長為成年人的男子。

動手寫，成效加倍！

③ ________

to o ／投～

數目中的 10。 9 的下一個數字。

④ ________

tsu ka u ／朱卡烏

為了某一目的，花費了東西、時間、金錢，而使其起作用。

正確解答　①前(まえ)　②男(おとこ)　③十(とお)　④使う(つか)

文法 × 單字

同步學習！

あの

接尾 ～人

那個人是日本人。

あの　人（ひと）は、日本人（にほんじん）です。

指示連體詞，指離說話者和聽話者都遠的事物，後面必須接體言。可譯作「那…」。

授業（じゅぎょう）　名 上課，教課，授課

那堂課不怎麼有趣。

あの　授業（じゅぎょう）は、あまり　面白（おもしろ）くない。

試試看！比照上方說明，活用練習其他句子中的單字和文法。

其它例句

曲（ま）がる　自五 彎曲；拐彎

那條路轉彎後，就有一間郵局。

あの　道（みち）を　曲（ま）がれば、郵便局（ゆうびんきょく）が　あります。

晩（ばん）　名 晚，晚上

那個晚上非常疲倦。

あの　晩（ばん）は、とても　疲（つか）れて　いました。

待（ま）つ　他五 等候，等待；期待，指望

你還在等那個人嗎？

あなたは、まだ　あの　人（ひと）を　待（ま）って　いるの？

形音義記憶練習

記住這些單字了嗎？

□～人（じん） □授業（じゅぎょう） □曲（ま）がる □晩（ばん） □待（ま）つ

參考形、音、義在底線處寫出正確單字。

合格記憶三步驟：
① 發音練習
② 圖像記憶
③ 最完整字義解說

① ______________

ju gyo o ／啾克呦烏～

指在學校裡把學問或技術教給人們。

② ______________

～ ji n ／～雞恩

某一國家的人。如：「アメリカ人」（美國人）、「外国人」（外國人）等。

③ ______________

ma tsu ／媽朱

盼望人、事物的到來，盼望早日實現。

④ ______________

ma ga ru ／媽嘎路

不直走，或是往左或是往右，改變行進的方向。又指變得不直變成「く」的形狀。

⑤ ______________

ba n ／拔恩

一天裡大約由日落，到人們就寢的這段時間。

正確解答 ①授業（じゅぎょう） ②～人（じん） ③待（ま）つ ④曲（ま）がる ⑤晩（ばん）

文法 × 單字 どの

同步學習！

服（ふく）
名 衣服

你要穿哪件衣服去？

どの 服（ふく）を 着（き）て 行（い）きますか。

指示連體詞，表示疑問和不定，後面必須接體言。可譯作「哪…」。

時計（とけい） 名 鐘錶，手錶

哪支手錶是你的？

どの 時計（とけい）が、あなたのですか。

試試看！比照上方說明，活用練習其他句子中的單字和文法。

其它例句

若（わか）い
形 年輕，年紀小，有朝氣

哪個人最年輕？

どの 人（ひと）が、一番（いちばん） 若（わか）いですか。

ページ (page)
名·接尾 頁

每一頁都有圖畫。

どの ページにも、絵（え）が あります。

痛（いた）い
形 疼痛；痛苦，難過；難堪

是誰肚子痛？

おなかが 痛（いた）いのは、どの 人（ひと）ですか。

形音義記憶練習

記住這些單字了嗎？

□服(ふく)　□時計(とけい)　□若(わか)い　□ページ (page)　□痛(いた)い

參考形、音、義在底線處寫出正確單字。

合格記憶三步驟：
① 發音練習
② 圖像記憶
③ 最完整字義解說

① ________

fu ku ／呼哭

遮蓋身體的衣物。也專指不是貼身衣服，而是穿在外面的衣服。

② ________

wa ka i ／瓦卡衣

用在人的場合指年齡小，精力充沛，經驗不足。年輕；也指按年齡看，顯得年輕。(看起來) 年輕。

動手寫，成效加倍！

③ ________

pe e ji ／佩～雞

書或筆記本等的，一張紙的一面；又指數書或筆記本等的紙面的量詞。

④ ________

to ke e ／投克ㄟ～

計量並顯示時間的器具。包括時針、分針、秒針的傳統鐘錶，跟顯示數字的電子鐘錶。

⑤ ________

i ta i ／衣她衣

表示肉體上的痛苦；又表示因精神上遭受打擊的痛苦。

正確解答　①服(ふく)　②若(わか)い　③ページ　④時計(とけい)　⑤痛(いた)い

文法題

I [a,b] の中から正しいものを選んで、○をつけなさい。

① 「（a. あの　b. あちら）きれいな女の人は誰ですか。」
「中山さんです。」

② （a. どれ　b. これ）は自転車の鍵です。

③ （a. これ　b. この）はあなたの本ですか。

④ （a. そこ　b. それ）は日本の車です。

⑤ （a. これ　b. その）は何という野菜ですか。

⑥ （a. どの　b. その）椅子に座っている人は誰ですか。

⑦ （a. どの　b. どちら）ネクタイにしますか。

II 下の文を正しい文に並べ替えなさい。＿＿＿に数字を書きなさい。

① ＿＿＿ ＿＿＿ ＿＿＿ ＿＿＿ 甘いです。

1. ケーキ　2. は　3. この　4. とても

② ＿＿＿ ＿＿＿ ＿＿＿ ＿＿＿ 本です。

1. は　2. の　3. 木村さん　4. それ

③ ＿＿＿ ＿＿＿ ＿＿＿ ＿＿＿ ですか。

1. 席　2. いい　3. どの　4. が

練習をしましょう  單字題

I [a ~ e]の中から適当な言葉を選んで、(　　)に入れなさい。

a. どちら　　b. どこ　　c. どなた　　d. ここ　　e. これ

① 紅茶とコーヒーと(　　　　　　)がいいですか。

② (　　　　　　)では煙草を吸わないでください。

③ (　　　　　　)は私の大切な写真です。

④ 健太君の部屋は(　　　　　　)を見ても綺麗です。

II [a ~ e]の中から適当な言葉を選んで、(　　)に入れなさい。

a. 初めまして　b. どういたしまして　c. お願いします　d. 失礼します　e. いただきます

① こちらこそ、よろしく(　　　　　　)。

② (　　　　　　)。おいしいですね。

③ 時間がないので、これで(　　　　　　)。

④ (　　　　　　)、鈴木と申します。

III [a ~ e]の中から適当な言葉を選んで、(　　)に入れなさい。

a. がる　　b. 人　　c. 語　　d. など　　e. ずつ

① 私のクラスには外国(　　　　　　)が３人います。

② 子どもたちみんなに一つ(　　　　　　)飴を渡しました。

③ 犬や猫(　　　　　　)の小さい動物が好きです。

④ 下手な日本(　　　　　　)で話しましたが、わかってもらえました。

文法 × 單字

同步學習！

track- 28

ここ

這裡有漂亮的花。

にほんごのたんご

花（はな）

ここに　きれいな　花（はな）が　あります。

名 花

場所指示代名詞，指離說話者近的場所。可譯作「這裡」。

一昨年（おととし） 名 前年

前年來過這裡。

一昨年（おととし）、ここに　来（き）ました。

試試看！比照上方說明，活用練習其他句子中的單字和文法。

其它例句

～匹（ひき）／～匹（びき）

接尾（鳥、蟲、魚、獸）～匹，～頭，～條，～隻

這裡有幾隻狗？

ここには、犬（いぬ）が　何匹（なんびき）　いますか。

西（にし）

名 西，西邊，西方

從這邊往西走，就有一條河。

ここから　西（にし）に　行（い）くと、川（かわ）が　あります。

脱ぐ（ぬぐ）

他五 脫去，脫掉，摘掉

請在這裡脫鞋。

ここで　靴（くつ）を　脱（ぬ）いで　ください。

☑ 形音義記憶練習

記住這些單字了嗎？

□花（はな） □一昨年（おととし） □～匹（ひき）／～匹（びき） □西（にし） □脫ぐ（ぬぐ）

參考形、音、義在底線處寫出正確單字。

合格記憶三步驟：
① 發音練習
② 圖像記憶
③ 最完整字義解說

① ____________

~hi ki・~bi ki／
～喝衣克衣・～逼克衣

用在計算獸類、魚、蟲、鳥等的小動物時的量詞。

② ____________

ni shi／你西

方位之一。太陽落下的方位。

③ ____________

ha na／哈那

在植物的枝或莖的頭部，定期開放的東西。通常由雄蕊、雌蕊、花冠、花萼構成。

④ ____________

o to to shi／歐投投西

「去年（きょねん）の前（まえ）の年（とし）」（去年的前一年）。

⑤ ____________

nu gu／奴估

把衣服、鞋等穿在身上的東西去掉。相反詞：穿衣是「着る（きる）」；穿鞋「履く（はく）」。

正確解答 ①～匹（ひき）／～匹（びき） ②西（にし） ③花（はな） ④一昨年（おととし） ⑤脫ぐ（ぬぐ）

文法 × 單字

同步學習！

そこ

食堂（しょくどう）

名 食堂，餐廳，飯館

那邊是餐廳。

そこは　食堂（しょくどう）です。

場所指示代名詞，指離聽說話者近的場所。可譯作「那裡」、「那邊」。

すぐに　副 馬上，立刻

我立刻到那邊去。

すぐに　そこに　行（い）きます。

試試看！比照上方說明，活用練習其他句子中的單字和文法。

其它例句

どうぞ

副（表請求、委託）請；（表承認、勸誘、同意）可以，請

請坐在那邊。

どうぞ、そこに　座（すわ）って　ください。

置（お）く

自五 放，放置；降，下；處於，處在

請將行李放在那邊。

そこに、荷物（にもつ）を　置（お）いて　ください。

零（れい）

名 零

那邊冬天氣溫會降到零度。

そこは、冬（ふゆ）は　零度（れいど）に　なります。

☑ 形音義記憶練習

記住這些單字了嗎？

□食堂（しょくどう） □すぐに □どうぞ □置く（お） □零（れい）

參考形、音、義在底線處寫出正確單字。

合格記憶三步驟：
① 發音練習
② 圖像記憶
③ 最完整字義解說

① ________________

o ku ／歐哭

基於某一目的，把東西放在某處。

② ________________

sho ku do o ／西呦烏哭都～

進餐的地方。又指共用各種餐飲的地方。

③ ________________

do o zo ／都～走

向對方表示恭恭敬敬地請求的心情；又指勸對方做什麼，或答應對方的要求時使用。

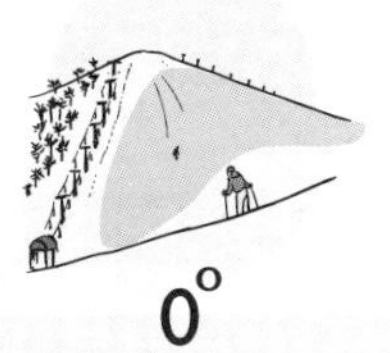

④ ________________

re i ／雷衣

具有加在別的數字上，也不會改變原有數的性質的數。

⑤ ________________

su gu ni ／蘇估你

表示沒有時間間隔之意。也就是動作發生的兩個時間點之間沒有間隔。

正確解答 ①置く（お） ②食堂（しょくどう） ③どうぞ ④零（れい） ⑤すぐに

文法 × 單字

同步學習！

あそこ

大勢（おおぜい）

名 很多（人），眾多（人）；（人數）很多

那邊有很多人。

あそこに、大勢（おおぜい）　人（ひと）が　います。

場所指示代名詞，指離說話者和聽話者都遠的場所。可譯作「那裡」。

大変（たいへん）

副 重大，嚴重，不得了

那邊非常地熱唷。

あそこは、大変（たいへん）　暑（あつ）いですよ。

試試看！比照上方說明，活用練習其他句子中的單字和文法。

其它例句

灰皿（はいざら）

名 煙灰缸

煙灰缸在那裡。

灰皿（はいざら）は　あそこです。

色（いろ）

名 顏色，彩色；色澤，光澤；臉色，神色

那裡的蘋果，色澤真是美。

あそこの　リンゴの　色（いろ）は　美（うつく）しいですね。

メートル (metre 法)

名 公尺，米

從那邊到那邊，相距 10 公尺。

そこから　あそこまで、10（じゅう）メートル　あります。

記住這些單字了嗎？

☑ 形音義記憶練習

□大勢（おおぜい） □大変（たいへん） □灰皿（はいざら） □色（いろ） □メートル (metre 法)

參考形、音、義在底線處寫出正確單字。

合格記憶三步驟：
① 發音練習
② 圖像記憶
③ 最完整字義解說

① ________

o o ze i／歐～瑞衣

物體的面積或體積，或者事物的規模、範圍，在其他之上。又指數量在別的之上。

② ________

me e to ru／妹～投路

國際公制的長度單位之一。公尺。米。100 公分。

動手寫，成效加倍！

③ ________

ta i he n／她衣黑恩

十分嚴重的樣子。也指十分辛苦的樣子。

④ ________

ha i za ra／哈衣眨拉

裝煙灰或煙蒂的東西。

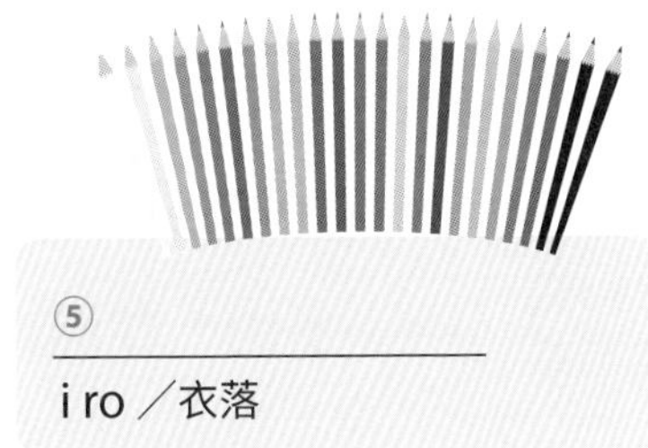

⑤ ________

i ro／衣落

用眼睛能感知的紅、藍、黃、綠等的感覺。

正確解答 ①大勢（おおぜい） ②メートル ③大変（たいへん） ④灰皿（はいざら） ⑤色（いろ）

文法 × 單字

同步學習！

どこ

報紙在什麼地方？

にほんごのたんご

新聞（しんぶん）

名 報紙

新聞（しんぶん）**は、どこに　ありますか。**

場所指示代名詞，表示疑問和不定。可譯作「哪裡」。

昼（ひる）　名 中午；白天，白晝；午飯

中午要到哪裡吃飯？

昼（ひる）に、どこで　ご飯（はん）を　食（た）べますか。

試試看！比照上方說明，活用練習其他句子中的單字和文法。

其它例句

涼しい（すず）

形 涼爽

家中哪裡最涼爽？

家（いえ）の　中（なか）で、どこが　一番（いちばん）　涼（すず）しいですか。

花瓶（かびん）

名 花瓶

那個花瓶是在哪裡買的？

あの　花瓶（かびん）は　どこで　買（か）いましたか。

切手（きって）

名 郵票

郵票要貼在哪裡？

切手（きって）は、どこに　貼（は）りますか。

☑ 形音義記憶練習

記住這些單字了嗎？

□新聞（しんぶん） □昼（ひる） □涼しい（すず） □花瓶（かびん） □切手（きって）

參考形、音、義在底線處寫出正確單字。

合格記憶三步驟：
① 發音練習
② 圖像記憶
③ 最完整字義解說

① ________

ka bi n／卡逼恩

瓶子或罈子形狀的插花或生花的容器。

② ________

su zu shi i／蘇租西～

不會悶熱，氣溫適度的低並有涼爽的快感。有時是氣溫雖不低，但因風的影響，也使人感到涼快的狀態。

動手寫，成效加倍！

③ ________

ki tte／克衣＾貼

寄信時用來代替金錢，貼在信封上的小紙片。

④ ________

shi n bu n／西恩不恩

把消息和話題等印刷出版，傳達給讀者的定期刊物。通常為日刊。

⑤ ________

hi ru／喝衣路

從日出到日落的一段時間。白天；又指正午前後一段時間。正午；又指午飯。

正確解答 ①花瓶（かびん） ②涼しい（すず） ③切手（きって） ④新聞（しんぶん） ⑤昼（ひる）

文法 × 單字　同步學習！

track-29

こちら（こっち）

安い（やすい）

形 便宜，（價錢）低廉

這家店很便宜唷。

こちらの　店（みせ）は、安（やす）い　ですよ。

方向指示代名詞，指離說話者近的方向。可譯作「這邊」。也可說成「こっち」，只是「こちら」說法比較有禮貌。「こちら」還可以用來指人。可譯作「這位」。

クラス (class)　名 階級，等級；（學校的）班級

這一班很熱鬧。

こちらの　クラスは、とても　賑（にぎ）やかです。

試試看！比照上方說明，活用練習其他句子中的單字和文法。

其它例句

～側（がわ）

接尾 ～邊，～側；～方面，立場；周圍，旁邊

請到這邊來。

こちら　側（がわ）に　来（き）て　ください。

軽い（かるい）

形 輕的，輕巧的；（程度）輕微的

這個行李比較輕。

こっちの　荷物（にもつ）の　方（ほう）が　軽（かる）いです。

春（はる）

名 春，春天

這邊的春天還沒有來。

こっちは、まだ　春（はる）が　来（き）ません。

形音義記憶練習

記住這些單字了嗎？

□安い（やす）　□クラス (class)　□～側（がわ）　□軽い（かる）　□春（はる）

參考形、音、義在底線處寫出正確單字。

合格記憶三步驟：
① 發音練習
② 圖像記憶
③ 最完整字義解說

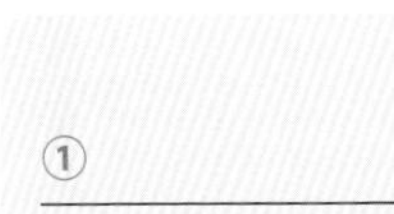

① ____________

ku ra su／哭拉蘇

學校的班級。

② ____________

～ ga wa／～嘎瓦

接在東西南北、左右或指示代名詞等詞後面，表示「…邊」。

③ ____________

ya su i／押蘇衣

只花一點錢就能買到，價錢相對不高的樣子。

④ ____________

ha ru／哈路

冬季與夏季之間的氣候宜人的季節。

⑤ ____________

ka ru i／卡路衣

不需花費太大的力氣，很簡單地就能把東西移動或拿起。

正確解答　①クラス　②～側（がわ）　③安い（やす）　④春（はる）　⑤軽い（かる）

文法 × 單字 同步學習！

そちら（そっち）

那邊是東邊。

そちらは、東（ひがし）です。

名 東，東方，東邊

方向指示代名詞，指離聽說話者近的方向。可譯作「那邊」。也可說成「そっち」，只是「そちら」說法比較有禮貌。「そちら」還可以用來指人。可譯作「那位」。

狹い（せまい） 形 狹窄，狹小，狹隘

那邊的路很窄。

そちらの　道（みち）は　狭（せま）いです。

試試看！比照上方說明，活用練習其他句子中的單字和文法。

其它例句

目（め）

名 眼睛；眼珠，眼球；眼神

那邊那位眼睛很漂亮的人是誰？

そちらの　目（め）の　きれいな　方（かた）は　だれですか。

悪い（わるい）

形 不好，壞的；惡性，有害；不對，錯誤

錯的人是你吧！

悪（わる）いのは　そっちですよ。

又（また）

副 還，尚；仍然

還會再去那裡玩的。

また、そちらに　遊（あそ）びに　行（い）きます。

☑ 形音義記憶練習

記住這些單字了嗎？

□東（ひがし） □狭い（せま） □目（め） □悪い（わる） □又（また）

參考形、音、義在底線處寫出正確單字。

合格記憶三步驟：
① 發音練習
② 圖像記憶
③ 最完整字義解說

① ________________

hi ga shi ／喝衣嘎西

方位之一。太陽升起的方向。

② ________________

wa ru i ／瓦路衣

從道德上看不好、惡劣；機遇等不好；質量、能力等不好。各種各樣不好的狀態。

③ ________________

ma ta ／媽她

表示同一動作再做一次，同一狀態又反覆一次。再；又指附加某事項時用的詞。並且。

④ ________________

se ma i ／水媽衣

表示空間面積小，達不到所需的寬廣度。

⑤ ________________

me ／妹

在臉上看東西的器官。

正確解答　①東（ひがし）　②悪い（わる）　③又（また）　④狭い（せま）　⑤目（め）

文法 × 單字

同步學習！

あちら（あっち）

にほんごのたんご

椅子（いす）

名 椅子；職位，位置

把椅子拿到那邊去。

あちらに 椅子（いす）を 持（も）って いきます。

方向指示代名詞，指離說話者和聽話者都遠的方向。可譯作「那邊」。也可說成「あっち」，只是「あちら」說法比較有禮貌。「あちら」還可以用來指人。可譯作「那位」。

真っ直ぐ（ますぐ） 副·形動 筆直，不彎曲；一直，直接

請往那裡直走。

あちらに まっすぐ 歩（ある）いて ください。

其它例句

池（いけ）

名 池塘，池子；（庭院中的）水池

那邊有大池塘。

あっちの 方（ほう）に、大（おお）きな 池（いけ）が あります。

危ない（あぶない）

形 危險，不安全；（形勢、病情等）危急；靠不住，令人擔心

那裡很危險，小心一點。

あっちは 危（あぶ）ない から、気（き）を つけて。

有名（ゆうめい）

形動 有名，聞名，著名，名見經傳

那邊的那位，非常的有名。

あちらに いる 人（ひと）は、とても 有名（ゆうめい）です。

☑ 形音義記憶練習

記住這些單字了嗎？

□ 椅子（いす） □ 真っ直ぐ（まっすぐ） □ 池（いけ） □ 危ない（あぶない） □ 有名（ゆうめい）

參考形、音、義在底線處寫出正確單字。

合格記憶三步驟：
① 發音練習
② 圖像記憶
③ 最完整字義解說

① ＿＿＿＿＿＿

i ke／衣克ㄟ

窪地積水的地方。有自然形成的和庭院等人工修的。

② ＿＿＿＿＿＿

a bu na i／阿不那衣

身體、生命處於危險狀態，將要發生不好的事，令人擔心的樣子。對將要發生不好的事，表示擔心。

動手寫，成效加倍！

③ ＿＿＿＿＿＿

i su／衣蘇

用來坐著的家具。廣泛地使用在日常會話中。

④ ＿＿＿＿＿＿

ma ssu gu／媽＾蘇估

一點兒也不彎曲的樣子。筆直。一直。又指中途哪兒也不去，一直朝著目的地前進。直接。

⑤ ＿＿＿＿＿＿

yu u me i／尤～妹衣

指名字在報紙或電視常出現，廣為人知，引人注目的樣子。

正確解答 ①池（いけ） ②危ない（あぶ） ③椅子（いす） ④真っ直ぐ（ま す） ⑤有名（ゆうめい）

文法 × 單字 同步學習！

どちら（どっち）

にほんごのたんご

北（きた）

名 北，北方，北邊；北風

哪一邊是北邊？

どちらが　北（きた）ですか。

方向指示代名詞，表示不定和疑問。可譯作「哪邊」。也可說成「どっち」，只是「どちら」說法比較有禮貌。「どちら」還可以用來指人。可譯作「哪位」。

家族（かぞく）　名 家人，家庭，親屬

哪一位是你的家人？

どちらが、あなたの　家族（かぞく）ですか。

試試看！比照上方說明，活用練習其他句子中的單字和文法。

其它例句

生まれる（うまれる）

自下一 出生；出現

你在哪裡出生的？

あなたは、どちらで　生（う）まれましたか。

歌う（うたう）

他五 歌，歌曲；和歌，詩歌；謠曲，民間小調

你要唱哪首歌？

どちらの　歌（うた）を　歌（うた）いますか。

百（ひゃく）

名 100；100 歲

哪位已經 100 歲了？

どちらの　人（ひと）が、百歳（ひゃくさい）ですか。

☑ 形音義記憶練習

記住這些單字了嗎？

□北（きた） □家族（かぞく） □生まれる（う） □歌う（うた） □百（ひゃく）

參考形、音、義在底線處寫出正確單字。

合格記憶三步驟：
① 發音練習
② 圖像記憶
③ 最完整字義解說

① ________

hya ku／喝押哭

10 的 10 倍的數。1000 的 10 分之 1。

② ________

ki ta／克衣她

面對太陽升起方向的，左手方向。

動手寫，成效加倍！

③ ________

u ta u／烏她烏

把歌詞配上節奏和旋律，發出聲音。

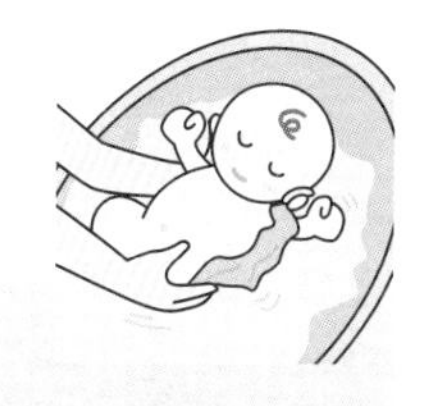

④ ________

u ma re ru／烏媽雷路

從母體生出嬰兒來，或孵出蛋來。

⑤ ________

ka zo ku／卡走哭

夫婦、父母子女、兄弟姊妹等，有血緣關係，一般是共同生活的人們。

正確解答 ①百（ひゃく） ②北（きた） ③歌う（うた） ④生まれる（う） ⑤家族（かぞく）

練習をしましょう 復習⑲ 文法題

I [a,b] の中から正しいものを選んで、○をつけなさい。

① 大使館は （a. どれ　　b. どこ） にありますか。

② 赤いのと白いのがありますが、(a. どちら　　b. どの） にしますか。

③ (a. どちら　　b. ここ） は駅の入り口です。

④ (a. こちら　　b. そちら） は今何時ですか。

⑤ 失礼ですが、お国は （a. どちら　　b. どう） ですか。

⑥ (a. どなた　　b. こちら） は大学の友達です。

⑦ エレベーターは （a. どこ　　b. どうして） ですか。

II 下の文を正しい文に並べ替えなさい。＿＿＿に数字を書きなさい。

① 男の子と ＿＿＿ ＿＿＿ ＿＿＿ ＿＿＿ ですか。

1. ほしい　　2. 女の子　　3. が　　4. どちら

② ＿＿＿ ＿＿＿ ＿＿＿ ＿＿＿ お座りください。

1. の　　2. に　　3. そちら　　4. 椅子

③ ＿＿＿ ＿＿＿ ＿＿＿ ＿＿＿ ですか。

1. 天気　　2. どんな　　3. そちら　　4. は

練習を
しましょう

單字題

Ⅰ [a ～ e]の中から適当な言葉を選んで、(　　)に入れなさい。

a. 台所　　b. ベッド　　c. 窓　　d. 階段　　e. 風呂

① 今日から上の(　　　　　　　　)で寝ます。

② お(　　　　　　　　)で体を洗います。

③ 寒いですね。(　　　　　　　　)を閉めましょうか。

④ 母は(　　　　　　　　)で晩ご飯を作っています。

Ⅱ [a ～ e]の中から適当な言葉を選んで、(　　)に入れなさい。

a. 夏休み　　b. 図書館　　c. クラス　　d. ニュース　　e. 病気

① 弟は体が弱くて、(　　　　　　　　)になりやすいです。

② ときどき(　　　　　　　　)で本を借ります。

③ 私の(　　　　　　　　)には外国人が３人います。

④ (　　　　　　　　)に旅行に行きました。とても楽しかったです。

Ⅲ [a ～ e]の中から適当な言葉を選んで、(　　)に入れなさい。

a. お手洗い　　b. 机　　c. 部屋　　d. シャワー　　e. 椅子

① (　　　　　　　　)を出るときは、戸を閉めてください。

② 朝、(　　　　　　　　)を浴びてから学校へ行きます。

③ この(　　　　　　　　)に座ってください。

④ (　　　　　　　　)の上にきれいな花瓶があります。

指示代名詞

指示代名詞有什麼作用？其實，它是為說話現場的事物和說話內容中的事物來確定位置的。這個位置要怎麼確定呢？那就是以說話者和聽話者的位置關係為基準。日語中把說話現場的事物和說話內容中的事物，分成靠近說話者的範圍、靠近聽話者的範圍及兩者以外的範圍。

日語的指示詞有 4 個系列：

こ系列——指示說話者範圍的事物。
そ系列——指示聽話者範圍的事物
あ系列——指示說話者、聽話者範圍以外的事物。
ど系列——指示範圍不確定的事物。

指示詞的狀態

1. 名詞型態——

表示事物：これ、それ、あれ、どれ
表示場所：ここ、そこ、あそこ、どこ
表示方向：こちら、そちら、あちら、どちら

2. 連體詞型態——

この、その、あの、どの、
こんな、そんな、あんな、どんな

3. 副詞型態——

こう、そう、ああ、どう

4. 現場指示——

對說話現場的指示。指說話現場的事物時，這一事物離說話者近就用「こ系列」；離聽話者近就用「そ系列」；在兩者範圍外時就用「あ系列」
上下文指示——對說話中出現的內容或記憶中的內容進行指示。

①「こ系列」指示剛剛在話題中出現的內容，或緊接著就要提及的內容。
②「そ系列」指示對方所說的內容，或自己在說話中提到的內容。
③「あ系列」指示說話和聽話者有共同體驗，或雙方都知道的事物。

Lesson 6

形容詞

形容詞くて

部屋（へや）

名 房間；屋子；室

這個房間既明亮又安靜。

この　部屋（へや）は　明（あか）るくて、静（しず）かです。

形容詞詞尾「い」改成「く」，再接上「て」，表示句子暫時停頓，還有原因和並列（連接形容詞或形容動詞時）之意。

あそこ 代 那邊

那邊的游泳池又寬又乾淨。

あそこの　プールは、広（ひろ）くて　きれいです。

試試看！比照上方說明，活用練習其他句子中的單字和文法。

其它例句

手（て）

名 手，手掌；胳膊；人手

媽媽的手又溫暖又溫柔。

お母（かあ）さんの　手（て）は、温（あたた）かくて　優（やさ）しいです。

こんばんは

寒暄 你好，晚上好

晚安，今天真是熱得好難受哦！

こんばんは、今日（きょう）は　暑（あつ）くて　大変（たいへん）でしたね。

～番（ばん）

接尾（表示順序）第～，～號

第3位女性，身材高挑又漂亮。

3番（さんばん）の　女性（じょせい）は、背（せ）が　高（たか）くて、美（うつく）しいです。

☑ 形音義記憶練習

記住這些單字了嗎？

□部屋（へや） □あそこ □手（て） □こんばんは □～番（ばん）

參考形、音、義在底線處寫出正確單字。

① ________

a so ko／阿搜叩

指離說話者和聽話者都遠，但雙方都能看得到的地方的詞。場所指示代名詞。

② ________

he ya／黑押

把房子用牆或隔扇隔開，供人起居的空間。

動手寫，成效加倍！

③ ________

～ ba n／～拔恩

在幾個裡面，排在什麼地方，表示順序的詞。

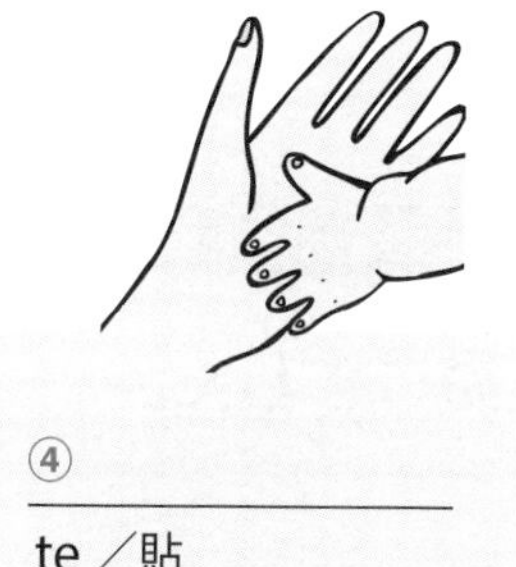

④ ________

te／貼

從手腕到指頭的部分。相當於英文的「hand」；又指從肩膀到指尖的部分。相當於英文的「arm」。

⑤ ________

ko n ba n wa／叩恩拔恩娃

晚上遇到熟人，或是到別人家拜訪時，首先說的寒暄語。

正確解答 ①あそこ ②部屋（へや） ③～番（ばん） ④手（て） ⑤こんばんは

文法 × 單字

同步學習！

形容詞く＋動詞

にほんごのたんご

起きる（お）

自上一 （倒著的東西）起來，立起來；起床；不睡

我每天早上都很早起床。

わたしは　毎朝（まいあさ）　早く（はや）　起きます（お）。

形容詞詞尾「い」改成「く」，可以修飾句子裡的動詞。

薄い（うす）　形 薄；淡，淺；待人冷淡

把麵包切薄。

パンを　薄く（うす）　切ります（き）。

試試看！比照上方說明，活用練習其他句子中的單字和文法。

其它例句

楽しい（たの）

形 快樂，愉快，高興

和大家玩得很愉快。

みんなで　楽しく（たの）　遊びました（あそ）。

ボタン

名 扣子，鈕釦；按鈕

用力地按下了按鈕。

ボタンを　強く（つよ）　押しました（お）。

段々（だんだん）

副 漸漸地

聲音逐漸變大了。

音が（おと）　だんだん　大きく（おお）　なりました。

☑ 形音義記憶練習

記住這些單字了嗎？

□起（お）きる　□薄（うす）い　□楽（たの）しい　□ボタン　□段々（だんだん）

參考形、音、義在底線處寫出正確單字。

合格記憶三步驟：
① 發音練習
② 圖像記憶
③ 最完整字義解說

① ________________
u su i ／烏蘇衣

表示東西的厚度薄，沒有深度。又指顏色或味道淡。

② ________________
ta no shi i ／她挪西～

表示客觀的滿意的狀態，非常高興，心裡很興奮。

動手寫，成效加倍！

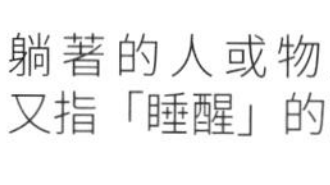

③ ________________
o ki ru ／歐克衣路

躺著的人或物立起來。又指「睡醒」的意思。

④ ________________
bo ta n ／伯她恩

釘在衣服的接合處，扣在另一側的小孔裡，起係和作用的東西。又指機器等的按鈕。

⑤ ________________
da n da n ／答恩答恩

動作在逐漸進行中，或狀態在逐步變化的樣子。

正確解答

①薄（うす）い　②楽（たの）しい　③起（お）きる　④ボタン　⑤段々（だんだん）

文法 × 單字

同步學習！

形容詞＋名詞

名 襯衫

我想要藍色的襯衫。

青（あお）い　ワイシャツが　ほしいです。

形容詞要修飾名詞，就是把名詞直接放在形容詞後面。

重（おも）い　形（份量）重，沉重；（心情）沈重，不開朗；（情況）嚴重

提了很重的行李。

重（おも）い　荷物（にもつ）を　持（も）ちました。

其它例句

強（つよ）い

形 強悍，有力；強壯，結實；堅強，堅決

她是個很堅強的人。

彼女（かのじょ）は、強（つよ）い　人（ひと）です。

幾（いく）ら

名 多少（錢，價格，數量等）

那條長裙多少錢？

その　長（なが）い　スカートは、いくらですか。

左（ひだり）

名 左，左邊；左手

銀行的左邊，有一棟高大的建築物。

銀行（ぎんこう）の　左（ひだり）には、高（たか）い　建物（たてもの）が　あります。

☑ 形音義記憶練習

記住這些單字了嗎？

☐ワイシャツ (white shirt)　☐重(おも)い　☐強(つよ)い　☐幾(いく)ら　☐左(ひだり)

參考形、音、義在底線處寫出正確單字。

合格記憶三步驟：
① 發音練習
② 圖像記憶
③ 最完整字義解說

① ________

wa i sha tsu ／瓦衣蝦朱

男子在西服上衣下面，穿的長袖襯衫。

② ________

tsu yo i ／朱呦烏衣

與其他相比，在力量、技術、能力等優越；又指作用於他物的力量或勢頭大。

動手寫，成效加倍！

③ ________

i ku ra ／衣哭拉

詢問數量、價錢或份量的詞。多少；不確定的數量、價錢，份量或程度等，強調其多或少時用的詞。

④ ________

hi da ri ／喝衣答力

人體上位於心臟的那一側。

⑤ ________

o mo i ／歐某衣

拿起或移動物體時，感到需要很大力量；也指心情不好。

①ワイシャツ　②強(つよ)い　③幾(いく)ら　④左(ひだり)　⑤重(おも)い

文法 × 單字

同步學習！

形容詞＋の

小さい（ちい）

形 小的；微少，輕微；幼小的；瑣碎，繁雜

我想要小的。

小さいのが　ほしいです。

形容詞後面接「の」，這個「の」是一個代替名詞，代替句中的某個名詞。

嫌（いや）

形動 討厭，不喜歡，不願意；厭煩，厭膩；不愉快

我不喜歡黑襯衫。最好是白色的。

黒い（くろ）　シャツは　嫌（いや）です。白い（しろ）のが　いいです。

其它例句

高い（たか）

形 高，（價錢）貴的

貴一點的肉比較好吃。

肉（にく）は　高い（たか）のが　おいしいです。

もっと

副 更，再，進一步，更稍微

有沒有更便宜一點的？

もっと　安い（やす）のは　ありますか。

鳥（とり）

名 鳥，禽類的總稱；雞

鳥兒有大也有小。

鳥（とり）には、大きい（おお）のも　小さい（ちい）のも　あります。

☑ 形音義記憶練習

記住這些單字了嗎？

□小さい（ちい）　□嫌（いや）　□高い（たか）　□もっと　□鳥（とり）

參考形、音、義在底線處寫出正確單字。

①＿＿＿＿＿＿＿＿

mo tto／某＾投

表示再加大現有的程度或數量的樣子。

合格記憶三步驟：
① 發音練習
② 圖像記憶
③ 最完整字義解說

②＿＿＿＿＿＿＿＿

chi i sa i／七～沙衣

表示物體的面積和體積，或者事物的規模和範圍比別的量小。又指數量、程度、年齡小。

動手寫，成效加倍！

③＿＿＿＿＿＿＿＿

ta ka i／她卡衣

表示價格高，需要很多錢。

④＿＿＿＿＿＿＿＿

i ya／衣押

很不願意接納，對事物或人不快的樣子。貶義詞。多半是主觀上的厭惡，有時候沒有明確的理由。

⑤＿＿＿＿＿＿＿＿

to ri／投力

全身都有毛，大部分都可以在空中飛，卵生動物。鳥類的總稱。

助詞
接尾語
副詞
疑問詞
指示代名詞
形容詞
形容動詞
動詞
名詞
各種文型

正確解答　①もっと　②小さい（ちい）　③高い（たか）　④嫌（いや）　⑤鳥（とり）

練習をしましょう 復習⑳ 文法題

I [a,b] の中から正しいものを選んで、○をつけなさい。

① 声を (a. 小さな　b. 小さく) 話してください。

② (a. 小さい　b. 小さくて) 犬が好きです。

③ (a. 新しいの　b. 新しい) 友達ができました。

④ もっと (a. 安い　b. 安く) のはありますか。

⑤ (a. 暑い　b. 暑くて)、気分が悪いです。

⑥ ここは緑が (a. 多くて　b. 多く) 広いです。

⑦ 野菜を (a. 小さく　b. 小さいの) 切ります。

II 下の文を正しい文に並べ替えなさい。＿＿＿に数字を書きなさい。

① コーヒー ＿＿＿ ＿＿＿ ＿＿＿ ＿＿＿ ください。

1. の　2. 冷たい　3. を　4. は

② ＿＿＿ ＿＿＿ ＿＿＿ ＿＿＿ ください。

1. 少し　2. 大きく　3. もう　4. 書いて

③ ＿＿＿ ＿＿＿ ＿＿＿ ＿＿＿ が入って来ました。

1. から　2. 外　3. 風　4. 涼しい

練習をしましょう

單字題

Ⅰ [a ～ e] の中から適当な言葉を選んで、(　　) に入れなさい。

a. 軽い　b. 少ない　c. 上手　d. 遠い　e. 熱い

① 丈夫で (　　　　　　　) 靴が欲しいです。

② 松本さんのお父さんは料理が (　　　　　　　) です。

③ 私の家は駅から (　　　　　　　) です。

④ (　　　　　　　) コーヒーが飲みたいです。

Ⅱ [a ～ e] の中から適当な言葉を選んで、(　　) に入れなさい。

a. 賑やか　b. つまらない　c. 静か　d. 汚い　e. 広い

① うるさいですよ。(　　　　　　　) にしてください。

② 手が (　　　　　　　) ですよ。洗ってください。

③ この文章は (　　　　　　　) です。面白くないです。

④ 昨日のパーティーは人が大勢来て、とても (　　　　　　　) でした。

Ⅲ [a ～ e] の中から適当な言葉を選んで、(　　) に入れなさい。

a. 空　b. 鳥　c. 岩　d. 卵　e. 海

① 今日の (　　　　　　　) は曇っています。

② この山は (　　　　　　　) がたくさんあります。

③ (　　　　　　　) に泳ぎに行きましょう。

④ 山にきれいな (　　　　　　　) がたくさんいました。

形容詞、形容動詞

形容詞

說明客觀事物的性質、狀態或主觀感情、感覺的詞。主要是由名詞或具有名詞性質的詞加「い」或「しい」構成的。例如：

赤(あか)い／紅色的　白(しろ)い／白色的　楽(たの)しい／開心的

形容詞詞幹＋「さ」變成名詞，表示程度。

重(おも)い／重的 → 重(おも)さ／重量　深(ふか)い／深的 → 深(ふか)さ／深度

形容動詞

形容動詞的意義和作用跟形容詞完全相同。只是形容動詞的詞尾是「だ」。

1. 詞幹是由一個或一個以上的漢字＋假名構成。例如：

静(しず)かだ／安靜　豊(ゆた)かだ／豐足的

2. 詞幹事由兩個或以上的漢字構成。例如：

綺麗(きれい)だ／美的　立派(りっぱ)だ／壯麗的　不自由(ふじゆう)だ／不自由的

形容動詞＋「さ」變成名詞，表示程度。

丈夫(じょうぶ)だ／堅固的 → 丈夫(じょうぶ)さ／堅固度

大切(たいせつ)だ／重要的 → 大切(たいせつ)さ／重要性

Lesson 7

形容動詞

形容動詞で

名 公園

那座公園既漂亮又寬廣。

あの　公園（こうえん）は　きれいで　大（おお）きいです。

形容動詞詞尾「だ」改成「で」，表示句子暫時停頓，還有原因和並列（連接形容詞或形容動詞時）之意。

立派（りっぱ）　形動 了不起，出色，優秀；漂亮，美觀

你的父親既優秀又了不起。

あなたの　お父（とう）さんは、立派（りっぱ）で　すばらしいです。

試試看！比照上方說明，活用練習其他句子中的單字和文法。

其它例句

水（みず）　名 水

我想喝乾淨又冰涼的水。

きれいで　冷（つめ）たい　水（みず）が　飲（の）みたいです。

紙（かみ）　名 紙

我要用既堅固又平薄的紙張。

丈夫（じょうぶ）で　薄（うす）い　紙（かみ）を　使（つか）います。

便利（べんり）　形動 方便，便利

哪一家店既方便又便宜？

どの　店（みせ）が　便利（べんり）で　安（やす）いですか。

形音義記憶練習

記住這些單字了嗎？

□公園（こうえん）　□立派（りっぱ）　□水（みず）　□紙（かみ）　□便利（べんり）

參考形、音、義在底線處寫出正確單字。

合格記憶三步驟：
① 發音練習
② 圖像記憶
③ 最完整字義解說

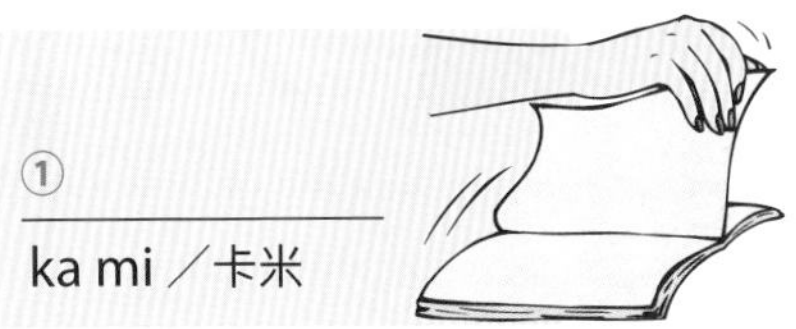

① ________

ka mi ／卡米

用植物纖維等製造的，用來書寫或印刷等的薄而平的東西。

② ________

ko o e n ／叩～耶恩

為了許多人休息、娛樂而建造的庭院式的地方。

③ ________

ri ppa ／力＾趴

形容人時，指十分優秀；形容事物時，表示豪華、威嚴、高價等，一般不用在小東西。

④ ________

mi zu ／米租

自然存在的無色、無味、透明而涼的液體。攝氏 0 度結冰，100 度沸騰。生活中不可或缺的東西。

⑤ ________

be n ri ／貝恩力

指做某事十分有用而且方便。常使用在一般生活會話中。

文法 × 單字

同步學習！

形容動詞に＋動詞

名 膠布；錄音帶，卡帶

整齊地貼上膠布。

きれいに　テープを貼（は）りました。

形容動詞詞尾「だ」改成「に」，可以修飾句子裡的動詞。

乗（の）る　自五 騎乘，坐；登上

熟練地騎腳踏車。

自転車（じてんしゃ）に　上手（じょうず）に　乗（の）ります。

試試看！比照上方說明，活用練習其他句子中的單字和文法。

其它例句

火（ひ）
名 火；火焰

火靜靜地燃燒著。

▸▸ 火（ひ）が　静（しず）かに　燃（も）えて　います。

咲（さ）く
自五 開（花）

花開得很漂亮。

▸▸ 花（はな）が　きれいに　咲（さ）きました。

作文（さくぶん）
名 作文

寫了一篇很棒的作文。

▸▸ 作文（さくぶん）を　上手（じょうず）に　書（か）きました。

☑ 形音義記憶練習

記住這些單字了嗎？

□テープ (tape)　□乗る　□火　□咲く　□作文

參考形、音、義在底線處寫出正確單字。

合格記憶三步驟：
① 發音練習
② 圖像記憶
③ 最完整字義解說

① ______
no ru ／挪路

乘入電車、自用車等交通工具，置身於交通工具上；又指上到某物上面。相反詞是「降りる（おりる）」。

② ______
te e pu ／貼～撲

用布、紙、塑膠製作的窄的帶狀物。膠帶。彩帶；又指用於錄音或錄影的，表面有磁性的帶狀物。

動手寫，成效加倍！

③ ______
sa ku ／沙哭

花蕾展開。

④ ______
hi ／喝衣

物質與氧化合發出熱和光燃燒的現象。也指當時發出的光、熱、火焰。

⑤ ______
sa ku bu n ／沙哭不恩

指寫文章。特別是指小學或中學裡，上國文課時寫的文章。

正確解答　①乗る　②テープ　③咲く　④火　⑤作文

文法 × 單字

同步學習！

形容動詞な＋名詞

にほんごのたんご

靴（くつ）

名 鞋子

好漂亮的鞋子啊！

きれいな　靴（くつ）ですね。

形容動詞要後接名詞，是把詞尾「だ」改成「な」，再接上名詞。這樣就可以修飾後面的名詞了。

コート (coat)　名 外套，大衣；（西裝的）上衣

買了很耐穿的外套。

丈夫（じょうぶ）な　コートを　買（か）いました。

試試看！比照上方說明，活用練習其他句子中的單字和文法。

其它例句

～語（ご）
接尾 ～語

他說一口很流利的英文。

彼（かれ）は、上手（じょうず）な　英語（えいご）を　話（はな）します。

玄関（げんかん）
名（建築物的）正門，前門，玄關

惹人厭的人來到了玄關。

嫌（いや）な　人（ひと）が、玄関（げんかん）に　来（き）て　います。

結構（けっこう）
形動 很好，漂亮；可以，足夠；（表示否定）不用，不要

謝謝你送我這麼好的東西。

結構（けっこう）な　ものを　ありがとう　ございます。

☑ 形音義記憶練習

記住這些單字了嗎？

□靴（くつ） □コート (coat) □〜語（ご） □玄関（げんかん） □結構（けっこう）

參考形、音、義在底線處寫出正確單字。

合格記憶三步驟：
① 發音練習
② 圖像記憶
③ 最完整字義解說

① ______

〜 go／〜勾

接在國家的詞後面，表示那一國家的語言。

② ______

ge n ka n／給恩卡恩

在住宅的正面，用來進出的出入口。

動手寫，成效加倍！

③ ______

ku tsu／哭朱

用皮革、塑膠、布、木頭等製成的，把腳伸進去穿著走路的東西。

④ ______

ko o to／叩〜投

為了防寒或遮雨，在西服或和服外面穿的衣服。

⑤ ______

ke kko o／克ㄟ＾叩〜

非常好，程度高的樣子。用在對結果，或現象表示肯定和滿足的時候。又表示拒絕對方「不用了」。

正確解答 ①〜語（ご） ②玄関（げんかん） ③靴（くつ） ④コート ⑤結構（けっこう）

文法 × 單字　同步學習！

形容動詞な＋の

丈夫（じょうぶ）

形動（身體）健壯，健康；堅固，結實

我想要堅固的。

丈夫（じょうぶ）なのが　ほしいです。

形容動詞後面接代替句中的某個名詞「の」時，要將詞尾「だ」變成「な」。

これ　代 這個，此；這人

這個有點髒，請給我乾淨的。

これは　汚（きたな）いから、きれいなのをください。

試試看！比照上方說明，活用練習其他句子中的單字和文法。

其它例句

スポーツ(sports)

名 體育，運動；運動比賽

我不擅長的就是運動。

私（わたし）が　下手（へた）なのは、スポーツです。

煙草（たばこ）

名 香煙；煙草

她討厭抽煙的人。

彼女（かのじょ）が　きらいなのは、煙草（たばこ）を　吸（す）う人（ひと）です。

☑ 形音義記憶練習

記住這些單字了嗎？

□丈夫（じょうぶ） □これ □スポーツ (sports) □煙草（たばこ）

參考形、音、義在底線處寫出正確單字。

合格記憶三步驟：
① 發音練習
② 圖像記憶
③ 最完整字義解說

① ______________

su po o tsu ／蘇波烏雌

離開日常工作，輕鬆愉快地進行的各種運動、球類以及登山等。

② ______________

ta ba ko ／她拔叩

在旱田種植的一年生草本植物。夏天開淡紅色花。橢圓形的大葉子含有尼古丁。

③ ______________

jo o bu ／久～不

身體健康、結實的樣子。又指東西堅固，不容易損壞的樣子。

④ ______________

ko re ／叩雷

指示離說話者近的場所或事物的詞。

正確解答 ①スポーツ ②煙草（たばこ） ③丈夫（じょうぶ） ④これ

練習をしましょう 復習㉑ 文法題

I [a,b] の中から正しいものを選んで、○をつけなさい。

① この靴は （a. 丈夫で　b. 丈夫に） 安いです。

② ここは （a. 賑やかなので　b. 賑やかで）、駅に近い。

③ どうぞ、あなたの （a. 好きな　b. 好きなの） を取ってください。

④ 母はお金を （a. 大切に　b. 大切で） 使っています。

⑤ 息子は （a. 立派の　b. 立派な） 大人になりました。

⑥ 鈴木さんは茶碗やコップを （a. きれい　b. きれいに） 洗いました。

⑦ この学校は （a. 有名で　b. 有名では） ありません。

II 下の文を正しい文に並べ替えなさい。＿＿に数字を書きなさい。

① この中で、＿＿ ＿＿ ＿＿ ＿＿ 誰ですか。

1. きれいな　2. 一番　3. は　4. の

② ＿＿ ＿＿ ＿＿ ＿＿、なくさないでください。

1. です　2. から　3. 大切な　4. 紙

③ 兄にもらった辞書 ＿＿ ＿＿ ＿＿ ＿＿。

1. 使います　2. に　3. を　4. 大切

練習をしましょう

單字題

I [a ～ e]の中から適当な言葉を選んで、(　　)に入れなさい。(必要なら形を変えなさい)

a. 結構　b. 本当　c. いろいろ　d. 大丈夫　e. 大切

① 赤や黒や緑など(　　　　　　)色の紙があります。

② 家庭と仕事とどちらが(　　　　　　)ですか。

③ 昨日のパーティーは(　　　　　　)に楽しかったです。

④ 「痛いですか。」「いいえ、(　　　　　　)です。」

II [a ～ e]の中から適当な言葉を選んで、(　　)に入れなさい。

a. 同じ　b. 下手　c. 便利　d. 大変　e. 嫌

① 高橋さんは(　　　　　　)シャツを3枚持っています。

② 昨日は掃除をしたり、洗濯をしたりで、(　　　　　　)でした。

③ 夜の道を一人で歩くのは(　　　　　　)です。

④ 新しい家は駅から近いので、(　　　　　　)です。

III [a ～ e]の中から適当な言葉を選んで、(　　)に入れなさい。(必要なら形を変えなさい)

a. 洗う　b. 泳ぐ　c. 言う　d. 被る　e. 咲く

① あの帽子を(　　　　　　)いる女の子は楊さんです。

② 今日はいい天気です。プールに(　　　　　　)に行きましょう。

③ 「さようなら」と(　　　　　　)電話を切りました。

④ トイレのあとは、手を(　　　　　　)ましょう。

● 動詞①

表示人或事物的存在、動作、行為和作用的詞叫做動詞。動詞又分為「自動詞」和「他動詞」。「自動詞」不需要有受詞，就可以表達一個完整的意思，相當於英文的「不及物動詞」；「他動詞」需要有受詞，才能表達一個完整的意思，相當於英文的「及物動詞」。

動詞按型態和變化規律，可分為5種：

上一段動詞

動作的活用詞尾，在50音圖的「い段」上變化的叫上一段動詞。一般由有動作意義的漢字後面加兩個平假名構成。最後一個假名為「る」。「る」前面的假名一定在「い段」上。例如：

起(お)きる／起床　　過(す)ぎる／過度　　落(お)ちる／落下

下一段動詞

動詞的活用詞尾在50音圖的「い段」上變化的叫下一段動詞。一般由一個有動作意義的漢字後面加兩個平假名構成。最後一個假名為「る」。例如：

食(た)べる／吃　　受(う)ける／受到

只是，也有「る」前面不夾進其他假名的，但這個漢字讀音一般也在「い段」或「え段」上。例如：

寝(ね)る／睡覺　　居(い)る／在　　見(み)る／看

Lesson 8

動詞

文法 × 單字

同步學習！

track-32

～が＋自動詞

開く（あ）

自五 打開，開（著）；開業

門要開了。

ドアが　開（あ）きます。

動詞沒有動作所涉及的對象，然後名詞後面接「が」，這樣的動詞叫「自動詞」。

始（はじ）まる　自五 開始，開頭

上課了。

授業（じゅぎょう）が　始（はじ）まります。

試試看！比照上方說明，活用練習其他句子中的單字和文法。

其它例句

どなた

代 哪位，誰

誰在跑啊？

どなたが　走（はし）って　いますか。

4（し）

名 4；4個；4次；4方

小孩在4月出生。

4月（しがつ）に　子（こ）どもが　生（う）まれました。

形音義記憶練習

記住這些單字了嗎？

□開く（あ） □始まる（はじ） □どなた □4（し）

參考形、音、義在底線處寫出正確單字。

合格記憶三步驟：
① 發音練習
② 圖像記憶
③ 最完整字義解說

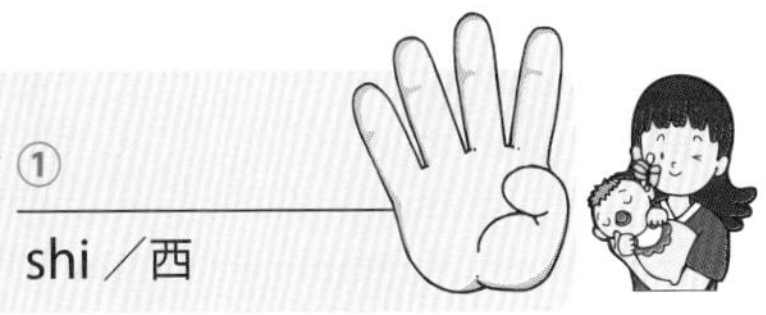

① ________
shi／西

數目中的４。３的下一個數字。

② ________
a ku／阿哭

關閉的東西開了；又指沒有障礙物阻擋，可以自由地進出了。

動手寫，成效加倍！

③ ________
do na ta／都那她

詢問「您是誰」的詞。
不定稱的人稱代名詞。
「だれ」的敬稱。

④ ________
ha ji ma ru／哈雞媽路

開始以前完全沒有的事物，進入新的局面。

正確解答 ①4（し） ②開く（あ） ③どなた ④始まる（はじ）

文法 × 單字

同步學習！

…を＋他動詞

にほんごのたんご

開(あ)ける ▶ ドアを　開(あ)けます。

把門打開。

他下一 打開；開始

動詞要有動作所涉及的對象，然後名詞後面接「を」來表示目的語，這樣的動詞叫「他動詞」。

始(はじ)める　他下一 開始，開創

授業(じゅぎょう)を　始(はじ)めます。

開始上課。

試試看！比照上方說明，活用練習其他句子中的單字和文法。

其它例句

二(ふた)つ

名（數）二；兩個；兩歲；兩邊，雙方

▶▶ 消しゴムを　二(ふた)つ　買(か)いました。

買了兩個橡皮擦。

スリッパ (slipper)

名 拖鞋

▶▶ 家(いえ)の　中(なか)では、スリッパを　はきます。

在家裡穿拖鞋。

売(う)る

他五 賣，販賣；沽名；出賣

▶▶ デパートで、かわいい　スカートを　売(う)って　いました。

百貨公司裡有在賣很可愛的裙子。

フィルム (film)

名 底片，膠片；影片；電影

▶▶ カメラに　フィルムを　入(い)れました。

將底片裝進相機。

☑ 形音義記憶練習

記住這些單字了嗎？

□ 開（あ）ける　□ 始（はじ）める　□ 二（ふた）つ
□ スリッパ (slipper)　□ 売（う）る　□ フィルム (film)

參考形、音、義在底線處寫出正確單字。

合格記憶三步驟：
① 發音練習
② 圖像記憶
③ 最完整字義解說

① ______

ha ji me ru ／哈雞妹路

表示開始新的行動、事物，開始做。

② ______

u ru ／烏路

把東西、權利及創意等收錢以後交給對方。相反詞是「買う（かう）」。

③ ______

fi ru mu ／呼依路木

在薄薄的膠捲上，塗了感光乳劑，用於照相或電影。

④ ______

fu ta tsu ／呼她朱

計算東西或年齡的第２個數字。

⑤ ______

su ri ppa ／蘇力＾趴

取代鞋子，在家中穿的西式室內鞋。

⑥ ______

a ke ru ／阿克ㄟ路

把關著的東西打開；又指把佔著地方的東西去掉。騰出。

正確解答　①始（はじ）める　②売（う）る　③フィルム　④二（ふた）つ　⑤スリッパ　⑥開（あ）ける

文法 × 單字

同步學習！

動詞＋て

名（西式的）門；（任何出入口的）門

打開門到外頭去。

ドアを　開(あ)けて、外(そと)に出(で)ます。

表示動作、作用連續進行，也表示原因、理由。

石鹸(せっけん)　名 香皂，肥皂

抹香皂洗身體。

石鹸(せっけん)を　つけて、体(からだ)を　洗(あら)いました。

試試看！比照上方說明，活用練習其他句子中的單字和文法。

其它例句

終(お)わる
自五 結束

上完課就回家。

授業(じゅぎょう)が　終(お)わって、うちに　帰(かえ)ります。

ゼロ
名（數）零；沒有

從零開始努力到現在。

ゼロから　始(はじ)めて、ここまで　がんばった。

休(やす)む
自五 休息，歇息；停歇，暫停；睡，就寢

感冒而向公司請假。

風邪(かぜ)を　引(ひ)いて、会社(かいしゃ)を　休(やす)みます。

☑ 形音義記憶練習

記住這些單字了嗎？

□ドア (door)　□石鹸（せっけん）　□終（お）わる　□ゼロ　□休（やす）む

參考形、音、義在底線處寫出正確單字。

合格記憶三步驟：
① 發音練習
② 圖像記憶
③ 最完整字義解說

① ______

ze ro ／瑞落

指正數和負數中間的數，這是實數，而不是「無」。0；又指什麼都沒有，也就是把「無」用數字表示。

② ______

do a ／都阿

家或建築物中可以進出、關閉，西式帶合頁的門。一般指前後開關的門。

動手寫，成效加倍！

③ ______

se kke n ／水＾克ㄟ恩

用油脂和氫氧化納製成的洗滌用品。易溶於水。用於去除身體或衣服等的污垢。

④ ______

ya su mu ／押蘇木

把工作或活動停下，使身心的疲勞得以解除；把一直做的事，停止一段時間；就寢睡覺。

③ ______

o wa ru ／歐瓦路

結束以前做過的，或是正在持續的事情。相反詞是「始まる（はじまる）」。

正確解答　①ゼロ　②ドア　③石鹸（せっけん）　④休（やす）む　⑤終（お）わる

動詞＋ないで

蛋請不要吃太多。

卵（たまご）を　あまり　食（た）べないで　ください。

名 蛋，卵；鴨蛋

表示委婉的禁止。可譯作「不要」。

電気（でんき） 名 電力；電燈；電器

請不要開燈。

電気（でんき）を　つけないで　ください。

試試看！比照上方說明，活用練習其他句子中的單字和文法。

其它例句

～過（す）ぎ 接尾 超過～，過了～，過渡

過了晚上 10 點，請別打電話過來。

夜（よる）10時（じゅうじ）過（す）ぎに、電話（でんわ）を　かけて　こないで　ください。

差（さ）す 他五 撐（傘等）

不撐傘在雨中行走。

傘（かさ）を　ささないで、雨（あめ）の　中（なか）を　歩（ある）きました。

本（ほん） 名 書，書籍

請不要看書回答。

本（ほん）を　見（み）ないで、答（こた）え　なさい。

☑ 形音義記憶練習

記住這些單字了嗎？

□卵（たまご） □電気（でんき） □～過ぎ（す） □差す（さ） □本（ほん）

參考形、音、義在底線處寫出正確單字。

合格記憶三步驟：
① 發音練習
② 圖像記憶
③ 最完整字義解說

① ____________

sa su／沙蘇

指把傘撐在頭上。又指光線照射。

② ____________

ho n／後恩

把印有文章或繪畫等的印刷物，裝訂在一起的東西。

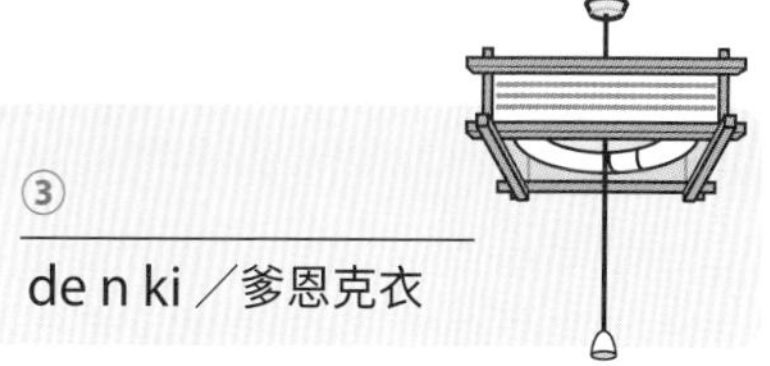

③ ____________

de n ki／爹恩克衣

能源的一種形式。啟動電燈、電腦，讓電車、地鐵、工廠能運作的能源。又指電器、電燈。

④ ____________

ta ma go／她媽勾

鳥或魚、蟲等雌性生的東西。又專門指母雞生的蛋。

⑤ ____________

～ su gi／～蘇篕

上接動詞連用形，形容詞、形容動詞的詞幹，表示程度超過一般水準，超過限度的意思。

正確解答 ①差す（さ） ②本（ほん） ③電気（でんき） ④卵（たまご） ⑤～過ぎ（す）

練習をしましょう 復習㉒ 文法題

I [a,b] の中から正しいものを選んで、○をつけなさい。

① シャワー (a. に　b. を) 浴びます。

② ここを押すと電気 (a. が　b. を) つきます。

③ 晩ご飯を (a. 食べなくて　b. 食べないで) 寝ます。

④ お金が (a. なかった　b. なくて)、困っています。

⑤ 辞書を (a. 引いて　b. 引かて)、新しい言葉を覚えます。

II 下の文を正しい文に並べ替えなさい。______に数字を書きなさい。

① 家の前 ______ ______ ______ ______。

1. 車　2. 止まりました　3. が　4. に

② 日本語で ______ ______ ______ ______ です。

1. たい　2. を　3. インターネット　4. 使い

③ ______ ______ ______ ______ 出ました。

1. 買わないで　2. お店　3. 何も　4. を

④ 山田さんは ______ ______ ______ ______。

1. を　2. 仕事　3. 困ります　4. しなくて

練習をしましょう 復習㉒

單字題

I [a ～ e]の中から適当な言葉を選んで、(　　)に入れなさい。(必要なら形を変えなさい)

a. 消える　b. 開く　c. 消す　d. 閉まる　e. 開ける

① ドアを引いて(　　　　　　　)ください。

② この銀行は夜8時まで(　　　　　　　)います。

③ 出かける前に電気を(　　　　　　　)ください。

④ マッチの火が(　　　　　　　)しまいました。

II [a ～ e]の中から適当な言葉を選んで、(　　)に入れなさい。

a. 本　b. ノート　c. コピー　d. ボールペン　e. 葉書

① 日本語の単語を覚えるために、(　　　　　　　)に書いて勉強します。

② 図書館に(　　　　　　　)を返しに行きます。

③ 私は(　　　　　　　)ではなく鉛筆で手紙を書きました。

④ 周さんは新聞の(　　　　　　　)を取っています。

III [a ～ e]の中から適当な言葉を選んで、(　　)に入れなさい。(必要なら形を変えなさい)

a. 掛かる　b. 並べる　c. 掛ける　d. 並ぶ　e. 始まる

① 先週の仕事はどれぐらい時間が(　　　　　　　)か。

② テーブルの上にお皿を(　　　　　　　)ください。

③ 映画は3時から(　　　　　　　)、4時半に終わります。

④ 切符を買う人はそこに(　　　　　　　)ください。

文法 × 單字

同步學習！

動詞＋てあります

にほんごのたんご

貼る（は）

他五 貼上，糊上，黏上

有貼著郵票。

切手（きって）が　貼（は）って　あります。

表示某一意圖性的動作結束之後，那一動作的結果還存在的狀態。可譯作「…著」、「已…了」。

掛ける（か）　他下一 掛在（牆壁）；戴上（眼鏡），蒙上；繫上，捆上

外套掛著。

コートが　掛（か）けて　あります。

試試看！比照上方說明，活用練習其他句子中的單字和文法。

其它例句

出す（だ）

他五 拿出，取出；伸出，探出；寄

夏季的衣服已經拿出來了。

夏（なつ）の　服（ふく）が　出（だ）して　あります。

作る（つく）

他五 做，製造；創造

晚餐已做好了。

晩（ばん）ご飯（はん）は、作（つく）って　あります。

戸（と）

名 門；大門；窗戶

窗戶開著。

戸（と）が　開（あ）けて　あります。

☑ 形音義記憶練習

記住這些單字了嗎？

□貼(は)る □掛(か)ける □出(だ)す □作(つく)る □戸(と)

參考形、音、義在底線處寫出正確單字。

合格記憶三步驟：
① 發音練習
② 圖像記憶
③ 最完整字義解說

① ________________

da su／答蘇

使其從裡向外移動。拿出；又指郵寄信件或包裹。寄出。

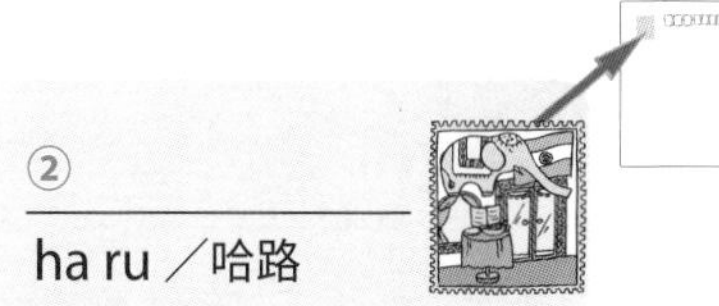

② ________________

ha ru／哈路

用漿糊等黏上。

動手寫，成效加倍！

③ ________________

tsu ku ru／朱哭路

加工（一般是用手操作的）原料、材料，製成新的物品。做。製造；造出全新的東西。創建。

④ ________________

ka ke ru／卡克ㄟ路

把東西牢牢地固定住，以免脫落。使穩固地成為那種狀態。又指打電話等取得聯繫。

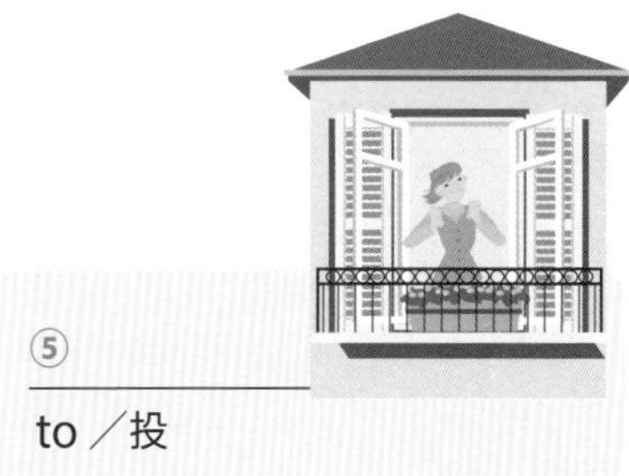

⑤ ________________

to／投

安裝在建築物的出入口，能夠開關的板狀物。一般指左右開啟的門；又指窗戶。

正確解答 ①出(だ)す ②貼(は)る ③作(つく)る ④掛(か)ける ⑤戸(と)

文法 × 單字

同步學習！

動詞＋ています

にほんごのたんご

吸う（す）

他五 吸，抽；啜；吸收

爸爸正在抽煙。

父（ちち）は　煙草（たばこ）を　吸（す）って　います。

表示動作正在進行，也表示動作或作用結束後的結果，還繼續存在的狀態。可譯作「正在…」、「…著」、「…了」。

止まる（と）　自五 停，停止，停靠

巴士停靠在公車總站。

バスが　停留所（ていりゅうじょ）に　止（と）まって　います。

試試看！比照上方說明，活用練習其他句子中的單字和文法。

其它例句

並ぶ（なら）

自五 並排，並列，對排；同時存在

書本並排著。

本（ほん）が　並（なら）んで　います。

窓（まど）

名 窗戶

窗戶是開著的。

窓（まど）は　開（あ）いて　います。

勤める（つと）

名 工作，任職；擔任（某職務）

在公司上班。

会社（かいしゃ）に　勤（つと）めて　います。

☑ 形音義記憶練習

記住這些單字了嗎？

□吸（す）う □止（と）まる □並（なら）ぶ □窓（まど） □勤（つと）める

參考形、音、義在底線處寫出正確單字。

合格記憶三步驟：
① 發音練習
② 圖像記憶
③ 最完整字義解說

① ______

to ma ru／投媽路

人、交通工具和機器等動的東西停止活動力；也指發出的東西不出了，或連續的東西斷了。止住。

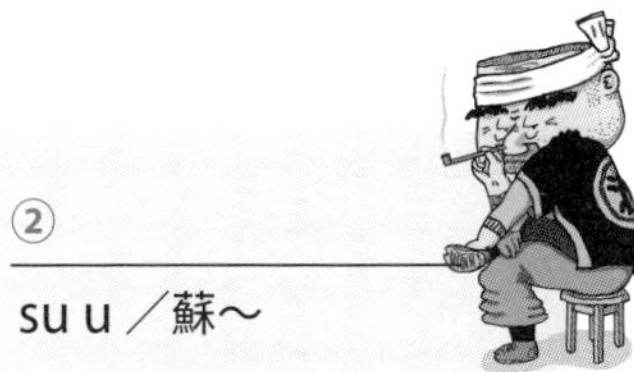

② ______

su u／蘇～

把氣體或液體從口、鼻吸入體內。從嘴巴進入的動詞有「吸う」（吸入）、「食べる」（吃）、「飲む」（喝）。

③ ______

na ra bu／那拉不

某物和其他物處於橫向相鄰的位置。並排；又指A後是B，B後是C，排成行列。

④ ______

tsu to me ru／朱投妹路

為了獲得金錢，成為某一組織的一份子，每天上班做一定的工作。

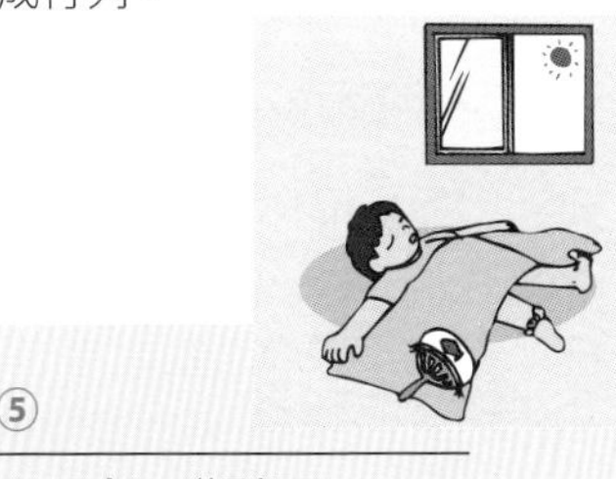

⑤ ______

ma do／媽都

為了採光、換氣或展望等，在牆壁或天花板上所設的開口。

正確解答 ①止（と）まる ②吸（す）う ③並（なら）ぶ ④勤（つと）める ⑤窓（まど）

文法題

I [a,b] の中から正しいものを選んで、○をつけなさい。

① 毎朝早く起きて、公園まで (a. 走っています b. 走りました)。

② マリさんは今テレビを (a. 見っています b. 見ています)。

③ 私の兄は今年から銀行に (a. 勤めています b. 勤めましょう)。

④ お皿はきれいに洗って (a. あります b. います)。

⑤ 冷蔵庫にビールが入って (a. できます b. います)。

⑥ 教室の壁にカレンダーが掛かって (a. します b. います)。

⑦ 狭い部屋ですが、いろんな家具が置いて (a. あります b. いません)。

II 下の文を正しい文に並べ替えなさい。_____に数字を書きなさい。

① 交番の前 _____ _____ _____ _____ います。

1. に　2. 立って　3. が　4. おまわりさん

② 父は _____ _____ _____ _____ しています。

1. を　2. 仕事　3. アメリカ　4. で

③ 田中さんは白い _____ _____ _____ _____。

1. います　2. を　3. 帽子　4. かぶって

練習をしましょう

復習㉓ 單字題

Ⅰ [a ～ e]の中から適当な言葉を選んで、(　　)に入れなさい。(必要なら形を変えなさい)

a.立つ　b.行く　c.引く　d.売る　e.歩く

① 今晩映画を見に(　　　　　　　　)ませんか。

② おいしいパンを(　　　　　　　　)いる店を教えてください。

③ 私の家の西側に大きな木が(　　　　　　　　)います。

④ わからない言葉は字引を(　　　　　　　　)ください。

Ⅱ [a ～ e]の中から適当な言葉を選んで、(　　)に入れなさい。(必要なら形を変えなさい)

a.差す　b.住む　c.撮る　d.締める　e.勤める

① あの青いネクタイを(　　　　　　　　)いる人が田中さんです。

② 私は大阪に(　　　　　　　　)います。

③ 王さんは銀行に(　　　　　　　　)います。

④ 友達に海外で(　　　　　　　　)写真を見せました。

Ⅲ [a ～ e]の中から適当な言葉を選んで、(　　)に入れなさい。(必要なら形を変えなさい)

a.押す　b.飛ぶ　c.出す　d.貸す　e.入れる

① 鳥が空を(　　　　　　　　)います。

② 庭の花を切って、玄関の花瓶に(　　　　　　　　)みました。

③ ポケットから財布を(　　　　　　　　)、お金を払いました。

④ 電話をするときは、このボタンを(　　　　　　　　)ください。

動詞②

五段動詞

動詞的活用詞尾在 50 音圖的「あ、い、う、え、お」五段上變化的叫五段動詞。一般由一個或兩個有動作意義的漢字，後面加一個（或兩個）平假名構成。

1. 五段動詞的詞尾都是由「う段」假名構成。其中除去「る」以外，凡是「う、く、す、つ、ぬ、ふ、む」結尾的動詞，都是五段動詞。例如：

   買(か)う／購買　書(か)く／書寫　話(はな)す／說話

   待(ま)つ／等待　飛(と)ぶ／飛翔　読(よ)む／閱讀

2. 「漢字＋」的動詞一般為五段動詞，也是漢字後面只加一個「る」，「る」跟漢字之間不夾有任何假名的，95% 以上的動詞為五段動詞。例如：

   売(う)る／販賣　知(し)る／知道　帰(かえ)る／回家

   走(はし)る／跑步　要(い)る／需要

3. 個別的五段動詞在漢字與「る」之間又加進一個假名，但這個假名不在「い段」和「え段」上，所以，不是一段動詞，而是五段動詞。例如：「始まる、終わる」等等。

サ變動詞

サ變動詞只有一個詞「する」。活用時詞尾變化都在「サ行」上，稱為サ變動詞。另外有一些動作性名詞加上「する」構成的複合詞，也成サ變動詞。例如：

結婚(けっこん)する／結婚　勉強(べんきょう)する／學習

變動詞

只有一個動詞「来(く)る」。因為詞尾變化在「カ行」，所以叫做變動詞，由「く＋る」構成。它的詞幹和詞尾不能分開，也就是「く」既是詞幹，又是詞尾。

Lesson 9

名詞

文法 × 單字

同步學習！

track- 34

名詞で、…です

🅰醤油

這是醬油，那是鹽。

これは　醤油(しょうゆ)で、それは塩(しお)です。

並列名詞的時後，把「です」改成「で」，也就是「～で～です」的形式。

銀行(ぎんこう)　🅰銀行

那邊是車站，那邊是銀行。

そこが　駅(えき)で、あそこが　銀行(ぎんこう)です。

試試看！比照上方說明，活用練習其他句子中的單字和文法。

其它例句

そう

感嘆（回答）是，不錯

是的。這是我的，那是你的。

そうです。これが　私(わたし)ので、それがあなたのです。

どうぞよろしく

寒暄 請多指教

我是山田，這位是鈴木先生。請多指教。

私(わたし)が　山田(やまだ)で、この人(ひと)が　鈴木(すずき)さんです。どうぞよろしく。

☑ 形音義記憶練習

記住這些單字了嗎？

□醬油（しょうゆ） □銀行（ぎんこう） □そう □どうぞよろしく

參考形、音、義在底線處寫出正確單字。

合格記憶三步驟：
① 發音練習
② 圖像記憶
③ 最完整字義解說

① ____________

gi n ko o／
ㄍㄧ恩摳烏～

以接受存款、貸款、票據貼現、匯兌等為業務的金融機

關。

② ____________

so o／搜～

表示對對方所說的話和態

動手寫，成效加倍！

度同意的心情。

③ ____________

sho o yu／西呦烏～尤

給食物添加風味，廣泛地使用在日本、台灣、中國等地，用大豆、小麥、食鹽餐酵母素製成的調味料。

④ ____________

do o zo yo ro shi ku／
都～走呦烏落西哭

初次見面，請對方以後多多關照時說的話。

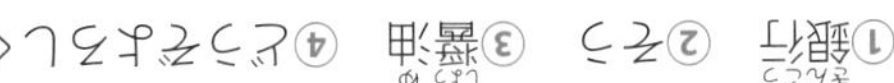

文法 × 單字

同步學習！

名詞＋の＋名詞

にほんごのたんご

鞄（かばん）

名 皮包，提包，公事包，書包

這是我的手提包。

これは、私（わたし）の　鞄（かばん）です。

名詞可以後接「の」，表示所有者、屬性等等。可譯作「…的…」。

下（した）

名（位置的）下，下面，底下；（身分、地位的）低下；年紀小

書本下有筆記本。

本（ほん）の　下（した）に　ノートが　あります。

其它例句

～くらい／ぐらい

副 大概，左右（數量或程度上的推測），上下

今天的氣溫約是30度左右。

今日（きょう）の　気温（きおん）は、30（さんじゅう）度（ど）　ぐらいです。

～台（だい）

接尾 ～台，～輛，～架

買了兩台德國車。

ドイツの　自動車（じどうしゃ）を　2台（にだい）　買（か）いました。

違（ちが）う

自五 不同，差異；錯誤

東京和大阪的用語有點不同。

東京（とうきょう）の　言葉（ことば）と　大阪（おおさか）の　言葉（ことば）は、少（すこ）し違（ちが）います。

☑ 形音義記憶練習

記住這些單字了嗎？

□鞄(かばん)　□下(した)　□～くらい／ぐらい　□～台(だい)　□違う(ちがう)

參考形、音、義在底線處寫出正確單字。

合格記憶三步驟：
① 發音練習
② 圖像記憶
③ 最完整字義解說

① ________

shi ta ／西她

位置低的地方。把物體丟下時的降落方向。

② ________

～ da i ／～答衣

計算機器或車子等等的詞。

③ ________

～ ku ra i・gu ra i ／
～哭拉衣・估拉衣

30°

表示數量或程度上的推測或估計。又念「ぐらい」。

④ ________

chi ga u ／七嘎烏

比較以後不一樣的狀態。不同；又指與正確的是不同的狀態。錯。不對。

⑤ ________

ka ba n ／卡拔恩

用來裝物品或書籍等，用手提著，方便攜帶的東西。用皮革、布、塑膠等製成。

正確解答 ①下(した)　②～台(だい)　③～くらい／ぐらい　④違う(ちがう)　⑤鞄(かばん)

文法 × 單字

同步學習！

名詞＋の

父（ちち）

名 家父，爸爸，父親

那是爸爸的。

それは　父（ちち）のです。

這裡的「の」後面可以省略後續的名詞，或代替該詞。可譯作「…的」。

店（みせ）　名 店，商店，店鋪，攤子

那家店的東西不怎麼好吃。

その　店（みせ）のは　あまり　おいしく　ありません。

試試看！比照上方說明，活用練習其他句子中的單字和文法。

其它例句

円（えん）

名 日圓；圓（形）

美國製的是 1000 圓，日本製的是 800 圓。

アメリカのは　千円（せんえん）ですが、日本（にほん）のは　800円（はっぴゃくえん）です。

家内（かない）

名 家內；家屬，全家；(我的) 妻子，內人

那件外套不是我妻子的。

その　コートは、家内（かない）の　ではありません。

☑ 形音義記憶練習

記住這些單字了嗎？

□父（ちち） □店（みせ） □円（えん） □家内（かない）

參考形、音、義在底線處寫出正確單字。

合格記憶三步驟：
① 發音練習
② 圖像記憶
③ 最完整字義解說

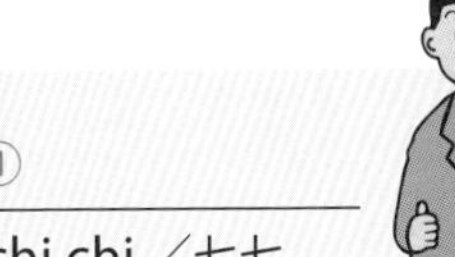

① ______
chi chi／七七

雙親中的男性。稱呼自己父親的詞。跟「父」相對的詞是「母」。

② ______
ka na i／卡那衣

跟別人說自己的妻子時用「家內」。稱呼別人的太太用「奧さん（おくさん）」。

動手寫，成效加倍！

③ ______
mi se／米水

陳列物品賣給客人，經營商業的地方。

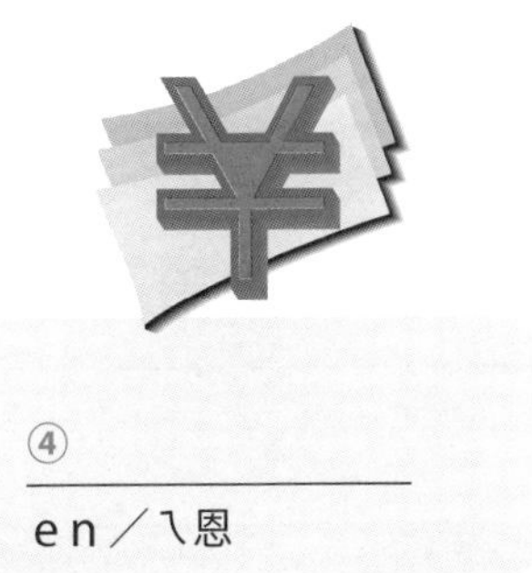

④ ______
e n／ㄟ恩

日本的貨幣單位，計算日幣的詞。

正確解答 ①父（ちち） ②家内（かない） ③店（みせ） ④円（えん）

文法 × 單字

同步學習！

動詞＋名詞

名 巴士，公車

那是前往大學的巴士。

あれは　大学(だいがく)へ　行(い)く　バスです。

動詞的連體形可以直接修飾名詞。

どんな　連體 什麼樣的；不拘什麼樣的

家用的香皂要到什麼店買？

家(うち)で　使(つか)う　石鹸(せっけん)は、どんな　店(みせ)で　買(か)いますか。

試試看！比照上方說明，活用練習其他句子中的單字和文法。

其它例句

言葉(ことば)

名 語言，詞語；說法，措辭

他講的語言是英語。

彼(かれ)の　話(はな)す　言葉(ことば)は、英語(えいご)です。

図書館(としょかん)

名 圖書館

昨天去的圖書館很大。

昨日(きのう)　行(い)った　図書館(としょかん)は、大(おお)きかったです。

☑ 形音義記憶練習

記住這些單字了嗎？

□バス (bus) □どんな □言葉(ことば) □図書館(としょかん)

參考形、音、義在底線處寫出正確單字。

合格記憶三步驟：
① 發音練習
② 圖像記憶
③ 最完整字義解說

① ____________

ba su／拔蘇

為了讓許多人乘坐，而製成的大型車。公共汽車。

?

② ____________

do n na／都恩那

程度、狀態或數量不一定或有疑問的樣子。

③ ____________

to sho ka n／投西呦烏卡恩

匯集書、雜誌、報紙、電影和錄影帶等，讓人們借閱的地方。

④ ____________

ko to ba／叩投拔

表達自己思想，和心情的工具的聲音和文字；又指單字或語句等組成語言要素的成分。

正確解答 ①バス ②どんな ③図書館(としょかん) ④言葉(ことば)

文法 × 單字

同步學習！

形容詞＋名詞

那個高個子的人是誰呢？

形 高，高的

あの　背の　高い　人は誰ですか。

形容詞的連體形可以直接修飾名詞。

物　名（有形、無形的）物品，東西；事物，事情

我想吃好吃的東西。

おいしい　ものが、食べたいです。

試試看！比照上方說明，活用練習其他句子中的單字和文法。

其它例句

勿論　副 當然，不用說，不待言

不用說，我當然喜歡愉快的電影。

私は　もちろん、楽しい　映画が好きです。

締める　他下一 勒緊；繫著

繫著漂亮顏色的領帶。

色の　美しい　ネクタイを　締めました。

大きい　形（數量、體積等）大，巨大；（程度、範圍等）大，廣大；誇大

那棟有著大窗戶的建築物是學校。

あの　窓の　大きい　建物は、学校です。

☑ 形音義記憶練習

記住這些單字了嗎？

□高い（たか）□物（もの）□勿論（もちろん）□締める（し）□大きい（おお）

參考形、音、義在底線處寫出正確單字。

合格記憶三步驟：
① 發音練習
② 圖像記憶
③ 最完整字義解說

① ________

mo no ／某挪

看得見摸得到的，或人的感覺能夠感知的有形物體。

② ________

ta ka i ／她卡衣

在空間上、距離基準面遠的樣子。一般指與基準面的水平垂直方向距離遠，用肉眼可以看得見。

動手寫，成效加倍！

③ ________

shi me ru ／西妹路

好好纏起或用力繫住，使其不鬆弛或脫落。

④ ________

o o ki i ／歐～克衣～

物體的面積或體積，或者事物的規模、範圍，在其他之上。又指數量在別的之上。

⑤ ________

mo chi ro n ／某七落恩

不成問題，不用說。含說話人不經探討，只是根據自己主觀判斷，而得出的結論。

正確解答　①物（もの）　②高い（たか）　③締める（し）　④大きい（おお）　⑤勿論（もちろん）

文法 × 單字

同步學習！

形容動詞＋名詞

綺麗（きれい）

形動 漂亮，好看；整潔，乾淨；乾脆

那個有著漂亮的雙眼的人是誰？

あの　目（め）の　きれいな　方（かた）は　どなたですか。

形容動詞的連體形可以直接修飾名詞。

どこ　代 何處，哪兒，哪裡

英語呱呱叫的學生在哪裡？

英語（えいご）の　上手（じょうず）な　学生（がくせい）は、どこですか。

試試看！比照上方說明，活用練習其他句子中的單字和文法。

其它例句

国（くに）

名 國家；國土；故鄉

以足球而出名的國家是巴西。

サッカーで　有名（ゆうめい）な　国（くに）は、ブラジルです。

食べ物（たべもの）

名 食物，吃的東西

我喜歡的食物是香蕉。

私（わたし）の　好（す）きな　食べ物（たべもの）は、バナナです。

☑ 形音義記憶練習

記住這些單字了嗎？

□綺麗(きれい)　□どこ　□国(くに)　□食べ物(たべもの)

參考形、音、義在底線處寫出正確單字。

合格記憶三步驟：
① 發音練習
② 圖像記憶
③ 最完整字義解說

① ____________

ku ni／哭你

指國家。又指出生、成長的地方。故鄉。

② ____________

ki re e／克衣雷～

表示客觀敘述視覺、感覺好，美的樣子；又表示乾淨而美觀俐落，使人感到舒服的樣子。

動手寫，成效加倍！

③ ____________

ta be mo no／她貝某挪

給人或動物食用的各式各樣的食物。

④ ____________

do ko／都叩

指示不定或不明的地方的場所指示代名詞。

正確解答　①国(くに)　②綺麗(きれい)　③食べ物(たべもの)　④どこ

練習をしましょう 復習㉔ 文法題

I [a,b] の中から正しいものを選んで、○をつけなさい。

① 日本語 (a. に b. の) 本を買いました。

② あの青い車は私 (a. の b. へ) です。

③ 日曜日 (a. が b. の) 天気は悪かったです。

④ 姉 (a. の b. を) 作ったケーキが好きです。

⑤ 新しく (a. 習った b. 習いました) 漢字を書きます。

⑥ (a. 書いた b. 書く) ノートがどこにあるかわからない。

⑦ 田中さんはとても (a. 親切な b. 親切の) 方です。

II 下の文を正しい文に並べ替えなさい。＿＿＿に数字を書きなさい。

① ＿＿＿ ＿＿＿ ＿＿＿ ＿＿＿ を見たいです。

1. の　2. 父　3. 会社　4. 働いている

② この ＿＿＿ ＿＿＿ ＿＿＿ ＿＿＿ ですか。

1. 誰　2. は　3. の　4. 傘

③ 牛肉 ＿＿＿ ＿＿＿ ＿＿＿ ＿＿＿ を作ります。

1. トマト　2. と　3. の　4. カレー

練習をしましょう

單字題

Ⅰ [a ～ e]の中から適当な言葉を選んで、(　　)に入れなさい。

a. 砂糖　　b. 飴　　c. バター　　d. 水　　e. 醤油

① 餃子は少し(　　　　　　)をかけて食べてください。

② コーヒーに(　　　　　　)を入れてください。

③ トーストに(　　　　　　)を塗って食べることが好きです。

④ 今日は暑いですから、冷たい(　　　　　　)が飲みたいです。

Ⅱ [a ～ e]の中から適当な言葉を選んで、(　　)に入れなさい。

a. スプーン　　b. コップ　　c. ナイフ　　d. お皿　　e. 箸

① 日本人は(　　　　　　)でご飯を食べます。

② 毎朝、(　　　　　　) 1杯の牛乳を飲みます。

③ (　　　　　　)で肉を小さく切って食べます。

④ (　　　　　　)でスープを飲みます。

Ⅲ [a ～ e]の中から適当な言葉を選んで、(　　)に入れなさい。

a. くらい　　b. ゆっくり　　c. なぜ　　d. いかが　　e. だけ

① (　　　　　　)昨日来なかったんですか。

② もっと(　　　　　　)話してください。

③ 昨日の授業には山本さん(　　　　　　)来ました。

④ コーヒーは(　　　　　　)ですか。

● 名詞

表示人或事物名稱的詞。多由一個或一個以上的漢字構成，也有漢字和假名混寫的或只寫假名的。名詞在劇中當作主語、受詞及定語。名詞沒有詞形變化。

日語名詞語源

1. 日本固有的名詞

水（みず）／水　花（はな）／花　人（ひと）／人　山（やま）／山

2. 來自中國的詞

先生（せんせい）／老師　教室（きょうしつ）／教室　中国（ちゅうごく）／中國　辞典（じてん）／辭典

3. 利用漢字造的詞

自転車（じてんしゃ）／腳踏車　映画（えいが）／電影　風呂（ふろ）／澡堂　時計（とけい）／時鐘

4. 外來語名詞

バス（bus）／公車　テレビ（television）／電視

コップ（cop）／杯子

日語名詞的構詞

1. 單純名詞

頭（あたま）／頭　ノート（note）／筆記本　机（つくえ）／桌子　月（つき）／月亮

2. 複合名詞

名詞＋名詞——花瓶（かびん）／花瓶
形容詞詞幹＋名詞——白色（しろいろ）／白色
動詞連用形＋名詞——飲（の）み物（もの）／飲料
名詞＋動詞連用形——金持（かねも）ち／有錢人

3. 派聲名詞

重（おも）さ／重量　遠（とお）さ／遠近　立派（りっぱ）さ／華麗的程度　白（しろ）く／白色的

4. 轉化名詞

形容詞轉換成名詞——白（しろ）／白、黒（くろ）／黑
動詞轉換成名詞——帰（かえ）り／歸途、始（はじ）め／開始

Lesson 10 各種文型

文法 × 單字 同步學習！

～をください

一つ（ひと）

名（數）一；一個；一歲

請給我一個香皂。

石鹸（せっけん）を　一つ（ひと）　ください。

表示跟某人要求某事物。可譯作「我要…」、「給我…」。

～本（ほん）／～本（ぼん）

接尾（計算細而長的物品）～枝，～棵，～瓶，～條

請給我３支鉛筆。

鉛筆（えんぴつ）を　３本（さんぼん）　ください。

其它例句

黒い（くろ）

形黑（色），褐色；骯髒；黑暗

請給我兩件黑襯衫。

黒い（くろ）　シャツを　２枚（にまい）　ください。

果物（くだもの）

名水果，鮮果

請給我幾樣水果。

なにか　果物（くだもの）を　ください。

可愛い（かわいい）

形可愛，討人喜愛；小巧玲瓏；寶貴

請給我可愛的包包。

可愛い（かわいい）　バッグを　ください。

☑ 形音義記憶練習

記住這些單字了嗎？

□一つ（ひと）　□～本／～本（ほん／ぼん）　□黒い（くろ）　□果物（くだもの）　□可愛い（かわい）

參考形、音、義在底線處寫出正確單字。

合格記憶三步驟：
① 發音練習
② 圖像記憶
③ 最完整字義解說

① ＿＿＿＿＿＿＿＿

ku da mo no／哭答某挪

可食用的，水分較多的植物果實。如「リンゴ」（蘋果）、「みかん」（柑橘）、「バナナ」（香蕉）等。

② ＿＿＿＿＿＿＿＿

hi to tsu／喝衣投朱

計算東西或年齡的第一個數字。

動手寫，成效加倍！

③ ＿＿＿＿＿＿＿＿

ka wa i i／卡瓦衣～

小巧可愛，給人好感或討人喜歡的情況。

④ ＿＿＿＿＿＿＿＿

～ ho n・～ bo n／～後恩・～蹦恩

計算鉛筆、樹木、道路等細而長的東西的量詞。

⑤ ＿＿＿＿＿＿＿＿

ku ro i／哭落衣

跟東方人的頭髮，或夜空一樣的顏色。黑色。相反詞是「白い（しろい）」。

正確解答　①果物（くだもの）　②一つ（ひと）　③可愛い（かわい）　④～本／～本（ほん／ぼん）　⑤黒い（くろ）

文法 × 單字

同步學習！

～てください

貸す（か）

他五 借出，借給；出租，組給

請借我傘。

傘（かさ）を　貸（か）して　ください。

表示請求，有時也作委婉地請求。可譯作「請…」。

そば 名 旁邊，側邊；附近

請留在我身邊。

私（わたし）の　そばに　いて　ください。

試試看！比照上方說明，活用練習其他句子中的單字和文法。

其它例句

切る（き）

他五 切，剪，裁剪；切傷

請將紙剪小一點。

紙（かみ）を　小（ちい）さく　切（き）って　ください。

タクシー (taxi)

名 計程車

請在澀谷搭計程車。

渋谷（しぶや）で、タクシーに　乗（の）って　ください。

もしもし

感（打電話）喂

喂！請告訴我田中商事的電話號碼。

もしもし、田中商事（たなかしょうじ）の　電話番号（でんわばんごう）を　教（おし）えて　ください。

☑ 形音義記憶練習

記住這些單字了嗎？

☐貸(か)す ☐そば ☐切(き)る ☐タクシー (taxi) ☐もしもし

參考形、音、義在底線處寫出正確單字。

合格記憶三步驟：
① 發音練習
② 圖像記憶
③ 最完整字義解說

① ______

so ba／搜拔

指近處、旁邊、附近。表示跟基準物之間的距離很少的地方。

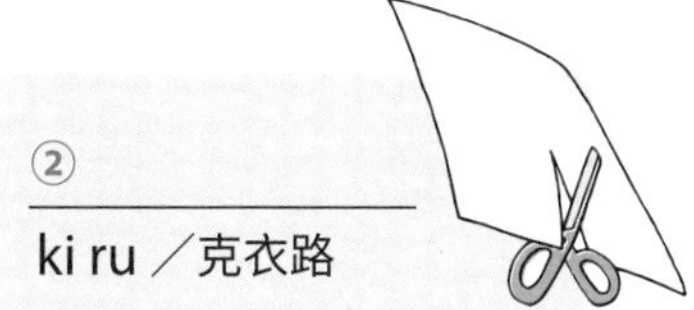

② ______

ki ru／克衣路

用刀或剪刀等，刺傷或切斷連接的東西。

動手寫，成效加倍！

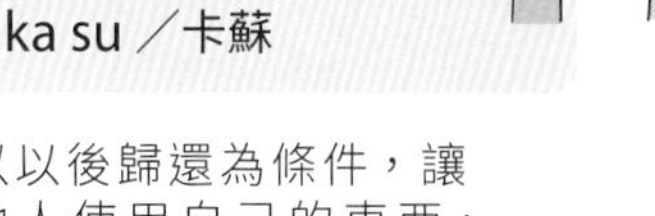

③ ______

ka su／卡蘇

以以後歸還為條件，讓他人使用自己的東西，如錢或物品。

④ ______

ta ku shi i／她哭西～

裝有計價器的，隨時供乘客搭乘的出租汽車。

⑤ ______

mo shi mo shi／某西某西

用於打電話開始說話的時候；又用在叫住不認識的人時。

正確解答 ①そば ②切(き)る ③貸(か)す ④タクシー ⑤もしもし

文法 × 單字

同步學習！

～ないでください

にほんごのたんご

死ぬ（し）

自五 死亡

請不要死。

死（し）なないで　ください。

表示否定的請求命令，請求對方不要做某事。可譯作「請不要…」。

厚い（あつ）

形 厚；(感情，友情)深厚，優厚

請別把蛋糕切得太厚。

ケーキを　厚（あつ）く　切（き）らないで　ください。

試試看！比照上方說明，活用練習其他句子中的單字和文法。

其它例句

塩（しお）

名 鹽，食鹽；鹹度

請別放太多鹽。

あまり　塩（しお）を　入（い）れないで　ください。

口（くち）

名 口，嘴巴

請你別插嘴。

あなたは　口（くち）を　出（だ）さないで　ください。

☑ 形音義記憶練習

記住這些單字了嗎？

□死ぬ（し） □厚い（あつ） □塩（しお） □口（くち）

參考形、音、義在底線處寫出正確單字。

合格記憶三步驟：
① 發音練習
② 圖像記憶
③ 最完整字義解說

① ______________

ku chi ／哭七

人或動物用來吃飯，說話的器官。

② ______________

a tsu i ／阿朱衣

從一面到相反的一面的距離大或深。厚。一般有多厚因東西的不同而異，並沒有絕對的標準。

動手寫，成效加倍！

③ ______________

shi nu ／西奴

失去生命。因病或事故喪失生命。

④ ______________

shi o ／西歐

為了給食物添加鹹味，使用的最基本的調味料。從海水提取或用岩鹽精製，白色粒狀。

正確解答 ①口（くち） ②厚い（あつ） ③死ぬ（し） ④塩（しお）

文法 × 單字

同步學習！

動詞て くださいませんか

能不能待會兒教我？

名（時間）以後；（地點）後面；（距現在）以前；（次序）之後，其次

あと 後で おし 教えて くださいませんか。

和「…てください」一樣表示請求，但更有禮貌。可譯作「能不能請您…」。

こた 答える 自下一 回答，答覆，解答

能不能請您回答問題？

しつもん 質問に こた 答えて くださいませんか。

試試看！比照上方說明，活用練習其他句子中的單字和文法。

其它例句

能不能請稍微安靜一點？

靜か

形動 靜止，不動；平靜，沈穩；慢慢，輕輕

ちょっと しず 静かに して くださいませんか。

能不能借我一本字典？

さつ ～冊

接尾 ～本，～冊

じしょ 辞書を いっさつ 一冊、か 貸して くださいませんか。

☑ 形音義記憶練習

記住這些單字了嗎？

□後(あと)　□答(こた)える　□静(しず)か　□～冊(さつ)

參考形、音、義在底線處寫出正確單字。

合格記憶三步驟：
① 發音練習
② 圖像記憶
③ 最完整字義解說

① ____________________

shi zu ka／西租卡

表示聲音非常小，幾乎聽不到，寂靜無聲；又指動作小、安穩，活動少的樣子。平靜。

② ____________________

a to／阿投

過些時間以後。之後。又指背面的方向。後面。指地點、位置的後面。

③ ____________________

～ sa tsu／～沙朱

刊登報導、論文等，定期在每週、每個月或是每年出版的書。

④ ____________________

ko ta e ru／叩她ㄟ路

對對方的詢問或招呼，以語言或動作回答。回答；又指分析問題，提出答案。解答。

正確解答　①静(しず)か　②後(あと)　③～冊(さつ)　④答(こた)える

文法 × 單字

同步學習！

動詞ましょう

名 （人或動物的）聲音，語音，嗓音

大聲唱歌吧！

大（おお）きな　声（こえ）で　歌（うた）いましょう。

表示勸誘對方跟自己一起做某事。可譯作「來做…吧」。

今月（こんげつ） 名 這個月

這個月就好好提起精神唸書吧。

今月（こんげつ）は、元気（げんき）で　勉強（べんきょう）しましょう。

試試看！比照上方說明，活用練習其他句子中的單字和文法。

其它例句

映画（えいが） 名 電影

一起看場電影吧！

いっしょに　映画（えいが）を　見（み）ましょう。

さようなら 寒暄 再見，再會；告別

掰掰。我們再見面吧。

さようなら。また　会（あ）いましょう。

☑ 形音義記憶練習

記住這些單字了嗎？

□声(こえ)　□今月(こんげつ)　□映画(えいが)　□さようなら

參考形、音、義在底線處寫出正確單字。

合格記憶三步驟：
① 發音練習
② 圖像記憶
③ 最完整字義解說

① ________

ko e／叩ㄟ

由人或動物口中發出的聲音。

② ________

sa yo o na ra／沙呦烏～那拉

分手時的寒暄用語。還有，加在名詞前表示「已結束」「已解決」。多用在體育比賽方面。

動手寫，成效加倍！

③ ________

ko n ge tsu／叩恩給朱

「この月（つき）」（這個月）、「今の月（いまのつき）」（現在這個月）。

④ ________

e e ga／ㄟ～嘎

為了在畫面上表現動的影像，而拍攝並剪接的膠卷。也指把它映現在螢幕上的影像。

①声(こえ)　②さようなら　③今月(こんげつ)　④映画(えいが)

文法 × 單字

同步學習！

動詞ませんか

にほんごのたんご

名（所在的）地方，地點

要不要去好玩的地方？

どこか、おもしろい　ところへ　行（い）きませんか。

表示有禮貌地勸誘對方，跟自己一起做某事。可譯作「要不要…」。

暗（くら）い

形 大概，左右（數量或程度上的推測），上下

因為太暗了，要不要開電燈？

暗（くら）いから、電気（でんき）を　つけませんか。

其它例句

時間（じかん）

名 時間，功夫；時刻，鐘點

時間很晚了，要不要回家了？

時間（じかん）が　遅（おそ）いから、帰（かえ）りませんか。

海（うみ）

名 海，海洋

要不要去海邊玩？

海（うみ）に　遊（あそ）びに　行（い）きませんか。

一（いち）

名 一；第一，最初，起頭；最好，首位

要不要從頭開始學日語？

日本語（にほんご）を　一（いち）から　勉強（べんきょう）しませんか。

☑ 形音義記憶練習

記住這些單字了嗎？

□所（ところ）　□暗い（くら）　□時間（じかん）　□海（うみ）　□一（いち）

參考形、音、義在底線處寫出正確單字。

合格記憶三步驟：
① 發音練習
② 圖像記憶
③ 最完整字義解說

① ＿＿＿＿＿＿＿＿

u mi ／烏米

在地球的表面，被鹽水覆蓋著廣闊的部分。

② ＿＿＿＿＿＿＿＿

ku ra i ／哭拉衣

表示數量或程度上的推測或估計。又念「ぐらい」。

動手寫，成效加倍！

③ ＿＿＿＿＿＿＿＿

ji ka n ／雞卡恩

指過去、現在、未來無止境地延續的時間。也指某一段時間。

④ ＿＿＿＿＿＿＿＿

to ko ro ／投叩落

東西所在的地方。做什麼事情的場所。地方。地點；又指人所在的地方、家、商店或公司等。

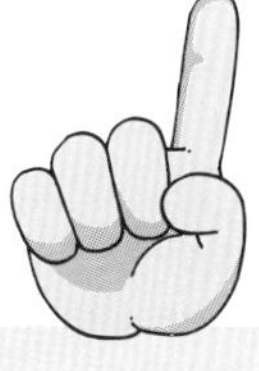

⑤ ＿＿＿＿＿＿＿＿

i chi ／衣七

數目中的一。也指事物的最初。

正確解答　①海（うみ）　②暗い（くら）　③時間（じかん）　④所（ところ）　⑤一（いち）

文法題

I [a,b] の中から正しいものを選んで、○をつけなさい。

① テキストの12ページを (a. 読んで　b. 読んだ) ください。

② あした宿題を (a. 忘れなくて　b. 忘れないで) くださいね。

③ ここではたばこを (a. 吸う　b. 吸わ) ないでください。

④ 食事の前に手を (a. 洗い　b. 洗って) ましょう。

⑤ お父さんが帰ったら、晩ご飯を (a. 食べる　b. 食べ) ましょう。

⑥ 暑いですね。エアコンを (a. つけた　b. つけ) ましょうか。

⑦ 仕事のあと、一緒に (a. 帰り　b. 帰って) ませんか。

II 下の文を正しい文に並べ替えなさい。＿＿＿に数字を書きなさい。

① ハンバーガー　＿＿＿　＿＿＿　＿＿＿　＿＿。

1. ください　2. を　3. コーラ　4. と

② 一緒に　＿＿＿　＿＿＿　＿＿＿　＿＿。

1. を　2. ダンス　3. ましょう　4. し

③ 日曜日の午後、＿＿＿　＿＿＿　＿＿＿　＿＿。

1. ませんか　2. 山　3. に　4. 登り

練習を
しましょう

單字題

I [a ~ e] の中から適当な言葉を選んで、(　　) に入れなさい。

い　b. 冷たい　c. 薄い　d. 新しい　e. 厚い

① 少し涼しいので、(　　　　　　　) 上着を着ました。

② デパートで (　　　　　　　) カメラを買いました。

③ この店の料理はおいしいです。しかし、あの店の料理は (　　　　　　　) です。

④ 暑い日は (　　　　　　　) コーヒーが飲みたいです。

II [a ~ e] の中から適当な言葉を選んで、(　　) に入れなさい。

a. 交差点　b. 車　c. 地下鉄　d. 飛行機　e. 橋

① あの (　　　　　　　) を左へ曲がってください。

② 台湾では (　　　　　　　) は右側を走ります。

③ ヨーロッパでは石の (　　　　　　　) が多いです。

④ (　　　　　　　) が空を飛んでいます。

III [a ~ e] の中から適当な言葉を選んで、(　　) に入れなさい。

a. 駅　b. バス　c. タクシー　d. エレベーター　e. 道

① (　　　　　　　) がないので、階段を登りました。

② 運転手さん、この (　　　　　　　) をまっすぐ行ってください。

③ 家に帰る (　　　　　　　) にたくさんの人が乗っていました。

④ (　　　　　　　) から電車に乗って学校へ行きます。

文法 × 單字　同步學習！

～がほしい

副助 （表示概括、列舉）等

我想要電視和冰箱之類的東西。

テレビや　冷蔵庫（れいぞうこ）など　が　ほしいです。

表示希望能得到某物。可譯作「…想要…」。

どうも（ありがとう）　副 實在（謝謝），非常（謝謝）

非常謝謝您，我一直想要這個。

どうも　ありがとう。これが、ほしかったんです。

其它例句

細い（ほそい）

形 細，細小；狹窄

我想要支細的筆。

細い（ほそい）　ペンが　ほしいです。

～杯（はい）／杯（ぱい）

接尾 ～杯

我想要一杯水。

水（みず）が　一杯（いっぱい）　ほしいです。

どの

連體 哪個，哪～

想要哪本書？

どの　本（ほん）が　ほしいですか。

☑ 形音義記憶練習

記住這些單字了嗎？

□～など　□どうも（ありがとう）□細い（ほそ）　□～杯（はい）／～杯（ぱい）　□どの

參考形、音、義在底線處寫出正確單字。

合格記憶三步驟：
① 發音練習
② 圖像記憶
③ 最完整字義解說

① ________
ho so i／後搜衣

形容細長的東西。如線、鉛筆、樹木、手指或腳等，周圍的長度短；也指人的身材瘦。

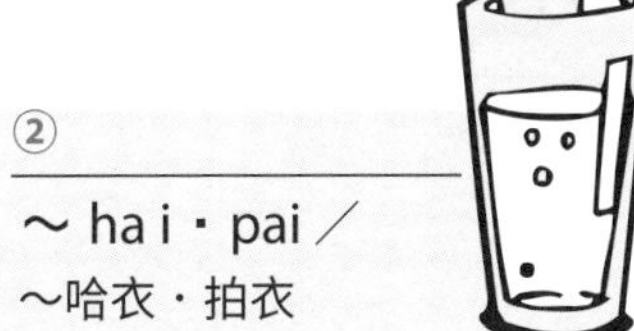

② ________
～ ha i・pai／～哈衣・拍衣

計算茶碗、杯子、湯匙等有幾個的量詞。

動手寫，成效加倍！

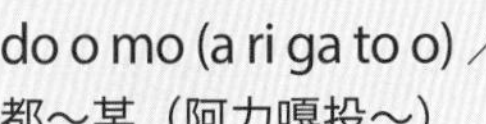

③ ________
do o mo (a ri ga to o)／都～某（阿力嘎投～）

非常謝謝。「どうも」加在「ありがとう」（謝謝）等客套話前面，起加重語氣的作用。

④ ________
～ na do／～那都

表示並列了幾個同樣的東西，不僅只有所列出的這些，其他還有。

⑤ ________
do no／都挪

連體詞。指不能明確確定的事物時使用的詞。

正確解答　①細い（ほそ）　②～杯（はい）／～杯（ぱい）　③どうも（ありがとう）　④～など　⑤どの

文法 × 單字

同步學習！

動詞たい

にほんごのたんご

医者（いしゃ）

名 醫生，大夫

我想成為醫生。

医者（いしゃ）に　なりたいです。

表示希望某一行為能實現。可譯作「…想要做…」。

9（きゅう）　名 9

我想休息 9 個月左右。

9（きゅう）ヶ（か）月（げつ）　ぐらい　休（やす）みたいです。

試試看！比照上方說明，活用練習其他句子中的單字和文法。

其它例句

肉（にく）

名 肉

今天想吃肉。

今日（きょう）は、肉（にく）が　食（た）べたいです。

そうして／そして

接續 然後，而且；於是；以及

我想去夏威夷，然後我想游泳。

ハワイに　行（い）きたいです。そして、泳（およ）ぎたいです。

☑ 形音義記憶練習

記住這些單字了嗎？

□医者（いしゃ） □9（きゅう） □肉（にく） □そうして／そして

參考形、音、義在底線處寫出正確單字。

合格記憶三步驟：
① 發音練習
② 圖像記憶
③ 最完整字義解說

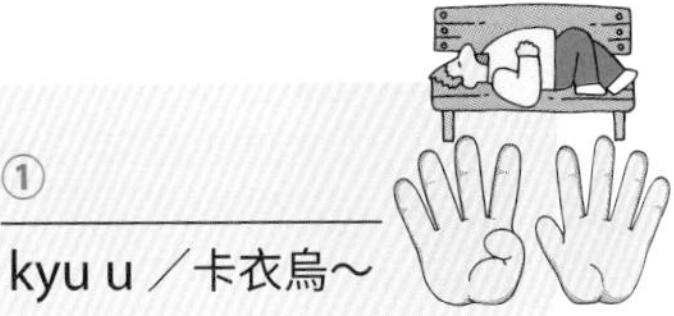

① ____________

kyu u ／卡衣烏～

數目中的9。8的下一個數字。

② ____________

i sha ／衣蝦

檢查生病或受傷的病患，並加以治療的人。也就是把治病、治傷做為職業的人。

③ ____________

so o shi te・so shi te
／搜～西貼・搜西貼

前一件事情之後，接著是下一件事情。然後；又列舉幾個事物，然後進行補充。以及。

④ ____________

ni ku ／你哭

指人的食物之一。一般指牛、豬、雞等的肉；又指在人或獸類身上，包著骨頭的部分。

正確解答

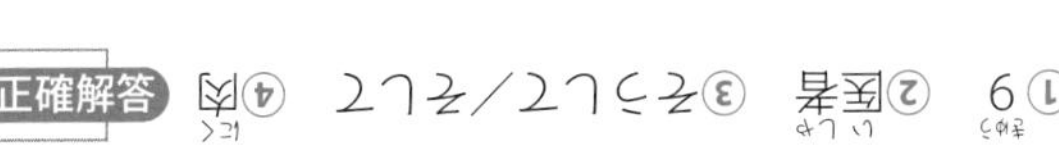

練習をしましょう 復習㉖ 文法題

I [a,b] の中から正しいものを選んで、○をつけなさい。

① 旅行に行くので、もっと大きいかばんが (a. ほしくない b. ほしい) です。

② 私は日本語の先生に (a. なって b. なり) たいです。

③ 夏休みは北海道を1周する (a. つもり b. たい) です。

④ 韓国の音楽が聞き (a. ほしい b. たい) です。

⑤ お金は (a. ほしく b. ほしでは) ありません。

⑥ 今、お酒は (a. ほし b. た) くないです。

⑦ 私はこの映画が (a. 見たい b. 見てたい) です。

II 下の文を正しい文に並べ替えなさい。＿＿＿に数字を書きなさい。

① 私は犬がほしいです ＿＿＿、＿＿＿ ＿＿＿ ＿＿＿ ありません。

1. が　2. ほしく　3. は　4. ねこ

② あなたは ＿＿＿ ＿＿＿ ＿＿＿ ＿＿＿ たいですか。

1. 医者　2. に　3. どんな　4. なり

③ 日曜日は ＿＿＿ ＿＿＿ ＿＿＿ ＿＿＿ ありません。

1. へも　2. 行き　3. どこ　4. たく

練習をしましょう 

單字題

Ⅰ [a～e]の中から適当な言葉を選んで、（　　）に入れなさい。

a. そして　b. そう　c. でも　d. あのう　e. それでは

① まず宿題をします。（　　　　　　）、ご飯を食べます。

② （　　　　　　）、道がわからないんですが、教えてくれませんか。

③ （　　　　　　）、皆さんさようなら。

④ 昨日はとても楽しかったです。（　　　　　　）、疲れました。

Ⅱ [a～e]の中から適当な言葉を選んで、（　　）に入れなさい。

a. あの　b. どれ　c. あそこ　d. どの　e. あのう

① （　　　　　　）があなたの鞄ですか。

② （　　　　　　）テープレコーダーはとても古くて大きいです。

③ 駅は（　　　　　　）の茶色の建物の隣です。

④ 田中さんは（　　　　　　）部屋にいますか。

Ⅲ [a～e]の中から適当な言葉を選んで、（　　）に入れなさい。

a. フォーク　b. 料理　c. 肉　d. タバコ　e. お菓子

① 今日の晩ご飯は鳥肉と卵を使って作った（　　　　　　）です。

② 甘い（　　　　　　）を三つも食べました。

③ ここでは（　　　　　　）を吸わないでください。

④ （　　　　　　）と野菜を使って、カレーを作りました。

文法 × 單字

同步學習！

～が

にほんごのたんご

雜誌（ざっし）

名 雜誌，期刊

這本雜誌雖很好看但很貴。

この　雑誌（ざっし）は　おもしろいですが、高（たか）いです。

表示逆接。用「が」來連接兩個內容相反的句子。可譯作「…但是…」。

外国人（がいこくじん）　名 外國人

麥克先生是外國人，但是日語講得很好。

マイケルさんは　外国人（がいこくじん）ですが、日本語（にほんご）が　上手（じょうず）です。

試試看！比照上方說明，活用練習其他句子中的單字和文法。

其它例句

平仮名（ひらがな）

名 平假名

平假名很簡單，但是漢字很難。

平仮名（ひらがな）は　易（やさ）しいが、漢字（かんじ）は　難（むずか）しい。

遅い（おそい）

形（速度上）慢，遲緩；(時間上) 遲，晚；趕不上，來不及

我想多喝一點，但是時間已經很晚了。

もっと　飲（の）みたいですが、もう　時間（じかん）が　遅（おそ）いです。

☑ 形音義記憶練習

記住這些單字了嗎？

□雑誌（ざっし） □外国人（がいこくがい） □平仮名（ひらがひら） □遅い（おそ）

參考形、音、義在底線處寫出正確單字。

合格記憶三步驟：
① 發音練習
② 圖像記憶
③ 最完整字義解說

① ______

ga i ko ku ji n／嘎衣叩哭雞恩

自己國家以外的人。

② ______

za sshi／眨＾西

刊登報導、論文等，定期在每週、每個月或是每年出版的書。

動手寫，成效加倍！

③ ______

o so i／歐搜衣

表示移動、進展的速度慢，做什麼時，比別人費時間。緩慢；又表示時間已經過了好久。晚。

④ ______

hi ra ga na／喝衣拉嘎那

假名的一種。主要是由簡化萬葉假名的草體而成的。

正確解答　①外国人（がいこくじん）　②雑誌（ざっし）　③遅い（おそい）　④平仮名（ひらがな）

文法 × 單字

同步學習！

～とき

しゃしん
写真

名 照片，相片，攝影

去旅行時拍了照。

旅行(りょこう)に　行(い)った　時(とき)、写真(しゃしん)を　撮(と)りました。

表示某一時間進行某一行為。可譯作「…的時候…」。

上(あ)げる　他下一 送給；舉起；逮捕

當我舉起手時，他也舉起了手。

私(わたし)が　手(て)を　上(あ)げた　時(とき)、彼(かれ)も　手(て)を　上(あ)げた。

其它例句

先生(せんせい)

名 老師，師傅；醫生，大夫

去老師家時，大家一同唱了歌。

先生(せんせい)の　家(いえ)に　行(い)った　時(とき)、皆(みんな)で　歌(うた)を　歌(うた)いました。

お腹(なか)

名 肚子，腸胃

到公司時，肚子痛了起來。

会社(かいしゃ)に　行(い)った　時(とき)、おなかが　痛(いた)く　なりました。

丁度(ちょうど)

副 剛好，正好；正，整

正在看電視時，剛好有人來了。

ちょうど　テレビを　見(み)ていた　時(とき)、誰(だれ)かが　来(き)た。

☑ 形音義記憶練習

記住這些單字了嗎？

□写真（しゃしん）　□上げる（あ）　□先生（せんせい）　□お腹（なか）　□丁度（ちょうど）

參考形、音、義在底線處寫出正確單字。

合格記憶三步驟：
① 發音練習
② 圖像記憶
③ 最完整字義解說

①＿＿＿＿＿＿＿＿
se n se e ／水恩水～

在學校等居於教育，指導別人的人；又指對高職位者的敬稱如：醫生、政治家等。

②＿＿＿＿＿＿＿＿
o na ka ／歐那卡

在人的身上，位於胸部和足部之間。肚子；又指胃腸。

動手寫，成效加倍！

③＿＿＿＿＿＿＿＿
cho o do ／秋～都

數量不多不少，大小正好，時間不快不慢。數量、大小、時間、位置等與某基準相吻合。

④＿＿＿＿＿＿＿＿
sha shi n ／蝦西恩

用照相機拍下的影像，洗印到相片上的圖片。

⑤＿＿＿＿＿＿＿＿
a ge ru ／阿給路

向高處移動。抬。舉；又指程度（長度、重量、強度等）或價錢提高。

文法 × 單字

同步學習！

動詞てから

看過書後上床睡覺。

本（ほん）**を　読**（よ）**んで　から、ベッドに　入**（はい）**ります。**

名 床，床舖；花壇，苗床

結合兩個句子，表示前句的動作完成後，進行後句的動作。可譯作「先做…，然後再做…」。

返す（かえす）

他五 還，歸還，退還；送回（原處）；退掉（商品）

把書還回圖書館後再回家。

図書館（としょかん）に　本（ほん）を　返（かえ）して　から、帰（かえ）ります。

其它例句

消す（けす）

他五 熄掉，撲滅；關掉，弄滅

先關掉電燈後再出門。

電気（でんき）を　消（け）して　から、うちを　出（で）ます。

トイレ (toilet)

名 廁所，洗手間，盥洗室

先上完洗手間之後再去看電視。

トイレに　行（い）って　から、テレビを　見（み）ます。

顔（かお）

名 臉，面孔；表情，神色；面子，顏面

先洗完臉後再看報紙。

顔（かお）を　洗（あら）って　から、新聞（しんぶん）を　読（よ）みます。

☑ 形音義記憶練習

記住這些單字了嗎？

□ベッド (bed)　□返す（かえす）　□消す（けす）　□トイレ (toilet)　□顔（かお）

參考形、音、義在底線處寫出正確單字。

合格記憶三步驟：
① 發音練習
② 圖像記憶
③ 最完整字義解說

① ________

ka o／卡歐

脖子以上的前面，從前額到下巴的部分。臉;又指相貌、五官。

② ________

ka e su／卡ㄟ蘇

返還原處，拿回到原來的地方。歸還；又指從別人借來的東西，歸還給該人。

③ ________

ke su／克ㄟ蘇

關上電器用品（如電視電腦等以電驅動）的開關，使其不再運轉。關閉；滅掉火或光。熄滅。

④ ________

to i re／投衣雷

「トイレット」的簡稱。廁所。

⑤ ________

be ddo／貝＾都

用來睡覺的台子。廣泛地使用在日常會話中。

動詞たあとで

バター(butter)
名 奶油

放進奶油後再放鹽。

バターを 入(い)れたあとで、塩(しお)を 入(い)れます。

表示先做「たあとで」前的動作，然後再做「たあとで」後的動作。可譯作「…以後…」。

それ 代 那，那個

做完這個之後再做那個。

これが 終(お)わったあとで、それを やります。

試試看！比照上方說明，活用練習其他句子中的單字和文法。

其它例句

風呂(ふろ)
名 浴缸，澡盆；洗澡；洗澡熱水

洗過澡後喝啤酒。

風呂(ふろ)に 入(はい)ったあとで、ビールを 飲(の)みます。

頼(たの)む
他五 請求，要求；委託，託付；點（菜等）

點了咖啡後卻想喝紅茶。

コーヒーを 頼(たの)んだあとで、紅茶(こうちゃ)が 飲(の)みたく なった。

～年(ねん)
名 年

學習了３年之後再開始工作。

３年(さんねん) 勉強(べんきょう)したあとで、仕事(しごと)を します。

☑ 形音義記憶練習

記住這些單字了嗎？

□バター (butter)　□それ　□風呂(ふろ)　□頼む(たの)　□～年(ねん)

參考形、音、義在底線處寫出正確單字。

合格記憶三步驟：
① 發音練習
② 圖像記憶
③ 最完整字義解說

① ＿＿＿＿＿＿＿＿

～ ne n ／～內恩

計算年數的量詞。

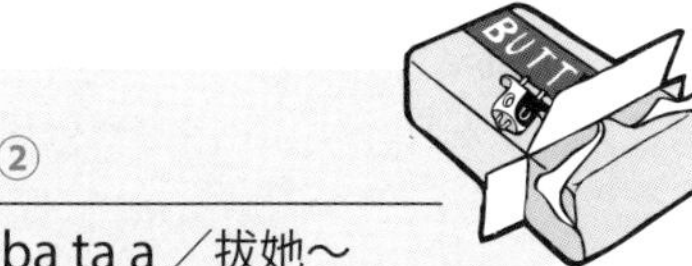

② ＿＿＿＿＿＿＿＿

ba ta a ／拔她～

把從牛奶提取的脂肪，製成固體的食品。可以用來塗在麵包上，也可以做蛋糕或料理。

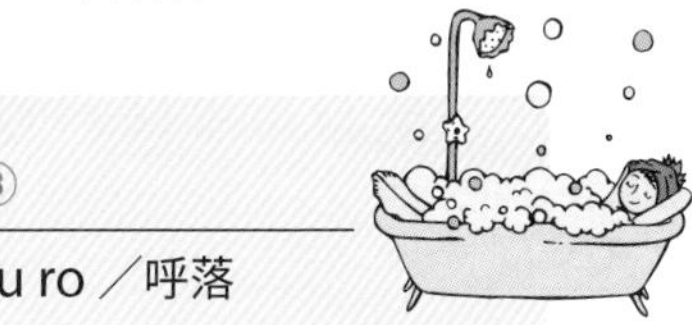

③ ＿＿＿＿＿＿＿＿

fu ro ／呼落

進入熱水中用來讓身體暖和；還表示淋浴的設備。也指其熱水。

④ ＿＿＿＿＿＿＿＿

ta no mu ／她挪木

自己沒辦法做的事，或對自己而言太困難了，希望對方為自己做某件事。請求。又指在餐廳等點菜。

⑤ ＿＿＿＿＿＿＿＿

so re ／搜雷

從說話者的角度看，指離聽話者近的地方或事物。

文法 × 單字

同步學習！

動詞（辭書形）まえに

名 游泳池

唸書之前，先到游泳池游泳。

勉強(べんきょう)する前(まえ)に、プールで　泳(およ)ぎます。

「a まえに b」表示要做 a 的動作之前，先做 b 的動作。可譯作「…之前，先…」。

切符(きっぷ)　名 票，車票

搭電車前先買車票。

電車(でんしゃ)に　乗(の)る　前(まえ)に、切符(きっぷ)を　買(か)います。

試試看！比照上方說明，活用練習其他句子中的單字和文法。

其它例句

右(みぎ)

名 右，右側，右邊，右方

過馬路之前，請仔細看左右方。

道(みち)を　渡(わた)る　前(まえ)に、右(みぎ)と　左(ひだり)を　よく　見(み)て　ください。

番号(ばんごう)

名 號碼，號數

叫到號碼前，請不要進來。

番号(ばんごう)を　呼(よ)ぶ　前(まえ)に、入(はい)らないで　ください。

遠(とお)い

形（距離）遠，遙遠；（時間間隔）久遠

在前往遙遠國度之前，先去向老師打聲招呼。

遠(とお)い　国(くに)へ　行(い)く　前(まえ)に、先生(せんせい)に　あいさつを　します。

☑ 形音義記憶練習

記住這些單字了嗎？

☐プール (pool)　☐切符（きっぷ）　☐右（みぎ）　☐番号（ばんごう）　☐遠い（とお）

參考形、音、義在底線處寫出正確單字。

合格記憶三步驟：
① 發音練習
② 圖像記憶
③ 最完整字義解說

①＿＿＿＿＿＿＿＿

pu u ru ／撲～路

用來游泳，四周用混凝土澆灌建造的游泳池。

②＿＿＿＿＿＿＿＿

to o i ／投～衣

指到那裡的距離長。也指去那裡很費時間的樣子。

動手寫，成效加倍！

③＿＿＿＿＿＿＿＿

mi gi ／米ㄍㄧ

一般人拿筆的那一邊，人體沒有心臟的一側。

④＿＿＿＿＿＿＿＿

ba n go o ／拔恩勾～

在幾個數字當中，表示是第幾號了，指示順序的數字。

⑤＿＿＿＿＿＿＿＿

ki ppu ／克衣＾撲

乘坐交通工具，或看電影時，證明付過錢的票據。

正確解答　①プール　②遠い（とお）　③右（みぎ）　④番号（ばんごう）　⑤切符（きっぷ）

文法 × 單字

同步學習！

でしょう

にほんごのたんご

名 家，家庭；房子；自己的家裡

她應該在家吧！

彼女（かのじょ）は　家（うち）に　いるでしょう。

表示說話者的推測。可譯作「也許…」、「可能…」、「大概…吧」。

次（つぎ） 名 下次，下回，接下來；（席位、等級等）第二

下次的考試應該沒問題吧！

次（つぎ）の　テストは、大丈夫（だいじょうぶ）でしょう。

其它例句

自分（じぶん）

名 自己，本人，自身

那孩子應該可以靠自己做到吧！

あの　子（こ）は、たぶん　自分（じぶん）で　できるでしょう。

二日（ふつか）

名 2號，2日；兩天；第2天

下個月2號應該會回來吧。

来月（らいげつ）の　二日（ふつか）に、帰（かえ）って　くるでしょう。

低（ひく）い

形 低，矮；卑微，低賤

明天的氣溫應該很低吧！

明日（あした）の　気温（きおん）は、低（ひく）いでしょう。

☑ 形音義記憶練習

記住這些單字了嗎？

□家（うち） □次（つぎ） □自分（じぶん） □二日（ふつか） □低い（ひく）

參考形、音、義在底線處寫出正確單字。

合格記憶三步驟：
① 發音練習
② 圖像記憶
③ 最完整字義解說

① ________

ji bu n ／雞不恩

本人，自己。具體地指自己的身體，也抽象地指自己的想法。

② ________

fu tsu ka ／呼朱卡

月份的第２天。

③ ________

u chi ／烏七

跟家人一起住的自己的家。一般也指房子。

④ ________

tsu gi ／朱《一

順序排在下一個，緊接在後面的。

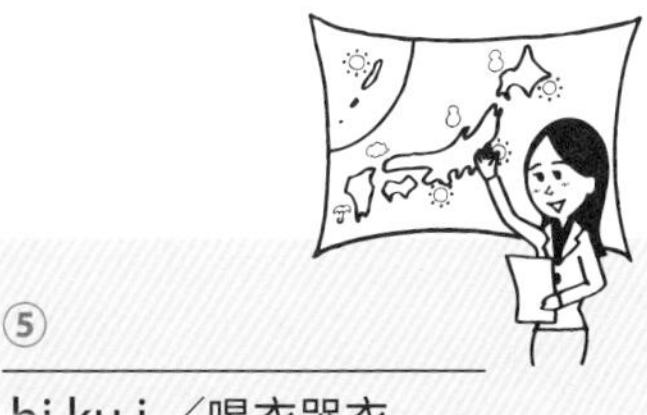

⑤ ________

hi ku i ／喝衣哭衣

低於某一標準面。也指從最下面到最上面的距離短。矮；還有等級或價值在其他事物之下。低賤。

助詞
接尾語
副詞
疑問詞
指示代名詞
形容詞
形容動詞
動詞
名詞
各種文型

練習をしましょう 復習㉗ 文法題

Ⅰ [a,b] の中から正しいものを選んで、○をつけなさい。

① 運動した (a. あとで　b. まえに)、牛乳を飲みます。

② 小さい (a. とき　b. のとき)、兄とよく喧嘩しました。

③ 寂しい (a. ごろ　b. とき)、友達に電話します。

④ (a. 結婚して　b. 結婚した) から、ずっとアパートに住んでいます。

⑤ 漫画を (a. 見る　b. 見) まえに、宿題をしました。

⑥ ケーキを食べたのはあなた (a. でしょう　b. になります)。

⑦ お酒を飲んだ (a. あと　b. まえ)、頭が痛くなりました。

Ⅱ 下の文を正しい文に並べ替えなさい。＿＿＿に数字を書きなさい。

① ＿＿＿ ＿＿＿ ＿＿＿ ＿＿＿、楽しくなりました。

1. あと　2. 聞いた　3. を　4. 音楽

② ＿＿＿ ＿＿＿ ＿＿＿ ＿＿＿、この紙に名前を書いてください。

1. を　2. 借りる　3. まえに　4. 本

③ ＿＿＿ ＿＿＿ ＿＿＿ ＿＿＿、ビールを飲みます。

1. に　2. お風呂　3. から　4. 入って

練習をしましょう

復習㉗ 單字題

I [a ～ e]の中から適当な言葉を選んで、(　　)に入れなさい。

a. 生徒　b. 言葉　c. テスト　d. 片仮名　e. 問題

① 高橋さんは作文の(　　　　　　)で一番になりました。

② (　　　　　　)がわかりませんから、海外旅行は嫌いです。

③ やさしい(　　　　　　)から先に答えを考えてください。

④ 名前は(　　　　　　)で書いてください。

II [a ～ e]の中から適当な言葉を選んで、(　　)に入れなさい。

a. 手紙　b. 鉛筆　c. 切符　d. 切手　e. 封筒

① 電車の(　　　　　　)を買いました。

② お金は(　　　　　　)に入っていました。

③ 外国に住んでいる友達に(　　　　　　)を書きました。

④ (　　　　　　)を貼るのを忘れたまま、ポストに入れました。

III [a ～ e]の中から適当な言葉を選んで、(　　)に入れなさい。

a. いつ　b. 次　c. 毎晩　d. あと　e. 時間

① 2時間(　　　　　　)にまた来てください。

② 花子さんは(　　　　　　)11時に寝ます。

③ 忙しいですから、銀行へ行く(　　　　　　)がありません。

④ 日本へは(　　　　　　)来ましたか。

文法 × 單字　同步學習！

動詞ながら

地図（ちず）

名 地圖

邊看地圖邊散步。

地図（ちず）を　見（み）ながら、散歩（さんぽ）を　しました。

表示兩個動作同時進行著。可譯作「一邊…一邊…」。

引く（ひく）　他五 拉，拖；翻查

邊查字典邊看英文書。

辞書（じしょ）を　引き（ひき）ながら、英語（えいご）の　本（ほん）を　読み（よみ）ました。

試試看！比照上方說明，活用練習其他句子中的單字和文法。

其它例句

大抵（たいてい）

副 大體，差不多

晚上大致上都邊看電視邊吃飯。

夜（よる）は　たいてい、テレビを　見（み）ながら　ご飯（はん）を　食（た）べます。

外（そと）

名 外面，外邊；自家以外；戶外

邊向窗外望邊思考。

窓（まど）から　外（そと）を　見（み）ながら、考（かんが）えた。

☑ 形音義記憶練習

記住這些單字了嗎？

□ 地図（ちず）　□ 引く（ひ）　□ 大抵（たいてい）　□ 外（そと）

參考形、音、義在底線處寫出正確單字。

合格記憶三步驟：
① 發音練習
② 圖像記憶
③ 最完整字義解說

① ______________

chi zu ／七租

為標示建築物或道路位置，或做導引而畫的圖；又把地球表面，按比例顯示在平面上的圖。

② ______________

so to ／搜投

沒有被包住的部分，寬廣的地方。外面；走出建築物或車外的地方。外面。

動手寫，成效加倍！

③ ______________

ta i te e ／她衣貼～

表示一般傾向，幾乎都是。

④ ______________

hi ku ／喝衣哭

使物體靠近自己的方向。拉。拔；又指在很多資料中裡查找出來。查找。

正確解答　①地図（ちず）　②外（そと）　③大抵（たいてい）　④引く（ひ）

文法 × 單字

同步學習！

動詞たり、動詞たり

爸爸時而站著時而坐著。

にほんごのたんご

立(た)**つ**

自五 站立；冒，升；出發

父(ちち)は、立(た)ったり　座(すわ)ったり　している。

表示有這種情況，又有那種情況，或是兩種對比的情況。可譯作「有時…有時…」。

押(お)**す**　他五 推，擠；壓，按

或推或拉。

押(お)したり　引(ひ)いたり　する。

試試看！比照上方說明，活用練習其他句子中的單字和文法。

其它例句

階段(かいだん)

名 樓梯，階梯，台階；順序前進的等級，級別

上上下下爬樓梯。

階段(かいだん)を　上(のぼ)ったり　下(お)りたり　する。

箱(はこ)

名 盒子，箱子，匣子

將盒子開開關關。

箱(はこ)を　開(あ)けたり　閉(し)めたり　する。

聞(き)**く**

他五 聽；聽說，聽到

我會看看書，聽聽音樂。

本(ほん)を　読(よ)んだり、音楽(おんがく)を　聞(き)いたり　して　います。

☑ 形音義記憶練習

記住這些單字了嗎？

□立つ（た）　□押す（お）　□階段（かいだん）　□箱（はこ）　□聞く（き）

參考形、音、義在底線處寫出正確單字。

合格記憶三步驟：
① 發音練習
② 圖像記憶
③ 最完整字義解說

① ______________

ta tsu ／她朱

物體不離原地，呈上下豎立狀態。站立；又指坐著或臥著的人或動物，站起來。

② ______________

ha ko ／哈叩

用紙、木頭或金屬等，製成的四方形裝東西的器具。

動手寫，成效加倍！

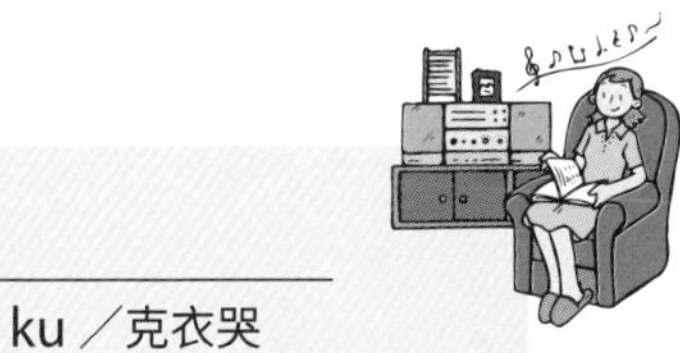

③ ______________

ki ku ／克衣哭

用耳朵感受音、聲、話等，理解其內容。

④ ______________

o su ／歐蘇

向對面方向用力推。推；又指從後面用力，使其前進。推。

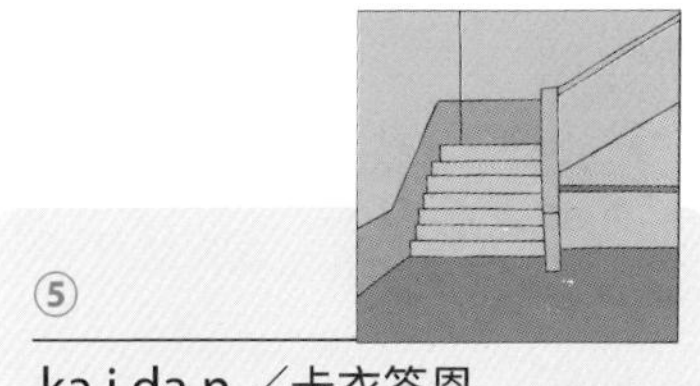

⑤ ______________

ka i da n ／卡衣答恩

連接高低不平的地方，形成階梯形的通路。也就是在建築物裡，上上下下的地方。

練習をしましょう 復習㉘ 文法題

I [a,b] の中から正しいものを選んで、○をつけなさい。

① 歩き （a. ちゅう　　b. ながら） 話しましょう。

② 子どもの熱が （a. 上がったり　　b. 上がって） 下がったりしています。

③ 音楽を （a. 聞く　　b. 聞き） ながら、本を読みます。

④ 東京に行ったら、原宿で買い物をし （a. て　　b. たり） したいです。

⑤ 休みの日は、本を （a. 読んだり　　b. 読んたり） 映画を見たりします。

⑥ 子どもを育て （a. ながら　　b. あと）、大学に通いました。

⑦ 友達とよくゲームをし （a. ながら　　b. たり） 漫画を読んだりします。

II 下の文を正しい文に並べ替えなさい。＿＿＿に数字を書きなさい。

① 佐藤さんは体が弱くて、＿＿＿ ＿＿＿ ＿＿＿ ＿＿＿ です。

1. 来なかったり　　2. に　　3. 来たり　　4. 学校

② あの人は ＿＿＿ ＿＿＿ ＿＿＿ ＿＿＿ 来たりしている。

1. 行ったり　　2. さっき　　3. から　　4. 学校の前を

③ ＿＿＿ ＿＿＿ ＿＿＿ ＿＿＿、公園の中を歩きます。

1. 歌い　　2. 歌　　3. ながら　　4. を

練習をしましょう

復習㉘ 單字題

Ⅰ [a ～ e]の中から適当な言葉を選んで、(　　)に入れなさい。(必要なら形を変えなさい)

a. 教える　b. 読む　c. 習う　d. 書く　e. 聞く

① 私は毎朝新聞を(　　　　　　)ながら、お茶を飲みます。

② 田中先生は学校で国語を(　　　　　　)います。

③ ここに名前を(　　　　　　)ください。

④ 夫の仕事の話を(　　　　　　)疲れました。

Ⅱ [a ～ e]の中から適当な言葉を選んで、(　　)に入れなさい。(必要なら形を変えなさい)

a. 掃除する　b. 洗濯する　c. 勉強する　d. 結婚する　e. 旅行する

① 生徒が庭を(　　　　　　)います。

② 毎日日本語を(　　　　　　)います。

③ 世界中いろいろなところに(　　　　　　)たいです。

④ 背の高い人と(　　　　　　)たいです。

Ⅲ [a ～ e]の中から適当な言葉を選んで、(　　)に入れなさい。

a. どうも　b. すぐ　c. 一番　d. いちいち　e. たいてい

① 母は毎朝、どこへ行くのか(　　　　　　)僕に聞きます。

② 金さんの成績はクラスで(　　　　　　)です。

③ 昨日は家へ帰って、(　　　　　　)風呂に入りました。

④ 日曜日は(　　　　　　)家族と一緒に買い物に行きます。

文法 × 單字

同步學習！

track- 40

[形容詞く／形容動詞に／名詞に]＋なります

太(ふと)い

形 粗，肥胖

腿變胖了。

足(あし)が　太(ふと)く　なりました。

表示人或事物，自發地從一種狀態到另一種狀態的變化。可譯作「變得…」、「…起來」。

早(はや)い　形（時間等）迅速，早

起床的時間變早了。

起(お)きる　時間(じかん)が、早(はや)く　なりました。

試試看！比照上方說明，活用練習其他句子中的單字和文法。

其它例句

体(からだ)

名 身體；體格；體質

身體變結實了。

体(からだ)が　丈夫(じょうぶ)に　なった。

テーブル (table)

名 桌子；餐桌，飯桌；表格，目錄

隔壁桌變安靜了。

隣(となり)の　テーブルが　静(しず)かに　なった。

～半(はん)

接尾 ～半，一半

已經5點半了。

もう　5時半(ごじはん)に　なりました。

☑ 形音義記憶練習

記住這些單字了嗎？

□太い(ふと)　□早い(はや)　□体(からだ)　□テーブル (table)　□～半(はん)

參考形、音、義在底線處寫出正確單字。

合格記憶三步驟：
① 發音練習
② 圖像記憶
③ 最完整字義解說

① ______

～ ha n／～哈恩

指時間的 30 分。

② ______

ha ya i／哈押衣

比標準時間提早。早。先；還不到時間。為時尚早。

③ ______

ka ra da／卡拉答

指人以及動物的頭、軀幹、手足等整體。

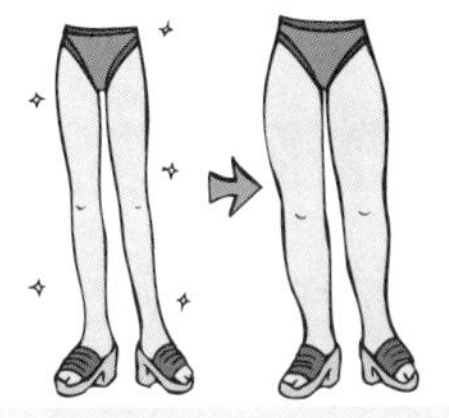

④ ______

fu to i／呼投衣

字、線、鉛筆、木頭、手指、腳等線狀或棒狀物的周圍和寬度大。粗。胖。肥。

⑤ ______

te e bu ru／貼～不路

桌腳較高，沒有抽屜的西式桌子。一般是指用於進餐或開會的桌子。

文法 × 單字

同步學習！

[形容詞く／形容動詞に／名詞に]＋します

名 西裝褲

將褲子裁短。

ズボンを　短く（みじか）　しました。

表示人帶有意圖，並積極促使某事物發生變化。可譯作「使…成為…」。

角（かど）　名 角；(道路的) 拐角，角落；稜角，不圓滑

請將桌角弄圓。

机（つくえ）の　角（かど）を　丸く（まる）　して　ください。

試試看！比照上方說明，活用練習其他句子中的單字和文法。

其它例句

冷たい（つめ）
形 冷，涼；冷淡，不熱情

將水放進冰箱冷卻。

冷蔵庫（れいぞうこ）で、水（みず）を　冷たく（つめ）　します。

足（あし）
名 腿；腳；(器物的) 腿；走，移動

多走路讓腳變得更強壯。

たくさん　歩いて（ある）、足（あし）を　丈夫に（じょうぶ）　します。

半分（はんぶん）
名 半，一半，二分之一

加速進行，把花費的時間縮減成一半。

急いで（いそ）　やって、かかる　時間（じかん）を　半分に（はんぶん）　します。

☑ 形音義記憶練習

記住這些單字了嗎？

□ズボン (jupon 法)　□角（かど）　□冷たい（つめたい）　□足（あし）　□半分（はんぶん）

參考形、音、義在底線處寫出正確單字。

合格記憶三步驟：
① 發音練習
② 圖像記憶
③ 最完整字義解說

① ＿＿＿＿＿＿

a shi ／阿西

動物的身體中，支持身體，起走路作用的部分。腿；又僅指腳脖子以下的部分。腳；又指安在物體下面，用來支撐的。

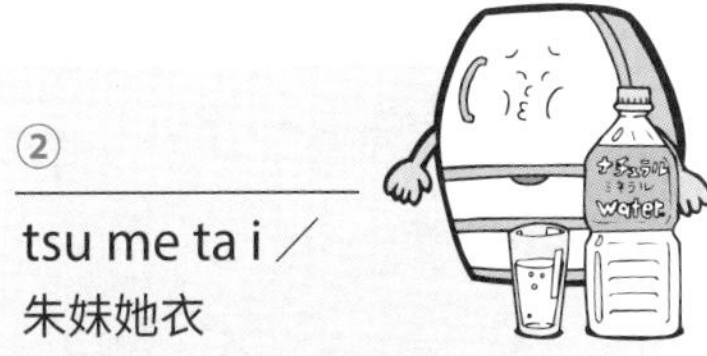

② ＿＿＿＿＿＿

tsu me ta i ／朱妹她衣

表示物體的溫度低過限度，接觸時感覺溫度非常低的樣子。摸到冰塊的感覺。

動手寫，成效加倍！

③ ＿＿＿＿＿＿

ha n bu n ／哈恩不恩

把全體分為相等的兩份時的一份。

④ ＿＿＿＿＿＿

zu bo n ／租伯恩

西服中，穿在下半身的，從跨下分成兩叉，一隻腳穿一邊的服裝。

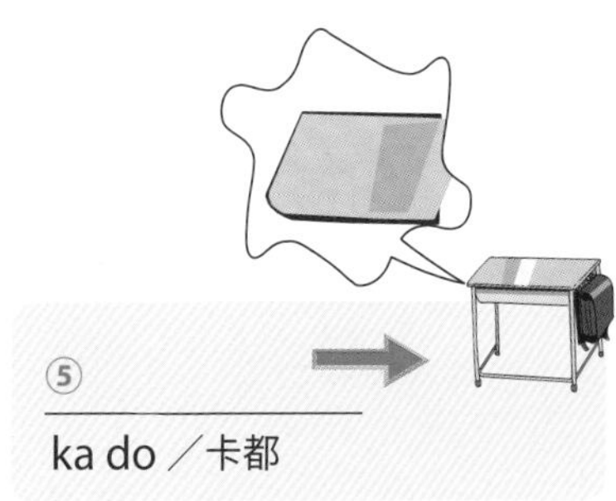

⑤ ＿＿＿＿＿＿

ka do ／卡都

物品一端的尖處。角；又指道路的拐角。拐角。

正確解答　①足（あし）　②冷たい（つめ）　③半分（はんぶん）　④ズボン　⑤角（かど）

練習をしましょう　復習㉙　文法題

I　[a,b] の中から正しいものを選んで、○をつけなさい。

① 3日から（a. 寒いに　b. 寒く）なりますよ。

② 駅前はお店ができて、（a. 賑やかに　b. 賑やか）なりました。

③ あなたは日本語が（a. 上手に　b. 上手）なりましたね。

④ もう夜なので、(a. 静かな　b. 静かに）してください。

⑤ テレビの音を（a. 大きく　b. 大きい）します。

II　下の文を正しい文に並べ替えなさい。＿＿＿に数字を書きなさい。

① 夏 ＿＿＿ ＿＿＿ ＿＿＿ ＿＿＿ なります。

1. から　2. が　3. 高く　4. ビール

② あなたは ＿＿＿ ＿＿＿ ＿＿＿ ＿＿＿ なりましたね。

1. が　2. 日本語　3. に　4. 上手

③ テストの問題を ＿＿＿ ＿＿＿ ＿＿＿ ＿＿＿。

1. 簡単に　2. もう　3. します　4. 少し

④ 荷物が重いですね。＿＿＿ ＿＿＿ ＿＿＿ ＿＿＿。

1. しましょう　2. でも　3. 軽く　4. 少し

單字題

I [a ～ e]の中から適当な言葉を選んで、(　　) に入れなさい。

a. 中　　b. 隣　　c. 角　　d. 前　　e. 先

① 次の (　　　　　　) を右に曲がってください。

② 目が悪いので、(　　　　　　) の席に座ります。

③ この (　　　　　　) の交差点で止まってください。

④ (　　　　　　) の人と一緒に教科書を見ます。

II [a ～ e]の中から適当な言葉を選んで、(　　) に入れなさい。

a. 半分　　b. 幾ら　　c. グラム　　d. キロ　　e. 辺

① この (　　　　　　) に郵便局はありませんか。

② 山で 10 (　　　　　　) の道を歩きました。

③ バターを 100 (　　　　　　)、砂糖を 200 (　　　　　　) 入れます。

④ お腹がいっぱいだったので、お弁当を (　　　　　　) しか食べませんでした。

III [a ～ e]の中から適当な言葉を選んで、(　　) に入れなさい。

い　　b. 危ない　　c. 安い　　d. やさしい　　e. 痛い

① このデパートは (　　　　　　) 物がいっぱい売っている。

② 今日の日本語のテストは (　　　　　　) です。

③ 夜の公園は (　　　　　　) です。

④ かぜをひきました。頭が (　　　　　　) です。

文法 × 單字　同步學習！　

[もう＋肯定／否定]

商店已經關門了。

店は　**もう**　閉まりました。

自五 關閉；關店

表示動作的完了。可譯作「已經…了」。

ストーブ (stove)　名 火爐，暖爐

已經開暖爐了。

もう　ストーブを　点けました。

試試看！比照上方說明，活用練習其他句子中的單字和文法。

其它例句

出口
名 出口，流水的出口

已經來到出口了。

もう　出口まで　来ました。

豚肉
名 豬肉

已經沒有豬肉了。

豚肉は　**もう**　ありません。

でも
接續 可是，但是，不過

可是我已經不想吃了。

でも、**もう**　食べたく　ありません。

☑ 形音義記憶練習

記住這些單字了嗎？

□閉（し）まる　□ストーブ (stove)　□出口（でぐち）　□豚肉（ぶたにく）　□でも

參考形、音、義在底線處寫出正確單字。

合格記憶三步驟：
① 發音練習
② 圖像記憶
③ 最完整字義解說

① ________

shi ma ru ／西媽路

開著的門窗等關起來。關閉；又指商店或銀行等，結束了當天的工作。關（店）。

② ________

bu ta ni ku ／不她你哭

豬的肉。

動手寫，成效加倍！

③ ________

su to o bu ／蘇投～不

使用石油或煤氣使房間暖和的取暖器具。

④ ________

de gu chi ／爹估七

建築物、車站等由該處可以出去的地方。相反詞是「入り口（いりぐち）」。

⑤ ________

de mo ／爹某

對對方的話提出反論或進行辯解。話雖如此；又用以敘述與從前文中所預料的正相反的事項。但是。

①閉（し）まる　②豚肉（ぶたにく）　③ストーブ　④出口（でぐち）　⑤でも

文法 × 單字

同步學習！

[まだ+肯定／否定]

名 天空，空中；天氣

天色還很亮。

空（そら）は　まだ　明（あか）るいです。

表示事物或時間還有剩餘，也表示預定的情況到現在都還沒進行。可譯作「還（沒）有…」。

向（む）こう　名 對面，正對面；另一側；那邊

木村先生還在那邊。

木村（きむら）さんは、まだ　向（む）こうに　います。

試試看！比照上方說明，活用練習其他句子中的單字和文法。

其它例句

ラジオ (radio)
名 收音機

還沒有買收音機。

まだ　ラジオを　買（か）って　いません。

どう
副 怎麼，如何

還沒有決定要怎麼做。

まだ、どうするか　決（き）めて　いません。

☑ 形音義記憶練習

記住這些單字了嗎？

□空(そら)　□向(む)こう　□ラジオ (radio)　□どう

參考形、音、義在底線處寫出正確單字。

合格記憶三步驟：
① 發音練習
② 圖像記憶
③ 最完整字義解說

① ________

ra ji o／拉雞歐

廣播電台利用電波進行的播送。也指接收廣播的裝置。

② ________

so ra／搜拉

頭上又高又寬廣的地方。天空；又指天氣。

動手寫，成效加倍！

③ ________

do o／都～

表示事物的狀態、方法、手段等帶有疑問心情。

④ ________

mu ko o／木叩～

在自己正前方稍遠的地方。對面；指從自己這一邊來看，隔著某物，越過他的前方。前面。

正確解答　①ラジオ　②空(そら)　③どう　④向(む)こう

文法題

I [a,b] の中から正しいものを選んで、○をつけなさい。

① (a. もう　b. まだ) 時間ですね。始めましょう。

② 銀行に (a. もう　b. もの) お金がありません。

③ 飲みすぎるから、飲み物はもう (a. いります　b. いりません)。

④ もう4月ですが、(a. まだ　b. もう) 寒いです。

⑤ まだ彼女から電話が (a. ありません　b. ありませんでした)。

⑥ 時間はまだたくさん (a. ありません　b. あります)。

⑦ この言葉は (a. まだ　b. しか) 習っていません。

II 下の文を正しい文に並べ替えなさい。＿＿＿に数字を書きなさい。

① ＿＿＿ ＿＿＿ ＿＿＿ ＿＿＿ 好きじゃありません。

1. もう　2. の　3. あなた　4. ことは

② ＿＿＿ ＿＿＿ ＿＿＿ ＿＿＿ ですよ。

1. は　2. 大人　3. 君　4. もう

③ 私は日本 ＿＿＿ ＿＿＿ ＿＿＿ ＿＿＿ がありません。

1. こと　2. に　3. まだ　4. 行った

練習をしましょう  單字題

I [a ～ e]の中から適当な言葉を選んで、(　　)に入れなさい。

a. 電話　b. ラジオ　c. 電気　d. 本棚　e. 時計

① (　　　　　　　　)に本が 100 冊ぐらいあります。

② 優子さんは友達と(　　　　　　　　)で話しています。

③ 部屋が暗いですね。(　　　　　　　　)を点けましょう。

④ 運転中は(　　　　　　　　)や音楽を聞いています。

II [a ～ e]の中から適当な言葉を選んで、(　　)に入れなさい。

a. テーブル　b. 冷蔵庫　c. テレビ　d. ストーブ　e. 石鹸

① ご飯の前に(　　　　　　　　)で手を洗いましょう。

② (　　　　　　　　)にビールが入っているから、取って来てください。

③ 健太君はいつも(　　　　　　　　)を見ながら、ご飯を食べます。

④ 寒いですね。(　　　　　　　　)を点けてください。

III [a ～ e]の中から適当な言葉を選んで、(　　)に入れなさい。

a. 豚肉　b. パン　c. 野菜　d. コーヒー　e. 牛乳

① ご飯と(　　　　　　　　)とどっちがいいですか。

② 肉屋で(　　　　　　　　)を 1 キロ買いました。

③ (　　　　　　　　)に砂糖はいりますか。

④ 角の八百屋で(　　　　　　　　)を買いました。

～という名詞

え 絵
名 畫，圖畫，繪畫

這幅畫叫「向日葵」。

これは、「ひまわり」という　絵（え）です。

表示說明後面這個名詞的稱謂。可譯作「叫做…」。

遊ぶ（あそぶ） 自五 遊玩；遊覽，消遣；閒置

在一個叫六本木山丘的地方玩了一下。

六本木（ろっぽんぎ）ヒルズという　ところで　遊（あそ）びました。

其它例句

暖かい（あたたかい）
形 溫暖的，溫和的；和睦的，親切的

泰國那個國家很暖和嗎？

タイという　国（くに）は、暖（あたた）かいですか。

あちら
代 那裡；那位

那位是小林先生。

あちらは、小林（こばやし）さんという　方（かた）です。

大学（だいがく）
名 大學

大學老師的工作相當辛苦。

大学（だいがく）の　先生（せんせい）という　仕事（しごと）は、大変（たいへん）です。

☑ 形音義記憶練習

記住這些單字了嗎？

□絵（え）　□遊ぶ（あそ）　□暖かい（あたた）　□あちら　□大学（だいがく）

參考形、音、義在底線處寫出正確單字。

合格記憶三步驟：
① 發音練習
② 圖像記憶
③ 最完整字義解說

① ______

a ta ta ka i／阿她她卡衣

氣溫不冷不熱，感覺舒適。暖和；又指東西的溫度不涼，感覺舒適。溫和。

② ______

a chi ra／阿七拉

指示離說話者，和聽話者都遠的方向的詞。也是指示在該方向上，存在的物體的詞。

③ ______

a so bu／阿搜不

使精神愉快，做自己喜歡的、輕鬆的活動。遊玩；又指不工作，閒待著。閒居。

④ ______

da i ga ku／答衣嘎哭

在高中之上，學習專門之事的學校。日本有只念兩年的大學叫「短大（たんだい）」。

⑤ ______

e／ㄟ

把對物體形狀的感受等，不用文字或符號，而用顏色或形狀描繪在平面上的作品。

正確解答　①暖かい（あたた）　②あちら　③遊ぶ（あそ）　④大学（だいがく）　⑤絵（え）

文法 × 單字

同步學習！

[句一て、句二]〈原因〉

にほんごのたんご

風邪（かぜ）

名 感冒，傷風

染上了感冒，所以向學校請假。

風邪（かぜ）を　ひいて、学校（がっこう）を　休（やす）みました。

表示句一是句二的原因。

困（こま）る　自五 感到傷腦筋，困擾；難受，苦惱；為難，沒有辦法

沒錢感到非常困擾。

お金（かね）が　なくて、困（こま）ります。

其它例句

白（しろ）い

形 白色；空白；乾淨，潔白

下了雪，山上變成雪白一片。

雪（ゆき）が　降（ふ）って、山（やま）が　白（しろ）く　なりました。

泳（およ）ぐ

自五 游泳；穿過，度過

游了一整天，感到非常疲倦。

一日（いちにち）　泳（およ）いで、とても　疲（つか）れました。

鳴（な）く

自五 (鳥、獸、虫等)叫，鳴

貓因為肚子餓而不停喵喵地叫。

猫（ねこ）が、おなかが　すいて　鳴（な）いて　います。

☑ 形音義記憶練習

記住這些單字了嗎？

□風邪（かぜ） □困る（こま） □白い（しろ） □泳ぐ（およ） □鳴く（な）

參考形、音、義在底線處寫出正確單字。

合格記憶三步驟：
① 發音練習
② 圖像記憶
③ 最完整字義解說

① ____________
na ku／那哭

鳥獸昆蟲等動物發出的聲音。人的哭聲則用漢字「泣く（なく）」。

② ____________
ka ze／卡瑞

呼吸系統被病毒侵入，引起的疾病。伴隨頭痛、發燒、打噴嚏等症狀。

③ ____________
ko ma ru／叩媽路

不知道該怎麼辦才好，希望有人能伸出援手；又指沒有錢或物品，遇到難以解決的事情，希望有人能幫助。

④ ____________
o yo gu／歐喲烏估

人、動物或魚，在水上或水中，用手腳划水前進。

⑤ ____________
shi ro i／西落衣

像白雪或白牙齒的白顏色。表示色彩白色的樣子。

正確解答 ①鳴く（な） ②風邪（かぜ） ③困る（こま） ④泳ぐ（およ） ⑤白い（しろ）

文法 × 單字

同步學習！

～から、～〈原因〉

在工作所以很忙。

にほんごのたんご

する

他サ 做，進行；充當（某職）

仕事を　して　いるから、忙しいです。

表示原因、理由。可譯作「因為…」。

熱い　形（溫度）熱的，燙的；熱心，熱中

很燙的，請小心。

熱い　から、気を　つけて　ください。

試試看！比照上方說明，活用練習其他句子中的單字和文法。

其它例句

点ける

他下一 點（火），點燃；扭開（開關），打開

因為很暗，所以打開了電燈。

暗いから、電気を　つけました。

耳

名 耳朵

因為我耳朵不好，麻煩講話大聲一點。

耳が　遠いから、大きい　声で　言って　ください。

20歳

名 20歲

因為滿20歲了，所以喝酒。

20歳に　なったから、お酒を　飲みます。

☑ 形音義記憶練習

記住這些單字了嗎？

□する □熱い（あつい） □点ける（つける） □耳（みみ） □20歳（はたち）

參考形、音、義在底線處寫出正確單字。

合格記憶三步驟：
① 發音練習
② 圖像記憶
③ 最完整字義解說

① ________

mi mi ／米米

在臉的兩側的聽取聲音的器官。由外耳、中耳、內耳3部分構成，還有保持身體平衡的半規管。

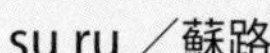

② ________

su ru ／蘇路

發動身體或心裡想做某件事。

動手寫，成效加倍！

③ ________

tsu ke ru ／朱克ㄟ路

打開電燈、電視、暖爐等電器的開關。開。點；又指使火著起來。點燃。

④ ________

ha ta chi ／哈她七

20歲。在日本算是成年的年齡。

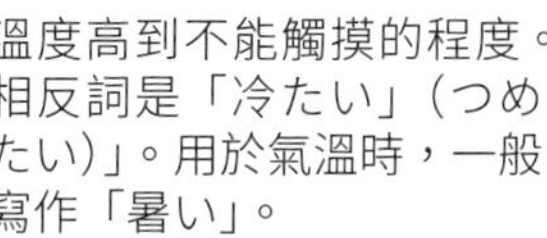

⑤ ________

a tsu i ／阿朱衣

溫度高到不能觸摸的程度。相反詞是「冷たい」（つめたい）」。用於氣溫時，一般寫作「暑い」。

正確解答 ①耳（みみ） ②する ③点ける（つ） ④20歳（はたち） ⑤熱い（あつ）

復習㉛ 文法題

I [a,b] の中から正しいものを選んで、○をつけなさい。

① 今は「字引」（a. という　b. と同じ）言葉はほとんど使いません。

② 日本は近い（a. から　b. だから）、よく旅行に行きます。

③ ひらがな（a. から　b. だから）、読めるでしょう。

④ このラーメンは（a. 辛くて　b. 辛くなくて）、食べられません。

⑤ 歌が下手（a. ながら　b. だから）、歌いたくないです。

⑥ 熱が下がら（a. なくて　b. ないて）、病院に行きました。

⑦ これは何（a. で　b. という）スポーツですか。

II 下の文を正しい文に並べ替えなさい。＿＿＿に数字を書きなさい。

① ＿＿＿ ＿＿＿ ＿＿＿ ＿＿＿、帽子と手袋をしました。

1. は　2. 寒い　3. 今日　4. から

② 夏休みは ＿＿＿ ＿＿＿ ＿＿＿ ＿＿＿ 遊びに行きました。

1. ところ　2. 軽井沢　3. に　4. という

③ あなたのお姉さん ＿＿＿ ＿＿＿ ＿＿＿ ＿＿＿ ですか。

1. は　2. という　3. 何　4. 名前

練習をしましょう

復習㉛ 單字題

I [a ～ e]の中から適当な言葉を選んで、(　　)に入れなさい。(必要なら形を変えなさい)

a. 弾く　b. 吹く　c. 走る　d. 呼ぶ　e. 鳴く

① 後ろから白い車が(　　　　　　)来ます。

② ピアノは毎日(　　　　　　)います。

③ 山では、たくさんの鳥が(　　　　　　)いました。

④ 今日は１日中強い風が(　　　　　　)いました。

II [a ～ e]の中から適当な言葉を選んで、(　　)に入れなさい。(必要なら形を変えなさい)

a. 見せる　b. 渡る　c. 渡す　d. 履く　e. 待つ

① その写真を少し(　　　　　　)ください。

② すぐ終わるので、ちょっと(　　　　　　)くださいね。

③ 鍵は鈴木さんか木村さんに(　　　　　　)ください。

④ まずこの赤い橋を(　　　　　　)。すると、すぐお寺があります。

III [a ～ e]の中から適当な言葉を選んで、(　　)に入れなさい。

a. 暖かい　b. 暑い　c. 温い　d. 涼しい　e. 寒い

① 木の下で休むと、(　　　　　　)風が吹いて来て、気持ちいいです。

② ビールが(　　　　　　)ので、冷蔵庫に入れてください。

③ 今日は(　　　　　　)です。冷たい飲み物が欲しいです。

④ 冬は(　　　　　　)ですから、出かけたくないです。

解答

複習 1 解答

■ 文法 I

① b.
② a.
③ b.
④ b.
⑤ b.
⑥ a.
⑦ b.

■ 文法 II

① 3241
② 4312
③ 1324

■ 單字 I

① c.
② b.
③ e.
④ d.

■ 單字 II

① d.
② b.
③ c.
④ a.

■ 單字 III

① b.
② e.
③ a.
④ c.

複習 2 解答

■ 文法 I

① a.
② a.
③ b.
④ b.
⑤ a.
⑥ b.
⑦ a.

■ 文法 II

① 2134
② 4132
③ 2134

■ 單字 I

① b.
② a.
③ e.
④ c.

■ 單字 II

① c.
② e.
③ a.
④ b.

■ 單字 III

① a.
② e.
③ d.
④ b.

複習 3 解答

■ 文法 I

① a.
② a.
③ a.
④ b.
⑤ a.
⑥ b.
⑦ b.

■ 文法 II

① 3214
② 3241
③ 2143

■ 單字 I

① e.
② b.
③ c.
④ a.

■ 單字 II

① a.
② d.
③ e.
④ b.

■ 單字 III

① e.
② b.
③ a.
④ d.

複習 4 解答

■ 文法 I

① a.
② b.
③ b.
④ a.
⑤ b.
⑥ b.
⑦ a.

■ 文法 II

① 1432
② 1324
③ 4132

■ 單字 I

① d.
② a.
③ e.
④ c.

■ 單字 II

① c.
② d.
③ a.
④ e.

■ 單字 III

① a.
② c.
③ e.
④ b.

解答

複習5解答

■ 文法Ⅰ
① b. a.
② b. a.
③ b. b.
④ a. b.
⑤ a. b.
⑥ b. a.
⑦ b. a.

■ 文法Ⅱ
① 3214
② 4312
③ 4231

■ 單字Ⅰ
① a.
② c.
③ e.
④ d.

■ 單字Ⅱ
① d.
② e.
③ a.
④ b.

■ 單字Ⅲ
① b.
② e.
③ a.
④ c.

複習6解答

■ 文法Ⅰ
① a.
② a.
③ b.
④ a.
⑤ a.
⑥ b.
⑦ b.

■ 文法Ⅱ
① 3421
② 4213
③ 4312

■ 單字Ⅰ
① b.
② d.
③ c.
④ a.

■ 單字Ⅱ
① a.
② e.
③ d.
④ c.

■ 單字Ⅲ
① c.
② d.
③ e.
④ b.

複習7解答

■ 文法 I

① b.
② b.
③ a.
④ b.
⑤ a.
⑥ b. b.
⑦ a.

■ 文法 II

① 3241
② 4312
③ 2143

■ 單字 I

① c. 起きて
② a.
③ b. 食べました
④ e. 脱いで

■ 單字 II

① e. います
② d. 会い
③ b. 置いて
④ c. 上げて

■ 單字 III

① d. 帰って
② c. 忘れない
③ a. 死にました
④ b. 出ました

複習8解答

■ 文法 I

① a.
② a.
③ b.
④ a.
⑤ a.
⑥ b.
⑦ a.

■ 文法 II

① 1432
② 1324
③ 2431

■ 單字 I

① e.
② b.
③ d.
④ a.

■ 單字 II

① d.
② e.
③ b.
④ a.

■ 單字 III

① e.
② c.
③ b.
④ a.

解答

複習 9 解答

■ 文法 I

① a.
② b.
③ b.
④ a.
⑤ b.
⑥ b.
⑦ a.

■ 文法 II

① 2314
② 1432
③ 1324

■ 單字 I

① d.
② b.
③ c.
④ a.

■ 單字 II

① c.
② e.
③ a.
④ d.

■ 單字 III

① d.
② e.
③ b.
④ a.

複習 10 解答

■ 文法 I

① b.
② a.
③ a.
④ a.
⑤ b. a.
⑥ a. a.

■ 文法 II

① 3142
② 1324
③ 1432
④ 1423

■ 單字 I

① b.
② c.
③ e.
④ d.

■ 單字 II

① d.
② c.
③ e.
④ b.

■ 單字 III

① c.
② b.
③ d.
④ a.

複習 11 解答

■ 文法 I

① b.
② b.
③ a.
④ a.
⑤ b.
⑥ b.
⑦ a.

■ 文法 II

① 2143
② 4123
③ 3241

■ 單字 I

① a.
② e.
③ c.
④ b.

■ 單字 II

① c.
② b.
③ d.
④ e.

■ 單字 III

① e.
② a.
③ c.
④ d.

複習 12 解答

■ 文法 I

① a.
② a.
③ b.
④ b.
⑤ b.
⑥ b.
⑦ a.

■ 文法 II

① 2431
② 4132
③ 1432

■ 單字 I

① c.
② d.
③ b.
④ a.

■ 單字 II

① b.
② d.
③ c.
④ a.

■ 單字 III

① e.
② a. 赤く
③ c.
④ b. 黄色く

解答

複習 13 解答

■ 文法 I

① b.
② b.
③ a.
④ a.

■ 文法 II

① 3412
② 1342

■ 單字 I

① c.
② a.
③ e.
④ d.

複習 14 解答

■ 文法 I

① a.
② b.
③ a.
④ b.
⑤ a.
⑥ a.
⑦ b.

■ 文法 II

① 4132
② 3124
③ 1324

■ 單字 I

① c.
② b.
③ a.
④ e.

■ 單字 II

① c.
② b.
③ d.
④ a. a.

■ 單字III

① d.
② a.
③ b.
④ c.

複習 15 解答

■ 文法 I

① a.
② a.
③ b.
④ b.
⑤ a.
⑥ b.
⑦ a.

■ 文法 II

① 2431
② 2134
③ 3142

■ 單字 I

① d.
② c.
③ b.
④ a.

■ 單字 II

① c.
② a.
③ e.
④ d.

■ 單字 III

① e.
② c.
③ d.
④ a.

複習 16 解答

■ 文法 I

① b.
② b.
③ a.
④ b.
⑤ b.
⑥ b.
⑦ b.

■ 文法 II

① 3124
② 4213
③ 4132

■ 單字 I

① b.
② a.
③ c.
④ e.

■ 單字 II

① a.
② d.
③ b.
④ c.

■ 單字 III

① a.
② b.
③ e.
④ c.

複習 17 解答

■ 文法 I

① b.
② a.
③ a.
④ b.
⑤ a.
⑥ b.
⑦ a.

■ 文法 II

① 4231
② 4321
③ 2143

■ 單字 I

① d.
② c.
③ b.
④ e.

■ 單字 II

① a.
② c.
③ d.
④ e.

■ 單字 III

① b.
② c.
③ a.
④ e.

複習 18 解答

■ 文法 I

① a.
② b.
③ a.
④ b.
⑤ a.
⑥ b.
⑦ a.

■ 文法 II

① 3124
② 4132
③ 3142

■ 單字 I

① a.
② d.
③ e.
④ b.

■ 單字 II

① c.
② e.
③ d.
④ a.

■ 單字 III

① b.
② e.
③ d.
④ c.

複習 19 解答

■ 文法 I

① b.
② a.
③ b.
④ b.
⑤ a.
⑥ b.
⑦ a.

■ 文法 II

① 2431
② 3142
③ 3421

■ 單字 I

① b.
② e.
③ c.
④ a.

■ 單字 II

① e.
② b.
③ c.
④ a.

■ 單字 III

① c.
② d.
③ e.
④ b.

複習 20 解答

■ 文法 I

① b.
② a.
③ b.
④ a.
⑤ b.
⑥ a.
⑦ a.

■ 文法 II

① 4213
② 3124
③ 2143

■ 單字 I

① a.
② c.
③ d.
④ e.

■ 單字 II

① c.
② d.
③ b.
④ a.

■ 單字 III

① a.
② c.
③ e.
④ b.

解答

複習 21 解答

■ 文法 I

① a.
② b.
③ b.
④ a.
⑤ b.
⑥ b.
⑦ b.

■ 文法 II

① 2143
② 3412
③ 3421

■ 單字 I

① c. いろいろな
② e.
③ b.
④ d.

■ 單字 II

① a.
② d.
③ e.
④ c.

■ 單字 III

① d. 被って
② b. 泳ぎ
③ c. 言って
④ a. 洗い

複習 22 解答

■ 文法 I

① b.
② a.
③ b.
④ b.
⑤ a.

■ 文法 II

① 4132
② 3241
③ 3124
④ 2143

■ 單字 I

① e. 開けて
② b. 開いて
③ c. 消して
④ a. 消えて

■ 單字 II

① b.
② a.
③ d.
④ c.

■ 單字 III

① a. 掛かりました
② b. 並べて
③ e. 始まって
④ d. 並んで

複習 23 解答

■ 文法 I

① a.
② b.
③ a.
④ a.
⑤ b.
⑥ b.
⑦ a.

■ 文法 II

① 1432
② 3421
③ 3241

■ 單字 I

① b. 行き
② d. 売って
③ a. 立って
④ c. 引いて

■ 單字 II

① d. 締めて
② b. 住んで
③ e. 勤めて
④ c. 撮った

■ 單字 III

① b. 飛んで
② e. 入れて
③ c. 出して
④ a. 押して

複習 24 解答

■ 文法 I

① b.
② a.
③ b.
④ a.
⑤ a.
⑥ a.
⑦ a.

■ 文法 II

① 2143
② 4213
③ 2134

■ 單字 I

① e.
② a.
③ c.
④ d.

■ 單字 II

① e.
② b.
③ c.
④ a.

■ 單字 III

① c.
② b.
③ e.
④ d.

解答

複習 25 解答

■ 文法 I

① a.
② b.
③ b.
④ a.
⑤ b.
⑥ b.
⑦ a.

■ 文法 II

① 4321
② 2143
③ 2341

■ 單字 I

① c.
② d.
③ a.
④ b.

■ 單字 II

① a.
② b.
③ e.
④ d.

■ 單字 III

① d.
② e.
③ b.
④ a.

複習 26 解答

■ 文法 I

① b.
② b.
③ a.
④ b.
⑤ a.
⑥ a.
⑦ a.

■ 文法 II

① 1432
② 3124
③ 3124

■ 單字 I

① a.
② d.
③ e.
④ c.

■ 單字 II

① b.
② a.
③ c.
④ d.

■ 單字 III

① b.
② e.
③ d.
④ c.

複習 27 解答

■ 文法 I

① a.
② a.
③ b.
④ a.
⑤ a.
⑥ a.
⑦ a.

■ 文法 II

① 4321
② 4123
③ 2143

■ 單字 I

① c.
② b.
③ e.
④ d.

■ 單字 II

① c.
② e.
③ a.
④ d.

■ 單字 III

① d.
② c.
③ e.
④ a.

複習 28 解答

■ 文法 I

① b.
② a.
③ b.
④ b.
⑤ a.
⑥ a.
⑦ b.

■ 文法 II

① 4231
② 2341
③ 2413

■ 單字 I

① b. 読み
② a. 教えて
③ d. 書いて
④ e. 聞いて

■ 單字 II

① a. 掃除して
② c. 勉強して
③ e. 旅行し
④ d. 結婚し

■ 單字 III

① d.
② c.
③ b.
④ e.

解答

複習 29 解答

■ 文法 I
① b.
② a.
③ a.
④ b.
⑤ a.

■ 文法 II
① 1423
② 2143
③ 2413
④ 4231

■ 單字 I
① c.
② d.
③ e.
④ b.

■ 單字 II
① e.
② d.
③ c. c.
④ a.

■ 單字 III
① c.
② d.
③ b.
④ e.

複習 30 解答

■ 文法 I
① a.
② a.
③ b.
④ a.
⑤ a.
⑥ b.
⑦ a.

■ 文法 II
① 1324
② 3142
③ 2341

■ 單字 I
① d.
② a.
③ c.
④ b.

■ 單字 II
① e.
② b.
③ c.
④ d.

■ 單字 III
① b.
② a.
③ d.
④ c.

複習 31 解答

■ 文法 I
① a.
② a.
③ b.
④ a.
⑤ b.
⑥ a.
⑦ b.

■ 文法 II
① 3124
② 2413
③ 1324

■ 單字 I
① c. 走って
② a. 弾いて
③ e. 鳴いて
④ b. 吹いて

■ 單字 II
① a. 見せて
② e. 待って
③ c. 渡して
④ b. 渡ります

■ 單字 III
① d.
② c.
③ b.
④ e.

單字索引

あ

い

う

え

お

か

き

く

け

こ

さ

し

【日檢智庫QR碼 25】

Qr-Code + MP3
線上音檔　朗讀光碟

新制對應 絕對合格 全圖解 日檢必背 單字＋文法 N5 (25K)

■ 發行人／林德勝

■ 著者／吉松由美、田中陽子、西村惠子、千田晴夫、大山和佳子、林太郎、山田社日檢題庫小組

■ 出版發行／山田社文化事業有限公司
地址 臺北市大安區安和路一段112巷17號7樓
電話 02-2755-7622　02-2755-7628
傳真 02-2700-1887

■ 郵政劃撥／19867160號 大原文化事業有限公司

■ 總經銷／聯合發行股份有限公司
地址 新北市新店區寶橋路235巷6弄6號2樓
電話 02-2917-8022
傳真 02-2915-6275

■ 印刷／上鎰數位科技印刷有限公司

■ 法律顧問／林長振法律事務所 林長振律師

■ 書／定價 新台幣 345 元

■ 初版／2022年9月

© ISBN : 978-986-246-707-7

線上下載
朗讀音檔